45.5

»In guten wie in schlechten Tagen«

von

Frank Göhringer

© I.P. Verlag Jeske/Mader GbR
Haydnstr. 2
12203 Berlin

D1668142

Cover: © GES – Eindhoven-KSC 1993
Backcover: © Privat – Bordeaux is burning!
Mitten im KSC-Fanblock, UEFA-Cup in Bordeaux 1993

2. Auflage Juli 2007
ISBN 978-3-931624-13-2

Inhaltsverzeichnis:

Epos und Tristesse...

Epos und Tristesse...
Epos und Tristesse...

QUARTOS-DE-FINAL (1.ª MÃO)

TAÇA UEFA 93/94

BOAVISTA F.C. — KARLSRUHER SC
(Alemanha)

ESTÁDIO DO BESSA — B.F.C. — KSC — PORTO 2 MARÇO 1994

FILA — N.º

BANCADA DE TOPO NORTE — 5.000$00

COUPE D'EUROPE U.E.F.A.
STADE MUNICIPAL de BORDEAUX

MARDI 23 NOVEMBRE 1993

F.C. GIRONDINS de BORDEAUX
contre
KARLSRUHE S.C.

VIRAGE NORD

Entrée : 60 F — N° 000574

P.S.V. - EINDHOVEN

Dinsdag 28 september 1993
Aanvang: 20.30 uur
1e Ronde UEFA Cup

001045

P.S.V. - Karlsruher SC

OOST — f 30.—

PHILIPS IS HOOFDSPONSOR VAN PSV

adidas — ahrend — CSU — Grolsch — DHL — OPEL
STAATSLOTERIJ — hbm — TV — VARIG — Price Waterhouse

RADIO VICTORIA 100,4

Wildparkstadion – UEFA-Pokal – Saison 1993/94
Karlsruher SC – Valencia C. F.

Spiel-Nr.
30

Stehplatz Gegentribüne — D — 4778

URBACHER — Coca-Cola — URBACHER — Coca-Cola — URBACHER

Saison 98/99
Eintrittskarte

S.C. Rot-Weiß Oberhausen-Rhld. e.V.

Saison 1998/99
Stehplatz Vollzahler

KARLRUHER SC

Block Kan
Kanalkurve
DM 14.00 incl. MWSt
Nr. 28

DIE BUNDES LIGA

BAUERMANN CARL

KONVENT
Bau und Boden AG

Kombi Ticket

DIE BUNDES LIGA — SG — 12,00 DM
incl. 16 % MWSt

SG Wattenscheid 09 e.V.
Lohrheide-Stadion Saison 1998/99

SG Wattenscheid 09 - Karlsruher SC

Stehplatz F

Erwachsene

7

SSC — MKT — LOGIstik SOftware — STEFFENS

DIE BUNDES LIGA — KSC — DM 14,00

Grotenburg-Stadion 1998/99

Karlsruher SC

Stehplatz

West — Block: R

wenn's um Geld geht...

Sparkasse Krefeld

Skorpion
20.10. – 22.11.

Ihre Erfüllung finden Sie in einer grenzenlosen, ehrlichen Hingabe Ihrer überströmenden Gefühle an das Objekt Ihrer Leidenschaften

(Astrocards)

Was mag einen normalen Menschen bewegen, ein Buch über seinen Lieblingsclub zu schreiben? Insbesondere, wenn man sich vor Augen hält, daß dieser Club nie von Titeln und Triumphen verfolgt wurde und der noch dazu 1998 nach zwölf Jahren Erstligazugehörigkeit in die Zweite Liga abgestiegen ist? Allzu normal kann dieser Mensch sicher nicht sein, so wie alle, die „ihrem" Club überallhin folgen und denen es vollkommen egal ist, wie das Team gerade dasteht, ob man gute Chancen hat, das betreffende Spiel zu gewinnen oder nicht, ob es gerade stürmt, regnet oder schneit, ob man 40 km fahren muß oder 400.

Ehrlicherweise muß ich zugeben, daß sich das Thema, meine Erfahrungen mit meinem Lieblingsclub niederzuschreiben, ganz von alleine erledigt hätte, hätte ich auch nur geahnt, daß am Ende der tragischen Saison 1997/98 die Rückkehr in die Zweite Liga stehen sollte. Ich habe nach Beendigung dieser Spielzeit viele Wochen benötigt, um mich dazu aufzuraffen, auch das folgende Jahr zu schildern, zu groß war die Enttäuschung, zum ersten Mal nach zwölf Jahren NICHT an der stets im Sommer aufkommenden Vorfreude auf die neue Bundesliga-Saison teilhaben zu können, weil wir eben schlicht und einfach nicht mehr dazugehörten.

Doch es kam der Tag (lange bevor diese unglücksselige Saison '97/98 überhaupt begonnen hatte), an welchem ich mir dachte, daß es vielleicht mal ganz interessant sein könnte, zu erfahren, was in Kopf und Herz eines Fußballfans während einer Saison so alles vorgeht, eines Fans, der schon als kleiner Junge für „seinen" Verein geschwärmt und diesen unterstützt hat und dies auch und gerade nach dem Abstieg weiter tun wird, wie die Zeilen über unsere Zweitliga-Spiele '98/99 beweisen. An jenem Tag im Jahre 1997 begann ich, meine Erlebnisse niederzuschreiben – dies nahm dermaßen viel Zeit in Anspruch, daß darüber schon die neue Saison '97/98 begann und ich mir dachte, diese einfach noch „mitzunehmen", Woche für Woche, Spiel für Spiel, dem Abstieg entgegen, der uns wie ein Schock am letzten Spieltag getroffen und alles zerstört hat, was in vielen Jahren zuvor mühsam aufgebaut wurde und der mich noch stärker an diesen Club gebunden hat als je zuvor.

Für all diejenigen, die das Buch »Fever Pitch« oder »An irrational Hatred of Luton« gelesen haben (Pflicht für jeden Fußballfan), eine Ergänzung und ein

Einblick in das Wesen eines deutschen Fans, für alle, die ebenso verrückt sind wie ich, eine Bestätigung und Erleichterung („es gibt doch noch welche, die genauso verrückt sind", so ging es MIR, als ich »Fever Pitch« las...) und für alle Nicht-Fans ein klein wenig des Weges, den man im Umgang mit Leuten wie mir gehen muß, um ein wenig Verständnis für sie und ihr gefühlsmäßiges Auf und Ab während einer Saison aufzubringen. Im Gegensatz zu den beiden englischen Büchern, stehen bei mir die beiden Jahre und alle darin stattgefundenen Spiele des KSC sowie meine Gedanken dazu im Mittelpunkt, ergänzt durch zahlreiche Erlebnisse, die ich bis in alle Ewigkeiten im Herzen tragen werde und die sowohl tragisch (im fußballerischen Sinne) als auch euphorisch gewesen sind.

Zum besseren Verständnis sei erwähnt, daß ich alle Kommentare zu den jeweiligen Spielen direkt danach gemacht habe, zumeist am folgenden Tag – nur so war es möglich, alles niederzuschreiben, was mir nach den Spielen so alles durch den Kopf ging und was ich auf unseren Auswärtsfahrten erlebt habe. Hierbei wird man auf Meinungen und Gedanken stoßen, die einmal mehr aufzeigen, wie sehr man doch mit „seinem" Verein leiden und wie falsch man auch mit seinen „fachmännischen" Kommentaren liegen kann. Es wäre einfach gewesen, diese, nachdem sie sich als falsch herausgestellt hatten, herauszunehmen oder zu ändern, doch dies habe ich mit Absicht nicht getan – schließlich ist das Tolle am Fußball auch die Tatsache, daß jeder meint, er wisse alles besser und Meinungen oftmals völlig konträr aufeinanderprallen. Glauben Sie mir, im nachhinein habe ich mehr als einmal gedacht „Ich bin echt nicht ganz dicht", sicher genauso oft, wie so mancher von Ihnen, der sich das alles hier durchliest, aber ich sage immer, solange man weiß, daß man nicht normal ist, ist alles okay – erst wenn man beginnt, die eigene Verrücktheit als normal zu betrachten, sollte man sich Gedanken machen.

Jeder weiß, daß diese Aufzeichnungen aufgrund des Abstiegs '97/98 sowie des angepeilten und nicht erreichten Wiederaufstiegs '98/99 und der damit verbundenen tiefen Traurigkeit zwischenzeitlich nicht gerade vor Optimismus sprühen, ich hoffe aber trotzdem, daß der Spaß beim Lesen nicht darunter leidet und daß man hinterher die Leute ein wenig besser versteht, die ebenso feiern und leiden können wie ich – es gibt zehntausende davon und wenn sich der eine oder andere, über alle Club- und somit Sympathie- und Antipathiegrenzen hinweg in diesen Zeilen wiederfindet, dann ist der Sinn dieses Buches erfüllt und ein KSC-Fan trotz aller Enttäuschungen der letzten beiden Jahre sehr glücklich.

Karlsruhe, 29.06.1999

Frank Göhringer

Was für ein trüber Sonntag!

Na ja, nicht im eigentlichen (Wetter-) Sinn, es scheint sogar die Sonne, für mich ist dieser Tag aber dennoch eine trübe Angelegenheit. Gestern ist nämlich ein Ereignis eingetreten, welches der Schlußpunkt unter eine Saison gewesen ist, die mir eh nicht allzu viele Gelegenheiten zum Lachen gegeben hat. Bevor Sie nun aber Mitleid mit mir bekommen, muß ich zugeben, daß weder gesundheitliche noch finanzielle Probleme diesen Sonntag verdunkelt haben, sondern etwas für manche Leute eigentlich eher Triviales, welches auch nicht direkt mich, sondern elf andere betroffen hat. Diese elf Leute verkörpern die drei Buchstaben, die mein Leben fest im Griff haben:

K S C !

Und der Grund war schlicht ein Gegentreffer zum 1:1-Ausgleich vier Minuten vor Schluß, der dafür gesorgt hat, daß wir nunmehr den Einzug in den UEFA-Cup nicht mehr aus eigener Kraft schaffen können.

Wir?

Schon an dieser Wortwahl wird meine Beziehung zu diesem Verein deutlich, dem ich schon seit mehr als 25 Jahren die Treue halte (ich bin 34, nur damit keine Mißverständnisse bezüglich meines Alters aufkommen, ich bin da eher empfindlich...) und der mich unter dem Strich weitaus mehr Nerven, Geld und Zeit gekostet hat als daß er mir schöne Momente beschert hätte. Sicher, die gab's auch und vielleicht ist gerade die Tatsache, daß es nicht so übermäßig viele gewesen sind, der Grund, daß man immer tiefer in diese Abhängigkeit gerät, daß man immer wieder hunderte von Kilometern und somit viele Stunden auf der Autobahn verbringt, um irgendein Spiel zu sehen, weil diese wenigen Glücksmomente so dermaßen schön sind, daß man in diesen Zeiten die ganze Welt umarmen könnte und weil man sie so oft wie möglich miterleben möchte und dies nunmal nur im Stadion möglich ist.

Nun, am Ende der Saison davor ('95/96) waren die Tage noch dunkler als sie es '96/97 sind und der Grund lag nicht nur in der Tatsache begründet, daß der KSC seine eigentlich als sicher angesehene UEFA-Cup-Teilnahme im letzten Heimspiel durch ein unnötiges Unentschieden gegen St. Pauli (die sich dadurch den Klassenerhalt sicherten, nur um dann '96/97 abzusteigen) aufs Spiel setzte, um sie dann im ewig jungen und ewig langweiligen Derby in Stuttgart zu verspielen (langweilig, weil das Ergebnis im dortigen Stadion schon seit über 30 Jahren dasselbe ist, abgesehen von ganz vereinzelt auftretenden Unentschieden verlieren wir dort). So richtig ärgern konnten wir uns da noch gar nicht, denn zugleich war die andere

Derby-Mannschaft aus unserer Region, Kaiserslautern, am letzten Spieltag abgestiegen und hatte sich weinend und vollkommen frustriert im Fernsehen präsentiert, was uns aufgrund des eine Woche später folgenden Spiels ein hämisches Grinsen aufs Gesicht zauberte: Der KSC stand nämlich zum ersten Mal seit 40 Jahren wieder im Deutschen Pokalfinale in Berlin und der Gegner war eben der gerade abgestiegene 1.FC Kaiserslautern, dieser total zerstörte Club, der noch nie aus der Bundesliga abgestiegen war und uns nach der verpaßten UEFA-Cup-Chance gerade recht kam, um als Aufbaugegner für unseren ersten Pokalsieg nach 40 Jahren zu fungieren. Dieser Pfingstsamstag 1996 war der Tag, dem ich am meisten entgegenfieberte, seit ich KSC-Fan bin – als die Endspielteilnahme feststand, waren wir alle schier am Ausflippen, der UEFA-Cup interessierte uns nicht, Berlin wartete, knapp 80.000 Zuschauer, viele Millionen vor den Fernsehgeräten, die sich diesen traditionellen Saisonabschluß anschauen würden und schlußendlich, als Belohnung für unseren Sieg, der Europapokal der Pokalsieger. Ich hatte die Essensaufnahme schon Tage zuvor reduziert, weil ich dieses Kribbeln im Bauch hatte, dieses ganz gewisse Gefühl, welches einem eine alles überstrahlende Vorfreude zuteil werden läßt, ich sah unseren Kapitän Thomas Häßler den Pokal in die Sonne und uns entgegenstrecken, kurz: Ich war vollkommen verrückt geworden…

Das Pokalfinale 1996
Fußball kann grausam sein!

Die Tickets waren aufgrund unserer Dauerkarten kein Problem, weil reserviert; ich traf mich mit einem Freund eines morgens ganz früh auf einem Parkplatz und dieser gab mir vier Dauerkarten mit ernstem Blick, er legte seinen und den Eintritt seiner Freunde beim wichtigsten Spiel aller Zeiten in meine Hände und ich nahm die Karten mit ebenso ernstem Blick, der versprach, daß ich mit meinem Leben auf die mir überreichten vier und unsere drei Tickets aufpassen würde. Als ich die Karten fürs Endspiel dann nach schier endlosem Anstehen auf der KSC-Geschäftsstelle bezahlt hatte, ging ich und als ich mir die Karten genau anschauen wollte, hatte ich sie nicht! Mein Herz setzte aus, mir wurde so richtig heiß und ich ging nochmal zurück, vorbei an der riesigen Schlange begeistert dreinschauender Fans und es stellte sich heraus, daß mir die Tickets gar nicht mitgegeben wurden. Puuuhhhh, alles klar also, ich bekam die Tickets doch noch und alles nahm seinen geplanten Lauf, auch meine täglich steigende Nervosität.

Ich war dermaßen aufgeregt, daß ich meinen Kollegen im Büro tagelang auf die Nerven ging, meinen dort aufgehängten KSC-Kalender dick (in Blau versteht sich) an jenem Tag markiert hatte, vergaß, mein Autoradio abzustellen, so daß die ganze Straße beschallt wurde und am Tag des Spiels sogar beim Radiosender SWF 3 anrief, der die Fans beider Clubs aufforderte, einen Vierzeiler oder irgendwelche Schlachtgesänge zum Besten zu geben. Wir hatten ca. 9.15 Uhr morgens und gegen 9.30 Uhr würden wir von einem Freund abgeholt werden, der uns zum Flughafen nach Frankfurt bringen würde, Berlin stand bevor, unser großer Triumph und in diesem Hochgefühl sang ich meinen Vierzeiler über den Äther, den Millionen Menschen hörten und der so witzig rüberkam, daß der Moderator nach Beendigung laut lachen mußte. Ich lachte mit und stieg wenig später ins Auto, noch später ins Flugzeug und die Klimaanlage war defekt! Wie war das noch mit „Flieg' am besten nur mit Lufthansa"? Wir schwitzten ohne Ende, als wir 45 Minuten später in Berlin ankamen und zu allem Übel begann sich der Himmel zu verdunkeln, doch wir waren zu sehr voller Vorfreude, um diese Zeichen richtig zu deuten…

Als wir im Stadion ankamen (um endlich mit dem „wir" aufzuräumen: Meine Dauer-Auswärtsspielbegleiter Achim und Dirk sowie Kumpel Roland mit seinen Freunden, die wir in Berlin trafen und für die ich die Karten besorgt hatte), hielten wir uns noch eine Weile draußen auf (und stopften uns mit den tonnenweise vom FCK-Sponsor verteilten Kartoffel-Chips voll), um dann ein wenig vom Damenendspiel zu sehen, weil dort auch eine badische Mannschaft spielte. Kaum hatten wir jedoch unsere Kurven-Sitzplätze eingenommen (welch eine Aussicht in dieser Riesen-Schüssel und dann auch noch sitzend, wir ziehen normalerweise unsere Fanblock-Stehplätze vor, nur damit keine Mißverständnisse aufkommen), änderte sich die Farbe des Himmels in Schwarz und wenig später flüchteten wir wie viele tausend andere, die sich schon im Stadion befanden, in den überdachten Gang, der rund ums Stadion führte. Der Regen endete einige Zeit später und als das Spiel (DAS Spiel, es hatte endlich begonnen!) anfing, zogen sich erneut dunkle Wolken zusammen, die kurz darauf ihre Schleusen öffneten und gewaltige Wassermassen auf uns alle niederließen. Es regnete dermaßen stark und ausdauernd, daß keine Regenjacke mehr dichthielt und sogar die Sitzbänke abfärbten. Na ja, was soll's, dachten wir uns, wir sind im Begriff, den Cup zu holen und nächstes Jahr im Europapokal zu spielen, da stört Wasser von oben nicht. Der KSC begann so, wie man sich seine Mannschaft gerade NICHT im wichtigsten Spiel der Vereins- (und meiner) Geschichte wünscht, das Spiel plätscherte so dahin (wie der Regen, der uns wie begossene Pudel aussehen ließ), vom erwarteten Unterschied vom UEFA-Cup-Aspiranten zum Absteiger war nichts zu sehen. Unsere Gesichter wurden nachdenklicher, zumal sich der absolute Gleichstand auf dem Platz und die damit verbundene Überraschung auch auf die Ränge übertrug und unsere blau-weiße Fankurve leicht ungeduldig zuschaute, während die Roten gegenüber Stimmung machten. Kurz vor dem Halbzeitpfiff gerieten wir durch einen Freistoß, bei dem unser

Keeper Reitmaier gar nicht gut aussah und dessen groteske Abwehrhaltung uns einen Tag später als hämische Erinnerung von allen Tageszeitungen entgegengrinste, in Rückstand und von da an erlebte ich alles wie in Trance: Die zweite Hälfte begann, wir lagen weiterhin zurück, das Wasser lief uns durch die Jacken ins Innere und es sah ebensowenig nach dem Ausgleich wie nach dem Ende des Dauerregens aus – kurz vor Schluß, bei einer ganz bestimmten Situation, dachte ich dann an einen zuvor im Scherz geäußerten Satz, den ich in einer seltenen pessimistischen Sekunde fallengelassen hatte: „Stellt euch mal diesen Horror vor, es regnet, wir liegen zurück und Tarnat flankt einen Ball hinters Tor. Ich glaube, dann werfe ich meinen Schal weg." Ob sie es glauben oder nicht, GENAU DIES GESCHAH WIRKLICH! Langer Ball auf die Außenseite, Tarnat flankte und der Ball landete hinterm Tor, es regnete und wir lagen zurück. Ich stand auf und brüllte meinen Frust über diese verdammte Vorhersage ins weite Rund, nahm meinen Schal ab und warf ihn, so weit ich nur konnte, nur um wenig später meine Vorderleute zu bitten, ihn mir wieder zurückzugeben... Und jetzt, im Angesicht der drohenden Niederlage, die für den KSC als haushohen Favoriten eine landesweite Blamage bedeuten würde (hier spielte der 6. der Bundesliga gegen den 17. und Absteiger, noch nie hatte ein Absteiger den Cup geholt), jetzt und hier spürten wir, die wir etwa 20.000 KSC-Fans zählten, den Regen und die Kälte. Das Wasser war schon lange in Schuhe und durch Jacken, Schals und Pullover gelaufen, die alten Holzbänke hatten ihre oberste Schicht selbstlos an unsere Hosenböden abgegeben und wir froren erbärmlich! Wenig später war es vorbei, hallte der Jubel von 20.000 Kaiserslauterer Fans in den Berliner Regen und ich war so deprimiert wie noch nie zuvor in meinem Leben, deprimiert, naß bis auf die Knochen, blamiert und bloßgestellt in meiner dum-

Genauso naß und enttäuscht wie ich – unsere Spieler nach dem verlorenen Pokalfinale 1996

Foto: GES-Sportfoto

men, kindlichen Vorfreude auf das Spiel, das wir nur gewinnen konnten und doch verloren hatten und dann fiel mir auch noch mein peinlicher, siegessicherer Radioauftritt ein, der meinen Namen und meinen Gesang millionenfach über den Äther brachte und ich fühlte mich ganz klein und tat mir so unendlich leid.

Da paßte es ins Bild, daß wir am nächsten Morgen (über die Nacht, die kurz und alkoholschwer und sehr ruhig gewesen ist, breite ich den Mantel des Schweigens) auch noch mit dem Fahrstuhl im Hotel steckenblieben und es genau dann wieder zu regnen begann, als wir das Hotel in Richtung Flughafen verließen. Nachdem wir uns dann den ganzen Tag am Flughafen aufgehalten und überall nur grinsende Kaiserslauterer Fans gesehen hatten, flogen wir heimwärts, hatten noch dazu Verspätung und wurden in Frankfurt von unserem Kumpel abgeholt, der auf der Rückfahrt jeden Parkplatz anfahren mußte, da der Wagen Wasser verlor. Es regnete in Strömen…

Am Pfingstmontag nach dem Spiel schlich ich wie ein geprügelter Hund in mein Büro und entfernte den KSC-Kalender. Ich habe seitdem nie mehr einen aufgehängt, so enttäuscht war ich und so sehr machte ich diesen verdammten Kalender für den ganzen Schlamassel verantwortlich. Fußballl kann grausam sein!

UI-Cup 1996
Fußball kann so schön sein!

Der Sommer 1996 kam und mit ihm der UI-Cup, bei dem all diejenigen Teams mitspielen, die ihr Saisonziel verfehlt und sich genau HINTER den zum UEFA-Cup berechtigenden Plätzen eingereiht (oder das Pokalfinale gegen einen Absteiger verloren…) haben und die Belohnung für den Sieg in diesem Strohhalm-Wettbewerb ist eben die Teilnahme am so begehrten UEFA-Cup. Wir hatten bereits letztes Jahr mitgemacht und waren, wie sollte es anders sein, bis ins Finale gekommen und dort an Bordeaux gescheitert. Na ja, dafür waren wir aber auch mal in die Schweiz gekommen und das gleich zweimal: Zuerst loste man uns zum FC Basel, wo wir an einem heißen Nachmittag im Block mit Wasser gefüllten Luftballons auswichen, die durch die Gegend flogen und den Basler Fans „Ihr habt den Rhein versaut" entgegenbrüllten. Wir gewannen mit Ach und Krach 3:2, kamen weiter und ließen dies die Basler Innenstadt auf dem Rückweg in einer aus drei Fahrzeugen bestehenden Kolonne durch Hupkonzert, heraushängende Schals und einer aus einem Schiebedach gestreckten KSC-Fahne auch deutlich erkennen. Die zweite Reise war eine der Sorte, von der man eigentlich Photos hätte machen sollen, um die Worte auch zu belegen: Zum FC

Aarau ging's und wir waren zu fünft in die Schweiz unterwegs und während Basel noch im Flachland liegt, eröffneten sich uns Richtung Aarau Aussichten, wie man sie sich ansonsten lediglich auf kitschigen Tourismus-Postkarten von der Schweiz vorstellt: Berge, Wiesen und glückliche Kühe. Ich weiß, wie sich das anhört, aber es stimmte wirklich. Ich glaube, es war kurz vor dem Ziel, als wir nicht so recht weiter wußten und ein Sträßchen entlangfuhren, welches den Blick auf Wiesen und Berge freigab, über Berg und Tal führte, eine wirklich tolle Aussicht, keine Straßenmarkierungen, keine Leitplanken, eben nur Wiese links und rechts sowie grasende Kühe, es war fantastisch kitschig, aber real. Das Sträßchen führte auch an einem mitten in diesem Naturparadies gelegenen Bauernhof vorbei, in dessen Hof wir fuhren und wo eine Bäuerin aufgrund unserer überall aus den Fenstern hängenden Schals und fünf auf engstem Raum in den Wagen gepferchter Leute aus Deutschland Bauklötze staunte. Insbesondere weil wir noch einen Wagen mit Karlsruher Kennzeichen hinter uns herzogen, dessen Fahrer alleine (!) unterwegs war und sich in Unkenntnis des Weges an uns angehängt hatte und nun auch auf dem Bauernhof stand. Wie dem auch sei, sie erklärte uns den Weg (auch wenn wir sie nur schwer verstehen konnten) und ein Dorfsportplatz erwartete uns, zusammen mit einer Bullenhitze, die das Zuschauen zur Qual machte. Unser Spiel trug auch nicht zur Besserung bei und um alles noch schwieriger zu machen, ging das Spiel auch noch in die Verlängerung, wo wir dann glücklich gewannen. Vor uns stand ein Fan mit einem Bierbecher in der Hand und Roland gab uns während des Spiels den Tip, mal ins Gesicht dieses Fans zu schauen und, sie werden es nicht glauben, er schlief! Die Augen fielen ihm zu, gingen kurz wieder auf und waren wenig später vor lauter Hitze und Alkohol wieder zu. Da man stehend nicht schlafen kann, wenn man nirgendwo angelehnt ist, schwankte er und fiel mitsamt seinem Bierbecher seitlich um. Der Becher gab ein ebenso klatschendes Geräusch von sich wie der einknickende Körper, der unsanft auf dem Steinboden der Stehränge aufschlug. Dies war der Wake-up-call, unsicher, beschämt blinzelnd (und glücklich, denn er war nicht mit dem Kopf aufgeschlagen, weil wir ihn ein wenig aufgefangen hatten) stand er wieder auf und das Gelächter war groß. Auch wir spürten die Getränke und die Hitze nach Spielende und als wir Richtung Auto liefen, gab es folgende geographische Besonderheit: Die KSC-Fans waren so zum Parken gelotst worden, daß viele Wagen längs hintereinander standen, rechterhand ein durch Gebüsch (aber nicht durch einen Zaun kenntlich gemachtes) beginnendes Grundstück mit einem Swimming-Pool. Und da standen wir nun, bestimmt 30 Mann nebeneinander und entledigten uns des angestauten Wassers, genau ins Gebüsch dieses Grundstücks. Sicher kein Ruhmesblatt, aber Toiletten gab's keine und das Gras nahm das Wasser sicher nicht undankbar auf bei all der Hitze. Alleine das Bild, das sich mit den vielen KSC-Fans nebeneinander stehend an diesem Garten bot, war eins für Götter und auch hier bereue ich immer wieder, kein Bild gemacht zu haben. Zu jener Zeit war gerade die Verfremdung des SMOKIE-Hits „Who the fuck is Alice" hoch in den Charts und in einer meiner triumphalen Anwandlungen nach erfolgtem Auswärtssieg sah ich, hinten links sitzend, während der Rückfahrt an einer Bushaltestelle auf der Gegenfahrbahn ein paar enttäuschte Aarau-Anhänger mit ihren Fahnen auf dem Boden sitzen. Ich öffnete also das Fenster, hängte mich mit meinem Schal in der Hand nach draußen und als wir auf gleicher Höhe waren, brüllte ich so laut ich konnte „Aarau, who the fuck is Aarau?" und plötzlich sprang die Dorfjugend auf und rannte auf die Straße, Roland (unser Fahrer an jenem Tag) erkannte die Situation und gab Gas, nichts wie weg, und zum Glück reichte es gerade noch, um bei Gelb über eine von mir nicht wahrgenommene Ampel vor uns zu fahren, so daß ich mir auch noch ein hämisches Winken durchs Heckfenster gestattete. Glück gehört eben dazu und wir lachen noch heute über diese UI-Cup-Episoden.

All dieses war dann aber leider (wie bereits erwähnt) Makulatur, weil wir das Finale gegen Bordeaux (zuhause 0:2, damit war die Sache schon vor dem Rückspiel gelaufen, welches dann in Bordeaux 2:2 endete) verloren und so die von mir verlachten Aarauer Fans noch im Nachgang ihre Genugtuung bekamen. Hochmut kommt vor dem Fall.

1996 hatten wir genau dasselbe wieder geschafft, hatten den Pokalfrust überwunden und waren bis ins Finale gekommen, mit Siegen über Mannschaften, deren Namen man nicht aussprechen, geschweige denn aufschreiben kann und standen nun im Endspiel gegen die belgische Mannschaft von Standard Lüttich. Hoffnungsfroh waren wir an einem Werktag nach Belgien gefahren, hatten uns dort ob unserer deutschen Herkunft wüst beschimpfen lassen müssen und dann auch noch mit 0:1 verloren. Das Rückspiel im heimischen Stadion war also unsere letzte Hoffnung, um nicht erneut kurz vor dem Ziel zu scheitern und siehe da, wir führten lange 1:0, ehe den Belgiern der Ausgleich gelang. 1:1, das bedeutete erneute Häme von seiten des ganzen Landes von wegen „Versager" und ich war schon wieder am Hinabgleiten in einen Abgrund Berliner Ausmaße, als fünf Minuten vor Schluß das 2:1 fiel – ein Ergebnis, welches so passend für uns schien, hätten wir doch jetzt mit Torgleichheit verloren. Jetzt ärgerte ich mich noch mehr, mit dem 1:1 wären wir auch insgesamt schlechter gewesen, aber mit derselben Differenz zu gewinnen, nur um dann aufgrund der Auswärtstore-Regelung (bei Gleichheit kommt das Team weiter, das auswärts mehr Treffer erzielt hat und wir hatten in Lüttich keinen gemacht) zu scheitern, das schien mir nach der in Berlin erlittenen Schmach tiefstes Unrecht zu sein. Und dann kam einer jener magischen Momente, für die wir all die Strapazen wie Regen, Kälte und lange Anfahrtswege auf uns nehmen und die nur die wirklich Eingeweihten verstehen können: In der letzten Minute erzielte Markus Schroth das eigentlich unmögliche 3:1 und wir waren durch, hatten in den letzten fünf Minuten zwei Tore erzielt und nach der Schmach im Pokal nun doch einen Platz in Europas Elite gefunden und das in buchstäblich letzter Minute!

UEFA-Cup 1996/97 und ein verklärter Rückblick

Er ist das Zauberwort, der Balsam auf gestreßte Seelen, die Belohnung für eine gute Saison mit einem Platz unter den ersten fünf oder sechs (der Sechstplazierte rückt ab und zu aufgrund günstiger Konstellationen wie „einer unter den ersten fünf wird Pokalsieger, spielt somit im Pokalsieger-Cup und macht daher einen UEFA-Cup-Platz frei" in den begehrten Wettbewerb nach). Und was hatten wir nicht für einen grandiosen Auftritt in unserer ersten UEFA-Cup-Saison '93/94: Bis ins Halbfinale waren wir vorgedrungen, als völlig unbeschriebenes Blatt im internationalen Geschäft hatten wir Geschichte geschrieben in einer Zeit, in der wir von einem tollen Erlebnis ins nächste taumelten und die ich nie vergessen werde.

Begonnen hatte alles damit, daß wir in der Bundesliga Platz 6 belegt hatten, der eigentlich nicht zur Teilnahme am UEFA-Cup gereicht hätte; da mit Bayer Leverkusen aber ein Team, das vor uns lag, im Pokalendspiel stand, mußten sie dieses nur gewinnen (dann spielten sie im Europapokal der Pokalsieger) und wir als sechstplaziertes Team wären in den UEFA-Cup nachgerückt. Im Finale in Berlin trafen die Leverkusener auf die Amateurmannschaft (!) des (damaligen) Zweitligisten Hertha BSC Berlin, die natürlich ein Heimspiel hatte und sich mit allem wehrte, was sie hatte. Ganz Deutschland drückte dem Underdog die Daumen, bis auf Leverkusen und Karlsruhe – wir saßen vor dem Fernseher, die Zeit verging, keiner von uns hatte seine Bierflasche angerührt, seit die zweite Halbzeit begonnen hatte und die Leverkusener einfach kein Tor schießen wollten. Sollte uns wirklich der erstmalige Einzug in den UEFA-Cup nur deshalb verwehrt bleiben, weil eine Bundesliga-Mannschaft nicht gegen einen Amateurclub gewinnen konnte? Kurz vor Schluß dann machte Ulf Kirsten ein völlig unverdientes 1:0 und wir brüllten die ganze Nachbarschaft zusammen! Leverkusen gewann das Spiel und wir waren zum ersten Mal in der Vereinsgeschichte im UEFA-Cup, es war wirklich nur schwer zu begreifen.

Ich glaube, die ganze Stadt wartete an jenem Freitag mittag auf das Ergebnis der Auslosung zur ersten Runde und als das Los feststand, brachen wir alle in lauten Jubel aus: Der PSV Eindhoven wurde uns zugelost und sogleich von allen zum Favoriten erklärt. Wahrscheinlich wußten die Holländer nicht mal, wo Karlsruhe überhaupt lag und deren Fans machten sich auch gar keine große Mühe, das herauszufinden, denn es waren kaum welche da (dafür aber ein paar schwäbische Schwachköpfe, die eine ihrer elenden rot-weißen Fahnen bei den

Holländern aufhängten – dafür zierte eine rot-weiße Fahne unseres badischen Nachbarn SC Freiburg unsere blau-weißen, wenigstens die Freiburger hatten erkannt, in welchem Land sie geboren waren. Seit diesem Tag bin ich auch bei internationalen Spielen immer gegen den VfB gewesen, ganz egal, wo der Gegner herkam…). Der KSC legte los wie die Feuerwehr, das Publikum im ausverkauften Wildpark sorgte für eine Atmosphäre, deren Großartigkeit wir noch einige Male erleben sollten und wir trafen zweimal, ohne in der Folgezeit irgendwelche Zweifel aufkommen zu lassen, wer die bessere Mannschaft war. Dieses 2:0 wäre ein Traumergebnis für das Rückspiel in Eindhoven gewesen, wenn der portugiesische Schiedsrichter den Holländern nicht einen Elfmeter geschenkt und Manni Bender aufgrund eines gar nicht erfolgten Handspiels nicht auch noch vom Platz gestellt hätte. Wir freuten uns trotzdem, obwohl ein 2:1 eigentlich ein denkbar schlechtes Resultat ist, denn mit einem 0:1 ist man im Rückspiel im Nu draußen, aber wir hatten schließlich noch nie im UEFA-Cup mitgespielt und ich war schon zufrieden, überhaupt dabeizusein. Mit diesem Wissen fuhren wir in einem der vielen Busse nach Holland, 2.000 Mann insgesamt und wir wurden von den Eindhovenern wie erwartet mit „Nazi"-Sprechchören empfangen. Zudem waren wir in zwei Hälften rund um die Eckfahne aufgeteilt und der Teil hinter dem Tor, wo wir saßen, war lediglich durch eine gespannte Plastikschnur (wie man sie auf Baustellen findet), von einer Gruppe Hooligans getrennt, die sich mehr auf uns und entsprechende Provokationen denn auf das Spiel konzentrierten. Dies ging dann so weit, daß sie sich in der zweiten Halbzeit mit der eigenen Polizei prügelten, Herr laß Hirn vom Himmel regnen! Wir wollten aber dennoch das Spiel sehen, schrien und sangen uns die Seele aus dem Leib und die beste Mannschaft, die wir je hatten, stemmte sich mit aller Macht gegen das eine Tor, das nicht fallen durfte. Die Spannung war unerträglich, wir machten ein Tor, das nicht gegeben wurde und wenig später machten die Holländer ein Tor, das nicht gegeben wurde. Als nach 93 Minuten endlich Schluß war, stand es immer noch 0:0 und wir hatten den großen Favoriten aus dem UEFA-Cup geworfen (Hierzu meinte Winnie Schäfer in einem Interview der „Zeitung am Sonntag" vom 02.05.99: *Ich werde nie vergessen, wie unsere Fans beim UEFA-Cup-Spiel in Eindhoven eingepfercht in ihrem Block standen und uns bedingungslos angefeuert haben. Als Provinzclub wurden wir ausgelacht – bis zum ersten Mal die KSC-Schlachtrufe durchs Stadion hallten.").* Bei all dem Jubel konnten wir es auch verschmerzen, daß es auf der Rückfahrt durch das Dach (!) unseres Busses zog und wir völlig durchgefroren wieder zuhause ankamen – Hauptsache die Sensation geschafft, auch eiskalte Zugluft konnte uns die Freude nicht verderben. Was hilft ein warmer Bus, wenn man ausgeschieden ist? Eben!

In der zweiten Runde wartete mit dem CF Valencia der seinerzeitige spanische Tabellenführer, was uns aber dennoch nicht vom Flug nach Spanien abhielt, wir waren so froh, immer noch dabeizusein, daß wir alles mitnehmen wollten, was irgend möglich war, schließlich konnte man ja nicht wissen, ob man so etwas überhaupt noch einmal erleben durfte; die Stimmung im Stadion war fantastisch, kurz vor Spielbeginn hielten die etwa 40.000 Zuschauer viereckige farbige Kartons über die Köpfe, so daß wir links und rechts von uns die spanischen Nationalfarben und gegenüber von uns die Vereinsfarben von Valencia sehen konnten, ein wirklich tolles Bild, welches ich bis heute nicht vergessen habe. Leider hatten wir auf dem Feld keine Chance, spielten schlecht und gerieten in einen aussichtslosen 0:3-Rückstand, den unser Mittelstürmer Edgar Schmitt mit einem überraschenden Tor am Ende noch ein wenig korrigieren konnte. Wir waren ziemlich enttäuscht, doch eine Anekdote heiterte uns ein wenig auf: Als es noch 0:3 stand, ertönte eine Ansage in Deutsch, die uns irgendetwas zum Ablauf nach dem Spiel sagen wollte. Was sie genau sagte, konnten wir leider nicht verstehen (wir mitgereisten KSC-Fans waren im übrigen auf den obersten paar Reihen in voller Breite der Tribüne verteilt, so daß man uns ja nicht anfeuern hören konnte), denn alle Spanier, die mit ein paar leeren Reihen Abstand vor uns saßen, sprangen auf und buhten, pfiffen und machten Lärm, so laut sie konnten, als sie die deutsche Ansage hörten. Dies taten sie auch beim zweiten Versuch des Sprechers und ich wurde so langsam sauer... Als sich herausstellte, daß auch der dritte Versuch fehlschlug und ich einen besonders eifrigen Spanier unter mir entdeckt hatte, der sich besondere Mühe gab, zu pfeifen und zu buhen, überlegte ich in meine Wut eines 0:3-Rückstands hinein, wie ich diesem einen Typen klarmachen konnte, daß er vielleicht ein Problem bekommen könnte und zwar so, daß er es auch über die deutsch-spanische Sprachbarriere hinweg verstand: Mein Gehirn arbeitete durch den allgemeinen Frust des Spielstands auf Hochtouren und als er mich buhend anschaute (diese Hirnamputierten drehten sich auch noch zu uns um, während sie die deutsche Ansage niederbrüllten), zeigte ich mit dem Finger auf ihn (und nur auf ihn), stand langsam und drohend auf und vollführte mit meinem Zeigefinger eine Bewegung von links an meinem Hals langsam nach rechts. Ich muß ziemlich entschlossen ausgesehen haben in meinem Ärger, denn der Spanier erschrak, drehte sich um und setzte sich wieder hin. Als der nächste (und letzte) Versuch einer deutschen Ansage ausgebuht wurde, waren alle Spanier wieder in Aktion und wir verstanden wieder nichts, nur dieser eine, den ich quasi im Alleingang für alles verantwortlich gemacht und dem ich mit meiner Handbewegung ein gar schreckliches Ende angekündigt hatte, blieb stumm und regungslos auf seinem Platz sitzen und drehte sich auch nicht mehr um. Wir mußten uns wirklich beherrschen, um nicht laut loszulachen...

Abends zog es uns zu einem Chinesen, der einzige Laden, der nach Mitternacht unter der Woche in dem Viertel, in dem unser Hotel lag, noch geöffnet hatte. Dementsprechend war die Bude voll mit KSC-Fans und irgendwann ging

Edgar Schmitt beim Torjubel gegen Valencia 1993

Foto: GES-Sportfoto

den Chinesen das Bier aus – Dosen waren der Ersatz und kurz darauf gab es auch diese nicht mehr. Wir wollten aber alle noch mehr und plötzlich sahen wir eine der Bedienungen mit drei großen Glaskrügen zur Tür hinausgehen, nur um wenig später mit diesen (gefüllt!) wieder hereinzukommen! Wir fragen uns heute noch, wo in aller Welt sie das Bier hergeholt hat, denn das Viertel war komplett dunkel und ausgestorben, wir hatten etwa 1 Uhr morgens an einem Werktag... Wir sicherten uns einen der Krüge, indem wir ihn festhielten, als man uns eingeschenkt hatte und die Bedienung sah uns an, als ob wir vom Mars gekommen wären, wahrscheinlich hatte sie noch nie erlebt, wieviel Bier manche Leute aus Deutschland so vertragen können... Wir setzten das Gelage in der Hotelbar fort, getreu dem Motto: Was soll's, wir sind mit 1:3 eh so gut wie ausgeschieden, laßt uns diese letzte Reise genießen; neben uns saß eine Gruppe japanischer Geschäftsleute und einer fragte uns auf Englisch, wie das Spiel ausgegangen sei und als ich es ihm sagte und meinte, daß jetzt nur noch eine kleine Chance aufs Weiterkommen bestünde, nickte er auf diese ganz bestimmte, irgendwie geheimnisvoll-wissende Art, die nur Asiaten innehaben und meinte lächelnd, daß man sich immer zweimal begegnen würde und solange das Rückspiel noch nicht stattgefunden habe auch noch nichts entschieden wäre – er sollte auf eine Art und Weise recht behalten, die keiner von uns auch nur geahnt hätte.

Wir alle fieberten dem Rückspiel entgegen, denn ein 2:0 genügte, um weiterzukommen und das hatten wir zwischenzeitlich ja auch gegen Eindhoven geschafft, warum also nicht noch einmal? Und dann war es soweit, der Tag, an welchem der KSC Geschichte schreiben sollte, das Rückspiel stand an: Mittags noch hatte ich, als ich zum Essen ging, die Mannschaft von Valencia lässig, mit den Händen in den Taschen ihrer Trainingsanzüge, in Ettlingen herumlaufen sehen und dachte noch bei mir, daß man diese coolen Typen abends für ihre Arroganz und Überheblichkeit bestrafen sollte. Sie wurden bestraft, auf die schlimmste Art, vor einem Millionenpublikum in Deutschland und Spanien. Es war das beste Spiel, das ich je erlebt habe an diesem denkwürdigen 03.11.1993, eine Stimmung, die man mit Händen greifen konnte, alle waren voller Erwartung und Freude und der KSC wurde nach vorne gepeitscht, als gäbe es kein Morgen mehr. In der 29. Minute erzielte Edgar Schmitt (der an diesem legendären Abend als Euro-Eddy in die Annalen des deutschen Fußballs eingehen sollte) das 1:0 und jetzt fehlte nur noch ein einziger Treffer zum Weiterkommen. Was soll ich sagen, alle Worte, die ich hier verlieren kann, können nicht im geringsten das wiedergeben, was an diesem magischen Abend geschah, ich versuche es aber trotzdem: In der 34. Minute flog ein Ball flach in den Strafraum von Valencia und das letzte, was ich sagte, bevor ich auf einer blau-weißen Welle der Euphorie davon- und einige Stufen der Stehplatzränge hinunterschwebte (na ja, die Stufen fielen wir eigentlich eher hinunter), war „Da ist doch keiner vorne". Einer war vorne: Edgar Schmitt, und der nahm den Paß direkt und machte das 2:0. Jetzt war das 1:3 egalisiert und aufgrund des auswärts erzielten Tores waren wir zu diesem Zeitpunkt in der nächsten Runde. Die Spanier änderten ihr lasches und überhebliches Spiel nicht, sie hatten aber auch gar keine Zeit dazu, denn nur drei Minuten nach dem 2:0 erlief Rainer Schütterle einen langen Paß auf den Flügel, der spanische Torwart kam 20 Meter aus dem Tor gelaufen und Schütterle hatte die Sternstunde seiner gesamten Karriere: Er hob den Ball in weitem, hohen Bogen über den Torhüter und ins leere Tor und es stand 3:0. Ich hatte, während tausend Leute an mir herumzogen, über mich fielen, mir ins Ohr brüllten und ich selbst brüllte und tobte, Tränen in den Augen, ich hatte so etwas noch nie erlebt und auch nie nur im Entferntesten daran gedacht, so etwas jemals erleben zu dürfen und jetzt passierte es, es war wundervoll und magisch in dieser Nacht. Die zweite Halbzeit begann und als gerade mal eine Minute gespielt war, begann die Magie von vorne: Unser russischer Spielmacher Valerie Schmarow machte aus dem Gewühl und einem zurückgespielten Ball heraus mit einem strammen Schuß das 4:0. Ob sie's mir glauben oder nicht, beim Eintippen dieser Zeilen bekomme ich eine Gänsehaut, es war das Schönste, was ich je erlebt habe, aber ich glaube, das habe ich bereits gesagt.

Machen wir lieber weiter mit der 59. Minute und dem nächsten Tor, dem 5:0 durch Edgar Schmitt. War das nicht verrückt? *„Ich flipp' aus! Ich flipp' aus hier"*, brüllte ein völlig enthemmter SAT-1-Reporter Jörg Dahlmann in sein Mikrofon während der Live-Übertragung im Fernsehen und hat seitdem bei uns allen für immer einen Stein im Brett. Gerade als wir uns nach dem fünften Torjubel wieder sortiert und die Schals entwirrt hatten, wir schrieben die 63. Minute, erhielt Edgar Schmitt (wer auch sonst an diesem heiligen Abend) einen Paß etwa 20 Meter Mitte zum Tor und zog mit einem Hammer ab, daß der Ball quasi durch den spanischen Torwart hindurch ging und zum 6:0 im Tor einschlug. 6:0... ich jubelte schon gar nicht mehr richtig, ich konnte auch nicht mehr, das war alles zu verrückt. Ich möchte wirklich niemand langweilen, aber das war es immer noch nicht: In der letzten Minute machte unser kroatischer Verteidiger Slawen Bilic nach einem Eckball mit dem Kopf auch noch das 7:0. 7:0! Die Zeitungen überschlugen sich am nächsten Tag, im Fernsehen gab es nur ein einziges Thema, irgendwo habe ich am nächsten Tag gelesen: *„Danke KSC, Fußball-Deutschland umarmt euch!"*. Und wenn in den nächsten Jahren alles auseinanderfallen und die Mannschaft nie mehr Erfolg haben sollte, diesen 3. November 1993 und dieses eine Spiel werde ich bis an mein Lebensende niemals vergessen und allen, die damals mitgespielt haben, für immer dankbar sein, Kahn, Wittwer, Bilic, Schuster, Schmarow, Bender, Schütterle, Rolff, Carl, Schmitt und Kirjakow, Ihr habt Geschichte geschrieben und den KSC für die Zeit, in der ihr die Mannschaft gestellt habt, unsterblich gemacht. Dies (und da konnte folgen, was wollte) war die beste Mannschaft, die wir je hatten, da wurde gefightet bis zum Umfallen, hier griff das Klischee „Einer für Alle, Alle für Einen", jeder gab alles für den Erfolg, den Verein und die Fans. Das gab es trotz Häßler, Dundee und Keller danach nie mehr und ich fürchte, das wird es auch nie mehr geben und daher könnten sie den genannten Spielern vor dem Wildpark von mir aus ein Denkmal bauen. Ich würde sogar beim Aufbauen helfen.

Wir hatten also Eindhoven und Valencia aus dem UEFA-Cup befördert und warteten völlig berauscht von den Liebkosungen der Presse auf den nächsten Gegner, der vom selben Kaliber sein sollte: Wie stets war ich gerade auf dem Weg vom Büro zum Essen, es war so gegen 12.15 Uhr, ich hatte die regionale Karlsruher Welle Fidelitas eingestellt, wo sich der Reporter immer gleich meldete, wenn der KSC gelost wurde. Ich fuhr schier in den Graben, Girondins Bordeaux wurde gezogen, wieder so ein wohlklingender Name und eine tolle Mannschaft und auch hier hatten wir den kleinen Vorteil, zuerst das Auswärtsspiel austragen zu können. Auch dieses nahmen wir mit, Achim und Stephan begleiteten mich auf dem Trip und weil Stephan und ich keine sehr begeisterten Flieger sind und Achim mir im Duty-Free-Shop vor dem Abflug eine besondere Empfehlung gab, hatte ich an Bord eine Flasche Drambuie im Handgepäck; hierbei handelt es sich um völlig fantastischen schottischen Schnaps, gemacht aus Honig, Kräutern und Whisky, verführerisch süß und dann brennend wie die Hölle mit seinen 40% Alkohol. All dies wußte ich nicht, als ich nach diversen Weizenbieren im Flieger noch geschwind die Flasche ansetzte, beide Backen mit Drambuie vollpumpte und mich wieder setzte. Als ich die Hälfte geschluckt hatte, wurde mir warm, sehr warm, ich begann zu schwitzen und schluckte auch noch den Rest. Die Fliegerei machte mir danach überhaupt nichts mehr aus... In Bordeaux angekommen, fiel ich beinahe die Gangway hinunter, Stephan und Achim sahen aufgrund des während des Fluges genossenen Alkohols auch nicht besser aus. Als wir im Hotel ankamen, war früher Mittag, das Spiel begann erst um 21.00 Uhr und so dankten wir der Tatsache, daß ich Aspirin dabeihatte, nahmen davon, ruhten uns auf unserem Zimmer aus (zwei Leute auf den Betten, einer daneben) und erkundeten wenig später die City Bordeaux', eine tolle Stadt im übrigen. Kleine verwinkelte Gäßchen zogen sich spinnenförmig durch die Altstadt, überall Cafés und Bistros und da wir zwar viel getrunken, aber nichts gegessen hatten, setzten wir uns in eine kleine Kneipe. Da Stephan's Mutter Französin ist und er die Sprache daher sehr gut beherrscht, war es auch kein Problem, ein wenig in einer französischen Zeitung zu lesen, in der geschrieben stand, daß etwa 1.500 KSC-Fans aus Deutschland rüberkommen würden, die aber als friedlich bekannt wären. Der Wirt befragte uns auch deswegen und zollte uns aufgrund des 7:0 gegen Valencia Respekt, den wir genossen, als ob wir selbst gespielt hätten. Es war wie in einem Traum. Wir schlenderten noch ein wenig herum, trafen KSC-Fans beinahe überall in der Stadt und bewegten uns dann Richtung Stadion. Dort hatten sich schon einige Fans unseres verbrüderten Clubs Racing Straßburg eingefunden, die Bordeaux ungefähr genauso mochten wie wir Stuttgart und als das Spiel begann, dürften wir so rund 2.000 Fans gewesen sein, die soviel Lärm wie möglich machten. Auf dem Spielfeld tat sich leider nicht viel, aber wir machten uns nichts draus, denn der Wildpark wartete noch im Rückspiel und so warf uns auch das 0:1 (von keinem geringeren als Zinedine Zidane, heute bei Juventus Turin, in der 77. Minute erzielt) nicht aus der Bahn. Um die über uns sitzenden Franzosen ein wenig zu ärgern, drehten sich viele von uns um und riefen „Bulgaria! Bulgaria!" (Frankreich war kurz zuvor gegen Bulgarien in der WM-Qualifikation ausgeschieden), was uns viele Pfiffe einbrachte, den jubelnden Bordelais aber immerhin ein wenig die Stimmung verhagelte! Zwei Wochen später war der Wildpark wieder proppenvoll, über 30.000 verbreiteten eine Atmosphäre, die der gegen Valencia glich, leichter Nebel lag über dem Stadion, die Stimmung war am Siedepunkt und als die beiden Mannschaften aufliefen, war die Hölle los. Auch auf dem Feld, denn der KSC ging bissig und aggressiv ins Spiel, wobei der eine oder andere Franzose schmerzhaft mit der sogenannten „internationalen Härte" Bekanntschaft machte – der erste lag gleich nach dem Anspiel nach wenigen Sekunden auf dem Rasen und bei einem zweiten wurde Michael Wittwer aktiv:

Step by step – ein einziger Eingang für 2.000 Fans
UEFA-Cup in Porto 1993

Foto: Privat

Ich weiß noch, wie er zusammen mit einem Franzosen nach einem abgewehrten KSC-Angriff wieder zurücklief, beide pöbelten sich an, ich sah wieder zum Spiel, wieder zurück und plötzlich war nur noch Wittwer am Zurücklaufen, der Franzose lag am Boden. Wie ich später in der Fernsehaufzeichnung sehen konnte, hatte sich Wittwer kurz seitlich in Richtung Linienrichter orientiert und sich vergewissert, daß dieser nicht hinsah und dann seine Faust in die empfindlichste Stelle des Franzosen plaziert. Unsere Furcht, die international erfahrenen Clubs würden unseren Greenhorns eine Lektion in Sachen Härte erteilen, war völlig unbegründet. Wer sonst als Euro-Eddy erzielte das 1:0 und als ein Franzose nach einer Tätlichkeit vom Platz flog (DIESE hatte der Schiedsrichter gesehen, es war einfach alles perfekt zu jener Zeit), war es nur eine Frage der Zeit, bis wir sie aus dem Stadion schießen würden. Es dauerte zwar bis in die zweite Halbzeit hinein, dann aber erlöste uns „Kiki" (Sergej Kirjakow) mit dem 2:0 und Euro-Eddy setzte noch das 3:0 obendrauf. Karlsruhe lag wieder im Freudentaumel, die Presse herzte uns einmal mehr und plötzlich gab es landauf landab viele KSC-Fans und ungezählte PKW fuhren durch Karlsruhe und Umgebung und zeigten stolz kleine Trikots oder Wimpel...

Drei deutsche Teams hatten insgesamt den Einzug ins Viertelfinale geschafft und wir befürchteten ein deutsch-deutsches Duell, doch Fortuna war uns tapferen Europapokal-Neulingen hold und bescherte uns mit Boavista Porto einen weiteren attraktiven Namen. Und weil sie gerade dabei war, sorgte sie noch dafür, daß das Heimrecht im ersten Spiel (welches eigentlich in Karlsruhe ausgelost war) getauscht werden mußte, weil der FC Porto zur selben Zeit, in der das Rückspiel in Portugal gedacht war, ein Heimspiel in der Champions-League und diese Vorrecht hatte. Mit einem Flieger der IG (Interessengemeinschaft Karlsruher Fußballfans) ging's nach Portugal – früh morgens setzten sich die Fanbusse vom Wildparkstadion aus Richtung Flughafen in Marsch (konnte es einen besseren Abfahrtspunkt geben?) und nach der Ankunft erschreckten wir in der Flughafenhalle alle „Normalbürger" mit unseren Gesängen. Als wir in Porto angekommen waren, wurden wir von einer Polizeieskorte abgeholt – da man Ausschreitungen befürchtete, ließ man uns nicht in die Stadt und fuhr uns stattdessen an den Atlantik, wo wir eine Strandbodega leertranken (der Wirt rieb sich ob dieses unerwarteten Zusatzgeschäfts die Hände) und diverse Photos am Strand machten. Am Stadion angekommen, stellten wir fest, daß es nur einen einzigen Einlaß gab, ein winziges Tor, durch welches man nur einzeln (!) hindurchgehen konnte. Dies bedeutete also, daß mehr als 2.000 KSC-Fans einzeln ins Stadion geschleust werden mußten, was eine ellenlange Wartezeit zur Folge hatte. An einem vor dem Tor kontrollierenden Polizisten angekommen, wollte er unbedingt alles sehen, was ich in der Jacke hatte – sein Pech nur, daß ich eine wahnsinnige Erkältung hatte und er am Ende beide geöffneten Hände voller Taschentücher, Halsbonbons und Nasenspray hatte... Wir machten es uns hinter einem Tor bequem und stellten fest, daß die Stufen noch höher waren als die in Gladbach, daß man am einzigen Bierstand nur „Bier" mit aprikosenartigem Geschmack bekam (an diesen erlesenen und einzigartigen Genuß kommt nur noch ein Kölsch Alkoholfrei in Köln-Müngersdorf heran, welches zwar nicht nach Aprikosen, dafür aber nach Pril schmeckt) und daß der gegnerische Fanblock auch nach Wattenscheid gepaßt hätte, so klein wie er war. Porto erzielte kurz vor Halbzeit das 1:0 und wir retteten uns gerade so in die Pause. Nach dem Wechsel dann spielte der KSC auf „unser" Tor (hinter bzw. über dem sich alle KSC-Fans versammelt hatten) und die Mannschaft wurde besser. In der 78. Minute nahm Wittwer einen Paß von Rolff volley und hämmerte den Ball genau ins Tordreieck. Wir flippten völlig aus hinter dem Tor und brüllten und sangen uns die Seele aus Leib, es war auch wirklich zu schön, so ein Ausgleich kurz vor dem Ende. Wir hielten das 1:1 und wurden nach dem Spiel im Bus noch Zeugen einiger Übergriffe der Polizisten; viele Fans in unserem Bus hämmerten gegen die Türen und wollten raus, um es der völlig übereifrigen Polizei heimzuzahlen, aber es war sicher besser, daß die Türen geschlossen blieben und wir kurz darauf wieder Richtung Flughafen aufbrachen. Der Flieger stand schon startbereit, als wir noch im Duty-Free-Shop an der Kasse standen, der letzte Aufruf war verklungen und so rannten wir wie die Verrückten übers Startfeld, um nur ja noch die Maschine zu erreichen. Als wir in Frankfurt ankamen, wünschte uns der Pilot viel Glück und meinte, er würde uns gerne nach Mailand zum Finale fliegen – zuerst aber wollte er noch eine La Ola-Welle sehen, die alsbald von vorne nach hinten durch den Flieger schwappte und mit Gesängen begleitet wurde. Als ich früh morgens im Bett lag, dachte ich mir: „Heute morgen aufgestanden, jetzt wieder hingelegt und zwischendurch waren wir mal kurz in Portugal, schon verrückt, aber schön". Mit diesem 1:1 starteten wir beruhigt ins einmal mehr ausverkaufte Rückspiel, bei welchem der KSC von Beginn an spielbestimmend war und Wolfgang Rolff noch in der ersten Halbzeit die Führung erzielte, wobei ein Portugiese auf der Linie noch kräftig mithalf. Die zweite Hälfte entwickelte sich dann mehr oder weniger zu einer Abwehr-schlacht, denn Porto machte Druck, verlor aber kurz vor Schluß einen Spieler wegen Foulspiels und dann war es vorbei: Wir hatten nach Eindhoven, Valencia, Bordeaux nun auch Porto eliminiert und standen bei unserer ersten UEFA-Cup-Teilnahme im Halbfinale!

Dort wollten wir alle Inter Mailand als Gegner haben, doch dieser Wunsch blieb uns verwehrt, denn wir bekamen es „nur" mit Casino Salzburg zu tun, dem vermeintlich leichtesten Gegner, der zu haben war. Die Österreicher hatten zuvor Eintracht Frankfurt ausgeschaltet und man hörte von häßlichen Szenen zwischen den Fans beider Teams. Egal, wir fuhren trotzdem hin und hatten das Glück, unter den 2.500 Glücklichen zu sein, die eine Karte bekamen – mehr wur-den dem KSC nicht zugestanden, obwohl es etwa 8.000 Interessenten gegeben hatte. Nun, eigentlich hatten wir sogar eine Karte übrig, denn unser vierter Mann Stephan tauchte an jenem Morgen einfach nicht auf, so daß die Busse ohne ihn losfuhren. Bei einem Stop kurz vor der österreichischen Grenze riefen wir ihn von einer Telefonzelle aus an und fragten ihn, wo er denn geblieben wäre, woraufhin er meinte, er hätte verschlafen und dann versucht, die Busse noch mit dem PKW einzuholen. Eigentlich eine gute Idee, hätte er dabei nur nicht Wien in die Schweiz verlegt und wäre auf der A5 von Karlsruhe in Rich-tung Basel gefahren anstatt auf der A8 in Richtung München, wo wir logischer-weise in Richtung Österreich unterwegs waren…

Das Spiel fand im Wiener Praterstadion statt, was zur Folge hatte, daß auch unser Gegner seine Fans mit Bussen nach Wien bringen mußte und als der Bus ewig weit weg auf einer riesigen Allee zwischen jeder Menge anderer Busse geparkt hatte (ich glaube, ich habe noch nie so viele Busse auf einem Haufen gesehen), stiegen wir mit breitem Kreuz aus und warteten auf die Österreicher, die Ärger wollten. Es gab keine, niemand wollte was von uns, ganz im Gegenteil, die Stimmung im ausverkauften Stadion war grandios und kein bißchen negativ; wir sangen und brüllten und standen auf unseren Sitzen und das Geschehen auf dem Feld geriet beinahe zur Nebensache, denn beide Teams spielten nicht besonders gut. Als es nach 90 Minuten 0:0 stand, verließen die Österreicher das Stadion fluchtartig, während 2.500 KSC-Fans die „Welle" von einem Ende des Blocks in der Kurve zum anderen schwappen ließen. Wir sangen noch bestimmt

Vienna calling – Aus dem KSC-Fanblock beim UEFA-Cup-Halbfinale 1994 gegen Salzburg in Wien

Foto: Privat

eine Stunde nach Spielende, als die Lichter langsam verlöschten und sich der Stadionsprecher völlig begeistert meldete und meinte, er hätte noch nie solch tolle Fans erlebt, die völlig gewaltfrei nur feierten und sangen und er gratulierte uns dazu. Im Anschluß zogen wir noch in eine Bar, in der leider gerade das Weizenbier ausgegangen war und tranken österreichisches Bier bis gegen 3.30 Uhr morgens, als wir völlig heiser und ziemlich betrunken ins Hotel kamen. Auf dem Zimmer angelangt, machte Achim den Fernseher an, um irgendwo noch was vom Spiel zu sehen und mir fiel ein, daß meine Kollegin Moni an diesem gerade begonnenen Tag Geburtstag hatte und so beschloß ich, ihr ein Fax ins Büro zu schicken. Ich wankte ganz langsam und unsicher nach unten und da ich wirklich keinen einzigen Ton mehr herausbrachte, schlug ich mit der Hand mehrfach auf die Klingel an der Rezeption, bis der Nachtportier kam, dem ich irgendwie klarmachte, daß ich ein Fax schreiben wollte. Auf den ausgehändigten Briefbogen (auf dem auch noch „Absender ist Gast im Hotel Astra, Wien" stand) schrieb ich mit dickem Filzstift „Happy Birthday, Moni" und als Absender „KSC-Fans aus Wien" und gab es dem verdutzten Nachtportier mit der Faxnummer, der meinte, dies würde 23,- DM kosten. 23,- DM, was für ein Wucher, aber ich hatte in meinem Rausch die Währungen verwechselt, denn natürlich handelte es sich lediglich um 23,- ÖS... Das letzte, an was ich vor meinem Tiefschlaf im Hotelbett noch dachte, waren die Gesichter bei mir im Büro, wenn sie frühmorgens das Fax sehen und auf die Uhrzeit der Kennung schauen würden... Morgens schlenderten wir noch über den Naschmarkt und hatten natürlich unsere

Schals umhängen, schließlich standen wir kurz vor dem Finaleinzug, da konnte man schon stolz drauf sein. Als wir an einem Stand vorbeikamen, winkte uns der Besitzer herein, lobte uns überschwenglich für unsere tolle Mannschaft und fragte „Woilts a Semmel?". Es war nicht zu fassen, ein wildfremder Österreicher flippte wegen unseres KSC völlig aus und drückte jedem von uns noch ein dickes Wurstbrötchen in die Hand. Wir unterhielten uns noch eine Weile und nahmen seine Glückwünsche fürs Rückspiel mit.

Wir waren alle ganz verrückt, wenn wir daran dachten, daß uns nur noch ein Spiel im Wildpark vom Finale gegen Inter Mailand trennen würde und so wurde ich bereits bei der Vorverkaufsstelle Weingärtner in Karlsruhe vorstellig (mit dem wir nach Valencia und Wien gefahren waren), um mich nach den Formalitäten zu erkundigen. Was sollte uns denn passieren, wir hatten Eindhoven 2:1, Valencia 7:0, Bordeaux 3:0 und Porto 1:0 geschlagen, also alle Heimspiele bei insgesamt 13:1 Toren gewonnen. So dachten sicher viele KSC-Fans und leider wohl auch unsere Mannschaft, denn sie schlich matt und kraftlos über den Platz, geschlaucht von den vielen Spielen unter der Woche und im Gegensatz zu Salzburg, denn die hatten ihr Ligaspiel das Wochenende zuvor verlegen dürfen, um Kraft zu tanken, während wir durchspielen mußten. Das 0:1 war ein Schock, den wir durch Rainer Krieg noch ausgleichen konnten, es stand nach 0:0 im Hinspiel also 1:1 und es fehlte noch ein Tor, denn bei Torgleichheit entscheiden die geschossenen Auswärtstore und da hatten wir keins! Was soll ich sagen, das Tor, dieses eine entscheidende Tor, welches unser Glück der vergangenen Monate mit dem Finale gegen Mailand krönen sollte, es fiel nicht. Unser Traum war vorbei, wir hatten 0:0 und 1:1 gespielt, hatten also nicht verloren und waren trotzdem ausgeschieden. Salzburg stand im Endspiel (und verlor dort deutlich) – was hätte ich dafür gegeben, in San Siro im Guiseppe-Meazza-Stadion das UEFA-Cup-Finale mit dem KSC erleben zu dürfen, aber es hatte nicht sein sollen. Wir waren zutiefst enttäuscht. Diese Enttäuschung verflog allerdings recht schnell, denn das Team hatte Unglaubliches geleistet, Eindhoven, Valencia, Bordeaux und Porto ausgeschaltet, war ins Halbfinale gekommen, hatte für europaweite Schlagzeilen gesorgt, uns unvergessene Reisen eingebracht und schlußendlich mit dem 7:0 gegen Valencia Europapokal-Geschichte geschrieben, die heute noch oft und gerne zitiert wird und die auf Jahre hinaus (vielleicht sogar für immer) die Sternstunde eines Vereins bleiben wird, der nie einen Titel holen konnte und den auch niemand auf der Rechnung hatte. In einem Interview erklärte unser damaliger Mittelfeldmotor und Führungsspieler Wolfgang Rolff (heute nicht mehr aktiv): *„Die Europatour mit dem KSC siedle ich sogar noch höher an als die Vizeweltmeisterschaft und den Gewinn des Cups mit Leverkusen [wo er zuvor spielte – d. Verf.]. Jeder ist über sich hinausgewachsen und hat sich für den anderen reingeworfen. Es hat einfach alles gestimmt in der Truppe, die nicht das Potential der KSC-Elf danach hatte, aber trotzdem erfolgreicher war."*

Vorstoß bis zum Petersplatz
KSC-Fans beim UEFA-Cup-Spiel gegen AS Rom '96

Foto: Privat

All diese Gedanken kommen auf, wenn wir wieder im UEFA-Cup spielen, so natürlich auch in der Saison '96/97 und es sollten einige stressige Spiele auf uns zukommen... In Runde 1 wartete mit Rapid Bukarest eine lösbare Aufgabe – natürlich verloren wir nach lustloser Leistung in Bukarest mit unserem Standardergebnis 0:1 und liefen diesem Rückstand im Heimspiel hinterher. Nicht lange allerdings, denn die Rumänen hatten keine Chance und lagen alsbald mit 1:4 im Rückstand, so daß wir deren zweites Tor noch gerade so verkraften konnten und in Runde 2 unser Traumlos zogen: Der AS Rom und das Olympiastadion warteten auf uns! Zunächst warteten aber mal Karlsruhe und unser Stadion auf den AS Rom, denn das Hinspiel fand auf heimischem Platz statt. Die Römer tauchten in teuren Anzügen auf, lächelten milde und großzügig über uns und unser Team und dachten sich, daß man dieses weitgehend unbeschriebene Blatt im Schongang erledigen könnte. Sie hätten unseren UEFA-Cup-Auftritt '93/94 und die Tatsache bedenken sollen, daß damals der PSV Eindhoven, CF Valencia, Girondons Bordeaux und Boavista Porto ebenso gedacht hatten und mit vier Niederlagen und 1:13 Toren nach Hause geschickt und aus dem Cup geworfen wurden und daß das Wildparkstadion bei UEFA-Cup-Spielen einer Festung gleicht. Sie taten es nicht und bezahlten teuer dafür: 3:0 hieß es am Ende in einem begeisternden Spiel und die Römer gaben ihren Hochmut noch immer nicht auf und waren der Meinung, das im Rückspiel wieder geradebiegen zu können. Rückspiel, das bedeutete für uns eine neunstündige Busfahrt und nach der Ankunft jede Menge staunender Touristengesichter, die uns blau-weiß gekleidete Fußballfans mit einer Mischung aus Amüsement und Skepsis betrachteten. Die deutschen Touristen wünschten uns zumindest alles Gute fürs Spiel, weil sie wohl unseren Siegeszug '93/94 mitbekommen hatten und wußten, daß wir keine Krawalle machten. Der Petersplatz war wenig später in blau-weiß getaucht, überall in der Stadt sah man unsere Farben, einige Lazio-Fans (die den AS Rom nicht ausstehen können), feuerten uns aus Autos heraus an und als wir nach der penibelsten je in einem Fußballstadion durchgeführten Leibes-visitation endlich ins Stadion kamen (u.a. mußten alle Lippenstifte und Feuer-zeuge abgegeben werden und als Krönung wurde auch noch jegliches Hartgeld eingesammelt und konfisziert – ich nervte daraufhin so lange und redete so lange in Deutsch und Englisch auf die Polizisten ein, bis ich einen Kontaktmann bekam, der mir nach dem Spiel mein Geld wieder zurückgab, wie bescheuert müßte ich sein, dieses in Richtung Spielfeld zu werfen!?), erwartete uns derselbe gigantische Blick wie seinerzeit 1990 beim WM-Finale, das ich mit einem Freund zusammen besucht und 275,- DM auf dem Schwarzmarkt für eine Karte bezahlt hatte: Eine 80.000er Schüssel, im Vergleich zu Berlin ultramodern und zum Teil auch überdacht und als das Spiel begann, waren wir in bester Partylau-ne, denn ein 3:0 ist ein eigentlich bombensicheres Polster. 22 Minuten später dachten wir anders darüber, denn es stand schon 0:2 und es sah so aus, als ob unser beruhigender Vorsprung dahinschmelzen sollte wie unser Traum vom Pokalsieg in Berlin vom Regen davongespült worden war. Doch das dritte und vernichtende Tor fiel nicht. Die Italiener rannten an und der KSC konterte und kurz vor Schluß zog unser Franzose Marc Keller aus 20 Metern ab und ich sehe heute noch den Schuß wie einen Strich durch die römische Abwehr und ins Netz krachen; das war dann auch das Letzte, was ich für einige Zeit sah, denn alles fiel nun wild durcheinander und übereinander und die Römer werden sich ob der Ziegenbock-artig hüpfenden und zuckenden Masse von 3.000 Fans sicher gefragt haben, ob da nicht einiges im alkoholbedingten Argen gelegen hat. Mit diesem 1:2 erreichten wir die nächste Runde, die Himmel und Hölle innerhalb von nur zwei Wochen für uns bereithalten sollte: Bröndby!

Bröndby – dieses eine Wort läßt mir heute noch die Haare zu Berge stehen, aufgrund der Spiele und Erlebnisse, die folgen sollten. Zuerst spielten wir in Dänemark und, glücklich wie wir mit dem Wetter nunmal sind, begann es in der Nacht unserer Abfahrt zu schneien. Wir dachten uns nichts dabei, denn bei der Abfahrt in Karlsruhe um Mitternacht war es wieder trocken und es mußte schon sehr heftig schneien, damit die Autobahnen bedeckt sein würden. Als wir gegen drei Uhr morgens in der Gegend um Kassel ankamen, ging nichts mehr: Auf zwei Spuren bergauf stand die riesige Blechschlange, die zu 99% aus LKW's bestand, die die Steigungen nicht mehr schafften. Das war's dann: Sechs Stun-den standen wir in der gespenstischen Dunkelheit, soweit das Auge reichte lief kein Motor mehr und war kein Licht mehr eingeschaltet, Dunkelheit und Schnee hatten alles fest im Griff. Als es gegen neun Uhr Räumfahrzeuge geschafft hatten, die Mittelspur freizuräumen, quälten sich die LKW's mit etwa 10 km/h den Berg hoch und plötzlich wurde uns schockartig bewußt, daß wir schon so viel Zeit verloren hatten, daß wir es mit dieser langsamen Fortbewegung nicht mehr rechtzeitig nach Kopenhagen schaffen würden! Also riskierte unser Busfahrer Kopf und Kragen (er hatte das Schweigen im vorher so fröhlichen Bus und die dazugehörigen betretenen Gesichter gesehen), fuhr auf die schneebedeckte Überholspur und zog am ganzen, sich schneckenartig bewegenden Stau vorbei. Die Zeit blieb knapp, immer wieder waren wir am Rechnen, wie weit es nun noch bis zur Fähre und dann noch bis zum Stadion wäre, der ganze Bus stellte das Trinken ein, damit wir keine unnötigen Pausen mehr einlegen mußten, wir kamen noch zweimal in kleinere Staus und beteten und fluchten, wir wollten doch nur das Spiel sehen, das Ergebnis war uns mittlerweile sogar egal, wir wollten nur noch rechtzeitig ankommen. Und was soll ich sagen, irgendjemand hatte Mitleid mit uns, denn wir kamen genau zehn Minuten vor Spielbeginn am Stadion an, waren also von 0.00 Uhr bis 20.50 Uhr gefahren, hatten fast 21 Stunden gebraucht für eine Strecke von etwa 9 Stunden, doch wir waren da! Andere hatten weniger Glück gehabt, waren nach uns erst gestartet und kamen nicht mehr an, diese bedauernswerten Geschöpfe mußten mit dem Fernsehgerät Vorlieb nehmen. Und zur Belohnung bekamen wir das beste Auswärtsspiel der gesamten KSC-Geschichte zu sehen: Da wurde gespielt und gepowert, daß es mir heute noch kalt den Rücken runterläuft, ganz Fußball-Deutschland saß vor den Geräten, als wir den bis dato ohne Gegentor auf eigenem Platz noch ungeschlagenen dänischen Meister (der auch sehr gut spielte) mit 3:1 schlugen. Das Ehrentor fiel zwei Minuten vor Schluß und ärgerte uns gewaltig, denn ein 3:0 wäre ein noch besseres Resultat gewesen, doch dann erhielten die Dänen in der letzten Minute sogar noch einen Elfmeter und jagten diesen über das Tor! So gesehen waren wir nochmal mit einem blauen Auge davongekommen, denn ein 3:1 kann man zuhause eigentlich nicht mehr verspielen.

So dachten auch die Dänen, langsam und gemächlich begannen sie das Spiel, denn sie hätten mit 3:0 gewinnen müssen und daran glaubten sie ebensowenig wie wir, zumal in unserem Stadion noch kein UEFA-Cup-Gegner gewonnen hatte. Das 0:1 fiel kurz vor der Halbzeit und selbst da ließen sich die Dänen noch Zeit, holten den Ball nicht aus unserem Tor, um so schnell wie möglich weiterspielen zu können, beeilten sich überhaupt nicht. Erst als kurz darauf, fast mit dem Halbzeitpfiff, das 0:2 fiel, wachten sie auf. Man sah es richtig, es ging ein Ruck durch die Mannschaft und als in der zweiten Halbzeit das 0:3 fiel, ging auch ein Ruck durch mich. Ich glaube, mich hat der Schlag getroffen, denn mit diesem Ergebnis waren wir draußen! Das Publikum begann nun, Bröndby anzufeuern, die Höchststrafe für ein schwach und lustlos spielendes Heimteam und nachdem das 0:4 gefallen war, verließen viele das Stadion. Ich blieb und erlebte noch das 0:5. Es war eine bittere Lektion, die wir an jenem Abend lernten, nach dem besten Auswärtsspiel, das ich je gesehen hatte, folgte das schlechteste Heimspiel seit Menschengedenken und katapultierte uns in hohem Bogen aus dem UEFA-Cup.

Ich erlebte den Sturz aus dem UEFA-Cup wie durch eine Beobachterrolle, der ganz große Frust wie in Berlin stellte sich zumindest bei mir nicht ein, zu gewaltig war die Ohrfeige, die wir mit dem 0:5 erhalten hatten, zu gewaltig, um dies gleich zu verarbeiten. Die hämische Berichterstattung in der Presse (*"KSC, Ihr seid die Euro-Trottel"* und ähnliche Nettigkeiten) half da ein wenig, daß sich statt Enttäuschung Ärger breitmachte über die Tatsache, daß sich alle anderen Clubs schon lange vorher aus dem UEFA-Cup verabschiedet hatten (wenn auch nicht so spektakulär) und nun kübelweise Spott über uns ausgekippt wurde, obwohl wir am weitesten gekommen waren. Wie dem auch sei, wir kreisten die ganze folgende Saison '96/97 über um UEFA-Cup-Platz 6 herum und lagen zwei Spiele vor Schluß eigentlich aussichtslos mit vier Punkten hinter 1860 München zurück, spielten allerdings zuhause gegen sie und fegten sie mit 3:0 aus dem Stadion. Jetzt war es noch ein Punkt, der fehlte und wir mußten am letzten Spieltag nach Freiburg, zum bereits abgestiegenen badischen „Konkurrenten" (zu dem wir ein ganz gutes Verhältnis haben), während die '60er zuhause gegen Bremen spielten, für die es um nichts mehr ging, also eigentlich eine klare Sache und doch ist im Fußball oft gar nichts so, wie man denkt: Die Münchner hielten dem Druck ihrer 50.000 oder noch mehr Fans nicht stand und verloren ihr Heimspiel 0:3, während wir es mit Ach und Krach zu einem mickrigen 1:1 brachten und die Münchner bei Punktgleichheit aufgrund des besseren Torverhältnisses noch überholten! UEFA-Cup! Zum ersten Mal in unserer Geschichte zum zweiten Mal hintereinander und wir träumten von Reisen nach Italien und nach England, von großen Teams und noch größeren Spielen…

Meine Fankarriere

Ich wurde, soweit ich dies aus meiner Erinnerung noch richtig zusammenklauben kann, zum ersten Mal mit dem KSC konfrontiert, als mich mein Vater zu einem Heimspiel mitnahm (sicher der Weg, den die meisten beschritten haben). Gegen wen dieses stattfand und mit welchem Ergebnis ist leider für immer im Dunkel der Zeit verschwunden, es dürfte aber so um '72/73 herum gewesen sein, Namen wie Faltermayer geistern seitdem in meinem Kopf herum, obwohl ich mich an diese Spieler nicht mehr erinnern kann; seit diesem einen Tag war ich dabei, wann immer ich konnte/durfte und nannte den „2er" meine Heimat.

Meine Devise: Man kann nie früh genug anfangen
Mein Patenkind Luca im Dezember 1998

Foto: Privat

Für alle Nichteingeweihten: Block 2 (oder A 2, wie er heute heißt), das bedeutete in der Kurve auf der Seite unseres Fanblocks, da wo die ganz Harten/ Verrückten standen, die ich als kleiner Knirps immer bewundert habe, weil sie so eine tolle Stimmung machten (machten die Fans der Gastmannschaft manchmal auch, aber die bewunderte ich nicht, die waren schließlich vom Gegner und wollten uns die Punkte wegnehmen!). Ich hatte das Glück (ich habe mich in den vergangenen Jahren nicht immer dafür bedankt, wenn ich ehrlich bin), daß mein Vater regelmäßig die Heimspiele des KSC mit seinen Freunden besuchte und mich immer mitnahm, so daß ich bereits als kleiner Nachwuchsfan mit KSC-Fähnchen die angeregten Diskussionen über die Mannschaft und die stets auseinanderdriftenden Meinungen hautnah mitbekam und ich mich später herrlich mit meinem Vater über einzelne Spieler streiten konnte. Als kleiner Junge erhielt ich auch die ersten beiden Schals – einen als Geburtstagsgeschenk von Bekannten und einen anderen von meiner Mutter selbstgestrickt, beide waren blau-weiß-geringelte Schals, ganz normale eben, von den heutigen, mit allerlei Sprüchen und Farben bedruckten Dingern meilenweit entfernt – wie hätte das wohl ausgesehen, wäre ich damals mit „Wildparkpower" oder etwas ähnlichem auf dem Schal herumgelaufen? Ich wäre meiner Zeit um Jahre voraus gewesen.

Da meine Mutter aus dem Saarland stammt, halten wir uns regelmäßig dort auf, um die zahlreiche Verwandtschaft zu besuchen und einmal spielte sogar der KSC bei den damals noch erstklassigen Saarbrückern und ich ging zusammen mit meinem Vater hin. Wir standen in der Kurve mit lauter neutralen (also nicht durch Schals o.ä. gekennzeichneten) Fans des 1.FC Saarbrücken, während ich meinen blau-weißen Schal dabeihatte. Als wir in Rückstand gerieten, war ich gerade dabei, den Schal schamhaft unter die Jacke zu schieben, als das 1:1 fiel und mein Vater lachend meinte, ich solle ihn ruhig wieder herausnehmen und die Saarländer um uns herum klopften mir kleinem Kerl ermutigend auf die Schulter. Dies war mein erstes erlebtes Auswärtsspiel und ein zweites in Offenbach auf dem Bieberer Berg sollte noch folgen: Zusammen mit einem Bekannten meines Vaters und dessen Sohn trafen wir Nachwuchsfans Schal-tragend und KSC-Fahnen schwingend dort ein und wurden von den Ordnern prompt umsonst eingelassen. Das Spiel selbst war recht langweilig und endete 0:0, meiner Begeisterung konnte dies aber keinen Abbruch tun. Dies waren die beiden ersten Erlebnisse von Auswärtsspielen als kleiner KSC-Fan und unzählige andere sollten noch folgen, auch wenn ich dazu erst noch viele Jahre älter werden sollte.

Ich besuchte also recht regelmäßig die Spiele des KSC und dies sowie die Tatsache, daß ich immer mehr an der Mannschaft hing, je öfter ich die Spiele im Stadion sah, brachte mir aufgrund der relativ vermehrt auftretenden Niederlagen in meiner Schulklasse jede Menge Spott ein, auch wenn ich meinen Klassenkameraden zugute halten muß, daß dieser nie bösartig gewesen ist und keiner etwa für die Bayern oder Stuttgart gewesen wäre (doch, Martin Wolf, Hi Marbel), mein Banknachbar, kam immer mit den Schwaben an, aber ich glaube, das tat er nur, um mich zu ärgern, da diese eigentlich immer besser waren als wir und sich die Fans beider Lager schon damals nicht ausstehen konnten). Diese Außenseiterrolle, was meine Hingabe zu einem damals recht hoffnungslosen Zweitligisten betraf, war ich allerdings gewohnt, denn ich war auch der einzige in der Klasse, der Hardrock hörte und sich stets aufs Neue anhören mußte, daß sich das mit SAXON, IRON MAIDEN, JUDAS PRIEST und AC/DC schon legen würde, wenn ich erwachsen wäre, genauso wie mein Fußballfimmel (mittlerweile bin ich 34 und im Hintergrund untermalt gerade eine JUDAS PRIEST-CD mit grandiosem Heavy Metal das Eintippen dieser Zeilen und mein Blick fällt auf meine KSC-Wand, die mit Postern, Schals (u.a. dem gestrickten von meiner Mutter sowie dem, der damals die großartigen '93/94er UEFA-Cup-Spiele mitgemacht hat), Wimpel, Aufklebern, einem uralten Auto-Trikot, aufgrund jahrelanger Sonnenbestrahlung in meinem ersten Auto schon recht farblos, Coladosen mit KSC-Emblem, Fahnen usw. geschmückt ist und ich denke mir, daß ich mich eigentlich sehr wohl fühle und das Erwachsensein gerne allen anderen Leuten meines Alters überlasse).

Die '70er und (teilweise) die '80er Jahre waren eine verdammt harte Zeit für den KSC (und für mich) – bis vor wenigen Jahren gab es in Deutschland keinen Proficlub, der so oft auf-und abgestiegen war wie der KSC (bitte anschnallen zur ganz speziellen KSC-Achterbahn): Gründungsmitglied der Bundesliga '63/64, nach Plätzen im hinteren Mittelfeld 1967/68 abgestiegen und mehrere Jahre in der Zweiten Liga untergetaucht, bis in der Saison '74/75 der Wiederaufstieg klappte. Zwei Jahre hielt sich der KSC oben und stieg '76/77 wieder ab, ehe man '79/80 wieder den Aufstieg feiern konnte; über die Abschlußplätze 10 und 14 folgte im Jahr '82/83 wieder der Abstieg in die Zweitklassigkeit, danach ging's nur ein Jahr später ('83/84) wieder hoch, ein weiteres Jahr danach ('84/85) wieder runter und '86/87 wieder hoch, es war wirklich verrückt – wäre ich dem Verein so fanatisch gefolgt wie ich es seit rund 13 Jahren tue (d.h., kein Heimspiel mehr verpaßt, auch auf fast alle Auswärtsspiele gefahren, meinen Urlaubsplan dem Spielplan angepaßt etc.), oder wäre ich zehn Jahre früher geboren worden, dann würde ich heute sicher wie 80 aussehen, so hätte mich das alles mitgenommen. So aber war ich noch recht jung und zwar auch traurig, aber eben nicht so zerstört, wie einen das bei weit über 120 erlebten Auswärtsspielen in aller Herren Länder (also wie heute) treffen würde.

Die guten alten Spieler wie Kübler, Struth (Libero mit einem gewaltigen Hammer), Bredenfeld (Abwehrspieler, ein Typ Vogts), Trenkel (Mittelfeldregisseur), Bold (langer Schlaks, der viele wichtige Kopfballtore erzielte), Boysen (der ab und zu gigantische Sololäufe startete), Groß (kleiner Dauerläufer und Kraftpaket, der 34 mal für den KSC traf und ganz nebenbei noch die gegnerischen Regisseure wie Breitner oder Keegan abmeldete), Harforth (langmähniger Mittelfeldregisseur, der Pässe über 40 Meter zentimetergenau zuspielen konnte, um danach 30 Minuten oder länger völlig unterzutauchen, mein Vater und seine Freunde haben sich immer furchtbar über ihn und seine schlampige Genialität geärgert, quasi der Mario Basler des KSC der '80er), Glesius (ein ungelenker kleiner Pfälzer Stürmer, der immer dann traf, wenn man am lautesten über ihn und seine technischen Unzulänglichkeiten schimpfte und der mit seinen Toren – in 86 Spielen 21 Treffer – viel für den KSC getan hat), Dittus (Mittelfeldregisseur und Konkurrent zu Harforth, aber meiner Meinung nach nicht ganz so gut, Schwarm meiner damaligen Freundin), Dohmen (Abwehrspieler, der überall nur „Disco-Dohmen" genannt wurde, weil er in diesen so gerne herumhing und mit seinem Cabrio, seinen Goldkettchen und den längeren Haaren genau in dieses Bild paßte), Bogdan (bärenstarker Libero, der mit dem Ball umgehen konnte und eisenhart aufräumte, heute Co-Trainer beim KSC und eine äußerst sympathische Erscheinung) oder Helle Hermann (wieselflinker Stürmer, der mit 26 Jahren aufgrund einer schweren Verletzung seine Karriere leider aufgeben mußte, hatte in seiner KSC-Zeit 25 mal getroffen) werde ich trotz der wilden Auf- und Abs der Vergangenheit nie vergessen (auch wenn von den meisten jüngeren Fans keiner mehr was mit diesen Namen anfangen kann), weil sie mir meine ersten schönen und frustrierenden Erlebnisse bescherten (so z.B. jenes gigantische 5:4 n.V. im Pokal gegen Kaiserslautern, als das letzte Tor für uns in

der letzten Minute der Verlängerung fiel, Uwe Bühler hatte es gemacht und ist bei mir seitdem unsterblich, auch wenn er sonst nicht viel zustande gebracht hat, weil er meist schneller als der Ball gewesen ist und daher auch nur selten einen bekommen hat). Ganz besonders in Erinnerung aber blieb mir unser Torjäger, DER Goalgetter des KSC schlechthin, dessen Name bei den Eingeweihten auch heute noch für glänzende Augen sorgt: Emanuel Günther! Jener brachte es in knapp 200 Spielen auf fast 100 Tore und damit zu Legendenstatus, auch wenn er in der Zweiten Liga besser zurechtkam als in der ersten (wo er in über 100 Spielen 40 mal traf, was aber auch schon eine ganze Menge ist).

Nach der ständigen Achterbahnfahrt mit Auf-und Abstiegen gelang es der Vereinsführung, mit dem ehemaligen Spieler Winfried Schäfer einen Trainer zu verpflichten, der die Mannschaft langsam aber stetig nach oben führte: 1986 trat er sein Amt an und hatte so manch brenzlige Situation zu überstehen, denn als Aufsteiger spielt man normalerweise erstmal unten mit und muß sich mit dem Abstiegsgespenst auseinandersetzen. Dieses konten wir immer wieder aufs Neue vertreiben und sei es auch erst am letzten Spieltag in der letzten Minute (eines jener Wunder, die mich die Welt umarmen und an eine höhere Macht glauben lassen) der Saison 1987/88, als es um Platz 16 ging, der damals noch ein Relegationsspiel gegen den Dritten der Zweiten Liga bedeutete: Waldhof Mannheim holte mit dem 2:2 in Stuttgart einen Punkt und wir lagen zuhause gegen Frankfurt 0:1 hinten – dies bedeutete Punktgleichheit und die bessere Tordifferenz für Waldhof, die bereits mit ihren Fans feierten und ihre Trikots in die Menge warfen, und als wir uns gerade für das in Darmstadt stattfindende Relegationsspiel verabredet und eine Uhrzeit ausgemacht hatten, wann wir uns zur Abfahrt treffen sollten, schoß Arno Glesius in der 90. Minute das 1:1, wir waren gerettet und die Mannheimer mußten in die Relegation (die sie gegen Darmstadt gewannen, dafür stiegen sie dann zwei Jahre später ab und wurden bis in die Amateurliga durchgereicht)! Der Jubel nach diesem Tor war einer der gewaltigsten, die ich je erlebt habe, damals hatten wir Fans noch unseren „L-Block", jene überdachte Stehplatztribüne, die aufgrund des Dachs die Gesänge und Anfeuerungen im Stadion hielten und aufs Spielfeld hinaus trieben und die wenig später unter dem Versprechen, nach dem Neubau der Haupttribüne wieder zu Stehplätzen zurückfunktioniert zu werden, aufgrund „veränderter DFB-Anforderungen" als Sitzplatztribüne erhalten blieb, was uns Fans trotz erbitterter Demonstrationen nach unten an den Spielfeldrand in Block D (und einen Teil in den danebenliegenden A4 in die Kurve) trieb, wo die Stimmung nicht mal mehr halb so toll ist wie sie einst war. In diesem Zusammenhang gibt es eine weitere Geschichte zu erzählen, die sich im Wildpark zugetragen hat und zeigt, wie sehr die Fans dem KSC helfen könnten, würde man sie nur wieder auf ihren angestammten Platz lassen: Es war ein Bundesliga-Spiel gegen Bochum, wir lagen 0:2 zurück und der damalige Torwart Famulla übertraf sich dabei mit Fehlgriffen und brachte das Stadion auf die Palme. In der Halbzeit dann (es stand immer noch 0:2) kletterten viele Fans nach oben auf die Sitzplatztribüne des früheren L-Blocks und nahmen den alten Platz wieder ein, gefolgt von immer mehr Leuten, bis der ganze Fanblock unten leer und oben unter dem Dach gefüllt war (dazu ist zu sagen, daß der alte L-Block zumeist eh leer bleibt und nur bei ausverkauften Spielen gefüllt ist und daher störte diese Besetzung auch niemanden). Wir brüllten und sangen uns alle die Seele aus dem Leib und machten eines jener Wunder wahr, die ab und zu im Wildpark vorkommen: Famulla wurde ausgewechselt und unser damaliger Nachwuchstorwart erlebte seinen Einstand und stieg wie ein Komet an Deutschlands Fußballhimmel auf: Oliver Kahn blieb für Jahre unsere Nr. 1 im Tor, bis ihn die Bayern wegkauften – heute ist er unumstrittene Nr. 1 in der Nationalmannschaft. Das Spiel kippte ebenso wie die Stimmung, die Mannschaft ließ sich von der letztmals gigantischen Stimmung anstecken und machte aus dem 0:2 noch ein 3:2! Von dieser Atmosphäre können all die jüngeren Fans, die damals nicht dabeigewesen sind, nur träumen und ich würde mir sehnlichst wünschen, daß auch sie mal in den Genuß der L-Block-Stimmung kommen könnten.

Zu jener Zeit, als Winnie Schäfer bei uns als Trainer begann, hatte ich meinen Wehrdienst beendet (ich war stets am Wochenende, soweit dies möglich war und ich keinen Dienst in der Kaserne hatte, zu den Heimspielen gegangen) und startete eine Ausbildung zum Bürokaufmann bei Wertkauf, deren Hauptverwaltung für die über 20 Filialen in Karlsruhe steht und es dauerte nicht lange, da entdeckte ich unter den anderen Azubis, die mit mir anfingen, welche, die ebenso am KSC hingen wie ich selbst und wir begannen, gemeinsam die Spiele zu besuchen. Während meiner Tätigkeit als Azubi lernte ich auch Achim Vogt kennen, der ein Jahr vor mir mit der Ausbildung fertig war und auch er traf sich regelmäßig mit uns zu den Spielen. Nachdem ich alt (und groß!) genug war, um ohne elterliche Sorge im rauhen Fanblock zu stehen, löste ich mich von der Gruppe meines Vaters und seinen Freunden und stellte mich zu denen, die am lautesten sangen, brüllten und tobten, mußte dies bis zu meiner Ausbildung allerdings alleine tun, weil schlicht keiner dorthin wollte. Mit der Zeit wechselte auch Achims Bruder Dirk von den Kampftrinkern (und seiner Leber zuliebe) zu uns und die beiden und ich bilden bis heute eine unzertrennliche Einheit, die der Mannschaft bald auch auswärts zu folgen begann – bis heute waren wir in (wenn ich es recht zusammenbringe) acht verschiedenen europäischen Ländern bei Spielen des KSC und haben mittlerweile bis auf Rostock und Bremen jedes einzelne Bundesligastadion mindestens einmal (meistens öfter, viel öfter...) besucht, von Hamburg bis Berlin, von Dortmund bis Duisburg und von Frankfurt bis Nürnberg und München.

So wie unsere Reisen und unser Fanatismus seit 1986 zunahmen (seit dem 01.01.1986 habe ich kein einziges Heimspiel mehr verpaßt, ganz egal, wann und gegen wen es stattfand), so hartnäckig bissen wir uns in der Bundesliga fest, über die Abschlußplazierungen 15 ('87/88), 11 ('88/89), 10 ('89/90) und 13 ('90/91) kamen wir so langsam ins gesicherte Mittelfeld und etablierten uns danach mit den Plätzen 8 ('91/92), 6 ('92/93), 6 ('93/94), 8 ('94/95), 7 ('95/96) und 6 ('96/97) fest im vorderen Bereich der deutschen Eliteliga und dies, obwohl man uns in schöner Regelmäßigkeit die besten Spieler wegkaufte und Winnie Schäfer sehen mußte, daß er adäquaten Ersatz fand. Daß dies für mich hie und da unter widrigen Umständen geschah (und wie sehr meine Begeisterung für die Herren in Blau und Weiß seitdem zugenommen hat), zeigen die beiden nachfolgenden Geschichten:

Es passierte in der Saison '94/95, als ich in der Nacht von Freitag auf Samstag mit wahnsinnigen Schmerzen ins Krankenhaus gebracht werden mußte, wo man Nierensteine festgestellt hatte (da sage noch einer, Fußballfans würden zuviel trinken, ich trank zuwenig!). Schon als man mich nach oben auf mein Zimmer brachte, erzählte ich jedem, der es hören wollte (oder auch nicht) davon, daß am morgigen Samstag doch die Bayern kämen und ich das Spiel unbedingt sehen mußte. Am nächsten Morgen sprach mich einer der Pfleger darauf an, ob ich ihm vielleicht meine Dauerkarte für dieses eine Spiel verkaufen könnte (das Spiel war schon lange ausverkauft), da ich, wie es aussähe, eh nicht ins Stadion gehen könne. Ich versprach ihm, daß mich diese Karte auch an diesem Tag ins Stadion bringen würde und wenn ich dafür einfach aus dem Krankenhaus rausspazieren müßte. Dabei schaute ich aus dem Fenster und hoch oben aus dem siebten Stock, in dem ich mich befand, konnte ich die Flutlichtmasten des Wildparkstadions sehen, das ganz in der Nähe des Städtischen Klinikums liegt und das machte mich noch entschlossener, das Spiel zu sehen. Mittags dann kam die Visite und der Chefarzt meinte grinsend, er hätte gehört, daß ich KSC-Fan wäre und unbedingt das Spiel sehen wolle und ich entgegnete mit wild entschlossenem Blick, daß ich das Spiel auf jeden Fall sehen würde, denn ich würde einfach aus dem Krankenhaus rausspazieren und keiner könne dies verhindern. Er grinste und meinte: „Also gut, dann helfen sie mit, daß wir den Bayern die Lederhosen ausziehen.", ich müßte nur eine Erklärung unterschreiben, was ich sofort tat. Und so stand ich im Fanblock, meine Freunde konnten kaum glauben, als ich ihnen sagte, daß ich direkt aus dem Klinikum käme und Nierensteine in mir hätte, die jeden Moment eine Kolik auslösen könnten! Das Spiel war jedes Risiko wert, insbesondere die wundervolle letzte Minute, als wir bei einem 1:2 – Rückstand einen Freistoß erhielten und Ebse Carl (auch einer, der immer alles für den KSC gegeben hat) den Ball so raffiniert schoß, daß unser Ex-Keeper Kahn mit dem Ball ins Tor flog und sich über 30.000 Leute in den Armen lagen. Grandios! Ich machte mich daraufhin wieder auf direktem Weg ins Krankenhaus, wo ich am selben Abend noch unter den Nierensteinzertrümmerer gelegt wurde, was eine sehr schmerzhafte Angelegenheit ist – aber ich hatte das Spiel gesehen, was konnte mir da noch passieren?

Ein anderes Mal (1997) lag ich übers Wochenende mit hohem Fieber im Bett und ging montags (den hatte ich freigenommen) zum Arzt, weil wir abends nach Cottbus zum Pokalhalbfinale fahren wollten und ich irgendwas zum Mitnehmen brauchte. Als ich ein Rezept hatte, grinste ich meinen Arzt an und meinte, jetzt könnte ich ja beruhigt um Mitternacht nach Cottbus fahren, woraufhin er mir dringend von dieser Reise abriet, doch ein Blick in meine vor Vorfreude glänzenden Augen ließ ihn diesen Versuch bald abbrechen. Nach rund neun Stunden Busfahrt kamen wir in Cottbus an (ich hatte mir per Walkman noch einen Song der französischen Heavy Metal-Legende Trust mit dem Titel „L'Élite" angehört und so fühlte ich mich auch, als Elite eines Bundesligavereins, der zu einem Amateurclub unterwegs war, um zum zweiten Mal hintereinander ins Deutsche Pokalfinale einzuziehen). Gegen 18.00 Uhr, rund zwei Stunden vor Spielbeginn, begann es, fürchterlich zu schneien und wir zogen uns mit einigen anderen Fans in die Toiletten zurück, weil wir da wenigstens ein Dach über dem Kopf hatten. Drinnen warteten schon ein paar Fans von Dynamo Dresden auf uns, die Cottbus nicht ausstehen konnten und daher mit dem KSC hielten und wir tauschten Feindbilder (auch Dresdner haben nichts für Schwaben übrig) und Erfahrungen aus. Irgendwann jedoch mußten wir wieder raus und waren alsbald völlig zugeschneit, das Wasser lief wie damals in Berlin überall hin (nur daß wir dieses Mal Stehplätze hatten) und als das Spiel begann, konnte ich noch nicht mal mehr das gegenüberliegende Tor erken-

Die Pfiffe der Fans sind vorprogrammiert

Man tut sich leicht, diejenigen, die vor dem Spiel gegen den HSV gepfiffen haben, als „skandierende Eiferer" abzutun, wie dies im BNN-Artikel geschehen ist. Diese „Eiferer" sind zum großen Teil diejenigen, die die Mannschaft auch auswärts begleiten und peinliche Niederlagen vor Ort erleben. Ich für meinen Teil habe über 100 Auswärtsspiele des KSC gesehen und behaupte, daß all diejenigen, die das Cottbus-Spiel vor dem Fernsehgerät in der warmen Stube verfolgt haben und sich nun über die Pfiffe gegen die Mannschaft ärgern, sich einmal in die Lage derjenigen hineinversetzen sollten, die Urlaub, Geld und Zeit geopfert haben, um die Mannschaft zu begleiten und zu unterstützen, und die dann stundenlang (es begann schon gegen 18 Uhr zu schneien!) bei Minustemperaturen und Schneefall im Freien standen, nur um das gebotene Trauerspiel ohne Einstellung und Willen zu sehen. Da tut die Art und Weise, wie verloren wurde, nochmal so weh, und die Enttäuschung sitzt noch ein ganzes Stück tiefer, wenn man danach wieder neun Stunden im Bus nach Hause unterwegs ist. Dennoch sind wir „Eiferer" aber auch diejenigen, die dann auch nach Köln oder Düsseldorf fahren, ganz im Gegensatz zu denjenigen, die es (wenn überhaupt) noch nie weiter als nach Stuttgart oder Kaiserslautern geschafft haben und sich dann als Richter aufspielen!

Was Sean Dundee angeht, so hat sich dieser meiner Meinung nach dem KSC gegenüber äußerst unfair und undankbar verhalten: Alles, was er ist, hat er Winnie Schäfer, Claus Reitmaier und denjenigen zu verdanken, die ihn a) geholt, b) ihm eine Chance gegeben und c) gegen alle Widerstände zur Einbürgerung verholfen haben! Vielleicht sollte er dies und die Tatsache bedenken, daß er womöglich immer noch als Südafrikaner in Ditzingen spielen würde, wäre der KSC nicht gewesen. Die Fans hängen am KSC und ganz bestimmt nicht an einem undankbaren und unfairen Mittelstürmer – die Pfiffe beim nächsten Heimspiel sind vorprogrammiert.

Frank Göhringer
Danziger Straße 5

Quelle: Badische Neueste Nachrichten v. 16.5.1997

nen. So ging es auch den Fernsehzuschauern, denn das Bild war aufgrund des dichten Schneetreibens sehr undeutlich und mein Arzt, so erzählte er später, meinte damals zu seiner Frau: „Da steht jetzt der Herr Göhringer und gehört eigentlich ins Bett"! Da wäre ich auch besser geblieben, denn es wurde nichts mit unserem zweiten Finaleinzug: 0:3 verloren wir als Erstligist (wie war das noch mit der Elite?) gegen einen Amateurclub, ganz Deutschland hatte mal wieder was zu lachen und wir zogen durchgefroren und naß bis auf die Knochen zu unserem Bus, der uns wieder nach Hause fuhr. Wahrscheinlich hat sich auch das Fieber so sehr für mich geschämt, daß es sich lieber verzogen hat, denn ab dem nächsten Tag war ich völlig gesund!

VfB Stuttgart:
Einseitige Derbys und immerwährende Abneigung

Die besten und emotionsgeladensten Spiele sind die gegen ein Team, welches sich geographisch in der Nachbarschaft befindet, ein sogenanntes Derby. Gesteigert wird dieser Genuß noch, wenn sich die Fans dieser betreffenden

Mannschaften nicht ausstehen können, was bei eigentlich allen Derbys der Fall ist. In Karlsruhe haben wir drei davon, eines gegen Freiburg (das eigentlich nicht so sehr zählt, weil es hier keine gegenseitige Abneigung gibt, eher das Gegenteil), eines gegen Kaiserslautern (hier greift die Tatsache der gegenseitigen Abneigung zum ersten Mal) und eines gegen Stuttgart. Letztgenanntes ist eigentlich das „richtige" Derby, das, welches mit den meisten Emotionen, bei vielen sogar mit unverhohlenem Haß geführt wird. Unterschwellig getrieben von der Tatsache, daß wir Badener in das mit den verhaßten Schwaben zusammengeführte Unternehmen „Baden-Württemberg" getrieben wurden (das stimmt zwar so nicht, aber spielt das bei einem Derby und bei einer Argumentation für selbiges wirklich eine Rolle?) und Karlsruhe seine Stellung als Landeshauptstadt Badens zugunsten von Stuttgart als Landeshauptstadt des neuen Bundeslandes verlor (DAS stimmt allerdings und ist schlimm genug), sinnen wir Badener noch immer auf Rache für unsere verlorene Eigenständigkeit. Zweimal im Jahr haben wir Gelegenheit, diese Rache zu nehmen: Im Derby gegen den VfB. Eigentlich sollten wir alle froh sein, daß wir keine Kriegsherren sind, denn mit unserer Rache war es in den letzten 30 Jahren nicht sonderlich weit her, so daß wir eigentlich jeden Krieg mit Schimpf und Schande verloren hätten. Glauben Sie mir, diese Zeilen und das Eingeständnis, eigentlich fast immer den Kürzeren gezogen zu haben, fallen mir verdammt schwer, denn der Schreiber dieser Zeilen befindet sich stets unter denen, die im Bereich des harten Kerns der KSC-Fans am lautesten singen und schreien, wenn es gegen die Schwaben geht.

Die letzten zehn Jahre waren wir hintereinander bei den Spielen in Stuttgart und unsere Ausbeute beschränkte sich auf zwei Unentschieden in den Jahren '87/88 und '90/91 und acht Niederlagen, sechs davon hintereinander. Und glauben Sie mir, da war alles dabei, wir haben auf jegliche nur mögliche Art und Weise verloren: Per Schiedsrichterfehlentscheidungen, in der Nachspielzeit, nach einem Vorsprung, ganz klar und verdient, unverdient, nach mißglückter Abseitsfalle nach einem Eckball (!), per Elfmeter, eben auf alle nur erdenkliche Art. Wir schwören uns denn auch jedes Jahr, beim nächsten Mal nicht wieder hinzufahren, doch was kümmert uns unser Gerede von gestern!? Je näher der Termin zum Spiel rückt, umso gieriger kaufen wir die Tickets für den schreiend kleinen Stehplatzbereich (in Expertenkreisen Affenkäfig genannt und lediglich ein paar hundert Fans Platz bietend, was bei mitreisenden Fans in Größenordnungen bis zu 10.000 gelegentlich dazu führt, daß die Karten weg sind bevor sie richtig angeboten wurden – wir haben aber immer welche…) und ergehen uns in billigen und nutzlosen Phantasien, wie es denn wohl wäre, wenn wir einmal gewinnen würden, nur ein einziges Mal…

Die Saison '96/97 war besonders bitter: 90 Minuten lang war es eigentlich ein Trauerspiel, nichts passierte, aber das war uns egal, da wir ja eh immer in Stuttgart verlieren und ein Punkt wie ein Sieg ausfallen würde – je näher wir dem Ende kamen, desto lauter wurden unsere Gesänge und am Ende hörte man nur noch uns. Am Ende? In der 92. Minute segelte ein Stuttgarter Eckball herein, unsere komplette Abwehr lag sich ob des zu erwartenden Punktgewinns schon in den Armen, als Bobics Kopf und das 0:1 alle unsere Gesänge aufs Schrecklichste beendeten und für eine ruhige, enttäuschte und streitlustige Heimfahrt sorgten. Im Jahr davor lagen wir auf UEFA-Cup-Kurs und verspielten diesen im letzten Spiel in Stuttgart mit 1:3 (zur Strafe verloren wir dann auch noch das Pokalfinale eine Woche später, wie in einem früheren Kapitel beschrieben). Wieder ein Jahr zurück hatten wir ganz einfach keine Chance und daher auch die Strafe verdient; ich versuchte noch, meine Freunde zum Bleiben zu bewegen, als es zehn Minuten vor Schluß 0:3 stand, als mitten in meine Argumentation, sich doch bitte alles bis zum bitteren Ende anzusehen, das 0:4 fiel. Jetzt reichte es mir auch und wir gingen sofort...

Doch es gab auch witzige Anekdoten. Na ja, eine wenigstens. Als wir im Jahr '90/91 nach Stuttgart fuhren, besuchten wir zuvor noch das dem Stadion gegenüberliegende Volksfest Cannstatter Wasen und kamen dementsprechend gut gelaunt und recht bierselig ins Stadion, wo uns die Sommersonne dermaßen auf den biergetränkten Pelz brannte, daß wir uns am Eingang aufs Heftigste zusammenreißen mußten, um überhaupt eingelassen zu werden. Im Block angekommen, machten wir uns Hoffnungen auf das gewohnt einseitige Spiel, um in Ruhe ausnüchtern zu können, als Harforth in der ersten (!) Spielminute direkt vom Anspiel weg einen langen Ball spielte (das tat er ab und zu in genialster Weise, um sich dann 30 oder 40 Minuten lang zurückzuziehen, dieses Phänomen habe ich bereits im Kapitel „Meine Fankarriere" beschrieben) und Schütterle zum 0:1 verwandelte. Ich glaube, ich hatte den Alkohol innerhalb einer Sekunde verdampft. Sollte da noch ein winziger Rest gewesen sein, so wurde dieser nach 15 Minuten mit unserem zweiten Treffer sofort egalisiert. Erst dann begann das übliche Ritual des Nicht-Gewinnens in Stuttgart, denn selbst dieser 2:0-Vorsprung genügte uns nicht zum ersten Sieg seit Menschengedenken. Stattdessen kassierten wir noch zwei Tore und hatten am Ende sogar noch Glück, daß Stuttgart einen Elfmeter verschoß. Eben immer dasselbe...

Solche ständigen Derby-Niederlagen kann man als Fan auch nur unzureichend damit kompensieren, daß wir von der Saison '92/93 bis einschließlich '95/96 (also vier Jahre hintereinander) VOR den verhaßten Schwaben in der Tabelle lagen, eine Tatsache, die historisch und nie zuvor passiert ist. Doch auch in diesen Jahren, in denen wir im Europapokal spielten und die Schwaben vor den Fernsehgeräten zusehen mußten, verloren wir unsere Spiele in Stuttgart – ich gehe mal soweit, zu behaupten, daß wir, selbst wenn wir in ferner Zukunft irgendwann einmal Meister werden würden und Stuttgart sieglos Letzter wäre, wir auf jeden Fall unser Spiel in Stuttgart verlieren würden, damit ja die Serie hält...

Leider sieht unsere Bilanz bei den Spielen in Karlsruhe auch nicht viel besser aus; na ja, wenigstens ein Sieg alle paar Jahre springt heraus, dazu meistens Unentschieden, wobei die letzten beiden Spiele allerdings beide verloren gingen! Ich denke mir manchmal, daß es unseren Spielern womöglich ziemlich egal ist, wieviel Herzblut wir investieren (und verlieren), wenn es gegen Stuttgart geht; fast keiner aus unserer Mannschaft kommt aus dem Badischen, alles Zugereiste, die diese Derbystimmung gar nicht verstehen und diese Niederlagen wie jede andere behandeln und kurz danach abhaken.

Aber jede Serie geht einmal zu Ende, auch die in Stuttgart – und wenn es noch weitere 50 oder 60 Jahre dauern sollte, es wird passieren, irgendwann werden wir dort gewinnen und dann wird eben mein Geist unsichtbar im KSC-Fanblock stehen und sich mit den Fans freuen, die heute noch nicht einmal geboren sind...

Die restlichen „Sympathieträger"

Es gibt noch einige ganz spezielle Vereine und Fans, zu denen man als KSC-Anhänger eine etwas distanziertere Meinung pflegt, um das hier nicht allzu drastisch auszudrücken. Zum ersten natürlich die Münchner Bayern, unser „Hauptsponsor", der in schöner Regelmäßigkeit mit etlichen Millionen DM auf den Plan tritt und unsere besten Spieler wegkauft. Unser ehemaliger Torhüter Kahn (der beste, den wir je hatten, auch wenn er uns allen recht unsympathisch ist), Mittelfeldspieler Scholl sowie unser Ex-Libero Nowottny (der ausnahmsweise von Bayer-, nicht von Bayern-Millionen finanziert und nach Leverkusen gelotst wurde) stehen mittlerweile in der Nationalmannschaft, der bei uns groß rausgekommene Tarnat steht im erweiterten Kreis, Torsten Fink (den wir damals von Absteiger Wattenscheid holten und ins Rampenlicht rückten, bevor die Bayern wieder mit dem Scheckbuch wedelten), fehlt uns im defensiven Mittelfeld an allen Ecken und Enden (auch wenn ich eine Weile benötigte, dies zuzugeben, da ich immer dachte, daß er gar nicht so wichtig für uns wäre – es geht eben nichts über den Sachverstand eines Fans). Mit Abwehrspieler Kreuzer sowie Sternkopf haben die Bayern begonnen, es also insgesamt auf sechs Trophäen gebracht, die uns auf der anderen Seite über die Jahre hinweg (nach den üblichen gut informierten Kreisen) rund 30 Mio. DM eingebracht haben. Dafür kaufen wir von dem Geld neue Spieler, diese werden in Karlsruhe bekannt und dann gehen sie wieder nach München (so wie Tarnat und Fink, die nicht wie alle anderen aus unserer Jugend kamen) und wir erhalten neues Geld. So läuft das und obwohl wir uns im Laufe der Jahre trotz all der Spielerverkäufe in der Bundesliga etablieren konnten, wage ich mir nicht vorzustellen, was passiert, wenn die neu dazugekauften Spieler einmal nicht die Erwartungen erfüllen sollten... dafür stelle ich mir des öfteren vor, wie unsere Mannschaft spielen würde, hätte sie die von uns weggekauften Spieler noch in ihren Reihen, aber das ist leider nur ein Gedankenspiel. Aufgrund der fehlenden Mittel werden wir immer die besten Spieler abgeben müssen... traurig ist das!

Als zweites zu nennen wären unsere ganz speziellen Freunde von Bor. Dortmund. Als wir uns am Ende der Saison '92/93 mit einem 3:0 über Dortmund zum ersten Mal für den UEFA-Cup qualifizieren konnten, stürmten die Fans beider Teams den Rasen und feierten zusammen. Fortan sah man Freundschaftsschals beider Mannschaften, eine große Dortmunder Fahne in deren Fanblock zierte sogar eine unserer blau-weißen Wildparkfahnen. Bis sich dann in der Saison '94/95 herausstellte, wie dünn diese „Freundschaft" doch war: Mit der unfairsten und zugleich deutlichsten Schwalbe, die je während eines Fußballspiels fabriziert worden ist, schindete Andreas Möller einen Elfmeter, da sowohl Schieds- als auch Linienrichter (heute Schiedsrichterassistent genannt, aber noch genauso unqualifiziert für die wirklich wichtigen Aufgaben eines Spiels) die Augen geschlossen hatten und sich vom Dortmunder Publikum beeinflussen ließen. Zu dieser Zeit führte der KSC 1:0, der unverschämteste Elfmeter der Fußballgeschichte (unser nächster Verteidiger stand etwa einen Meter vom abhebenden Möller entfernt) brachte den Ausgleich und, nicht genug der Ungerechtigkeit, die eigentlich am Boden liegende Dortmunder Mannschaft raffte sich nach dem Ausgleich wieder auf und erzielte kurz vor Schluß auch noch den 2:1-Siegtreffer. Der Dortmunder

Kapitän Zorc gab nach Spielschluß sogar offen zu, das Spiel ohne den Elfmeter nicht gewonnen zu haben. Unsere Spieler waren stocksauer und wurden in der Kabine teils sogar handgreiflich, zum Glück hatte keine Fernsehkamera aufgezeichnet, was dem Flieger Möller da alles an den Kopf geworfen wurde, die Reporter berichteten lediglich davon. Ich war damals nicht in Dortmund und wenn ich mir rückblickend meinen Wutanfall vor dem heimischen TV-Gerät vor Augen führe, dann war das auch besser so. Im Stadion verbrannten die mitgereisten KSC-Fans alle Freundschaftsschals und fortan schwelte die Wut auf diese Schauspieltruppe, deren Oberflieger Möller sich nach dem Schlußpfiff auch noch dahingehend äußerte, daß er bei jedem anderen Trainer diese Schwalbe zugegeben hätte, nur eben bei unserem nicht. Diese Aussage machte alles noch schlimmer und spricht für den Reifegrad jenes schon immer vollkommen überbewerteten Spielers, der dem seiner jungfräulich hohen Stimme entspricht. Seitdem ist Funkstille zwischen den Fans beider Teams, was keinen in unserem Block sonderlich stört, wobei sich diejenigen (es sind nur noch ganz wenige, vereinzelt auftretende Verirrte), die auch heute noch mit einem Freundschaftsschal herumlaufen, gleich ein Schild mit den Worten „Ich war noch nie in Dortmund" umhängen könnten, denn die im dortigen Stadion ausgestoßenen gegenseitigen Schimpfkanonaden und Schmähgesänge würden zur sofortigen Bekehrung führen.

Als nicht gerade freundschaftlich würde ich auch das Verhältnis zu den Fans des 1.FC Kaiserslautern bezeichnen; Kaiserslautern liegt in der uns benachbarten Pfalz und die Derbys gegen die wie die Schwaben Rot und Weiß (das paßt) tragenden Lauterer sind ebenfalls stets etwas besonderes. Insbesondere dann, wenn sie auswärts im Fritz-Walter-Stadion auf dem Betzenberg stattfinden und wir zigtausendfach in Blau und Weiß dort einfallen, denn eines muß der Neid den Pfälzern lassen: Eine fanatischere und aufgeheiztere (und somit bessere) Stimmung als in deren Stadion gibt es nicht, da gibt es keine lästige stimmungstötende Tartanbahn, die die Zuschauer vom Spielfeld trennt und da steht bei einem Foul die ganze Tribüne auf und schimpft und brüllt und so manchesmal lassen sich dann auch die Schiedsrichter von dieser Hektik anstecken und zücken so manche gelbe Karte mehr für einen Gästespieler. Wir haben tolle Derbys dort erlebt und zumeist auch gute Resultate in diesem Hexenkessel erreicht (nach der Saison '91/92 haben wir dort nicht mehr verloren), zumeist endeten die Spiele sowohl bei ihnen als auch bei uns unentschieden und waren voller Kampf und Einsatz. Ich weiß noch genau, wie wir in der Saison '90/91 bei einem 2:2 sehnlichst auf den Schlußpfiff warteten und der Schiedsrichter so viel Gefallen am Spiel fand, daß er vier Minuten nachspielen ließ und wir prompt noch 2:3 verloren. Nun ist es bei vielen anderen Clubs, die in Lautern spielten, auch schon vorgekommen, daß die Nachspielzeit zumeist über Gebühr lange ausgefallen war, eine Tatsache, die von Lauterer Seite stets heftig bestritten wurde – in unserem Fall damals hatte Achim die Zeit von Beginn der zweiten

Halbzeit an mitlaufen lassen und es waren wirklich über vier Minuten gewesen, bis wir den Knockout erhielten. Ein bemitleidenswerter FCK-Fan hatte sich mit seiner Freundin und seinem rot-weißen Schal in unseren Block verirrt und stand zwei Stufen hinter einem Wellenbrecher, vor dem wir standen. Nachdem wir das Tor kassiert hatten und viele von uns frustriert und fluchtartig den Block verließen, schaute ich mich wild um und entdeckte eben diese verirrte Gestalt und sein grinsendes Gesicht: In meiner Wut zog ich ihn bis zu diesem Wellenbrecher hinunter, positionierte meine Nase genau vor seine und riet ihm, nur ja nicht zu jubeln oder sonstwie seiner Freude über dieses betrogene dritte Tor Ausdruck zu verleihen, woraufhin sich Panik bei ihm breitmachte und er alles mögliche versprach, um wieder loszukommen und er sich mit seiner Freundin sofort auf den Weg zum Ausgang machte, dabei seinen Schal unter der Jacke versteckend. Dies war sicher nicht die feine englische Art meinerseits, aber nur wer einmal im Gästefanblock in diesem Stadion gestanden und 94 Minuten lang seine Mannschaft zu einem 2:2 angefeuert und sie dann noch 2:3 verloren gesehen hat, kann mich verstehen – zudem würde ich den Teufel tun, mich mit einem KSC-Schal in den Gästeblock egal welcher Mannschaft zu stellen und dann auch noch triumphierend zu grinsen, wenn ein Tor gegen ein paar tausend Leute fällt, die alle um mich herum postiert sind und die dann bestimmt schlechte Laune haben. Aber da man sich im Leben bekanntlich immer zweimal trifft, begann mit der Saison '92/93 unsere Serie der ungeschlagenen Spiele in Kaiserslautern und zwar mit einem Paukenschlag: Dieses Mal hängte der Schiedsrichter seine Nachspielzeit an die erste Hälfte an, was Wolfgang Rolff zu einem völlig genialen Tor und zu einem furiosen Halbzeitstand von 3:1 für uns nutzte. Der damalige Stadionsprecher, ein hysterisch brüllender und tobender Fanatiker, der für die stets aufkommende Hektik mitverantwortlich war, verkündete beinahe weinend die 51. Minute als Moment unseres Treffers und übertrieb dabei genauso schamlos, wie er die in diesen Jahren stets übliche Nachspielzeit zugunsten seines Teams übersah. Wir gewannen 3:2, also mit genau demselben Ergebnis und genau derselben Nachspielzeit, wie wir zwei Jahre zuvor dort verloren hatten. Es gibt immer eine Gerechtigkeit im Fußball.

Saison 1997/98

Die Sommermonate Juni/Juli sind eine Katastrophe; wenn im Juni nicht gerade eine WM oder EM stattfindet, sind die Wochenenden leer und sinnlos. Klar, man geht weg, unternimmt was oder man fährt in Urlaub, aber fehlt da nicht irgendwas? Fehlt da nicht die Aufregung, dieses kribbelnde Gefühl im Magen, welches sich am Spieltag einstellt? Fehlt nicht den TV-Sendungen das Salz Fußball in der

Suppe Sport? Wenn sie sich mit Randsportarten bemühen, Interesse zu erregen, die sonst im ganzen Jahr nicht gezeigt werden, könnte man heulen. Aber dann, Anfang August als Startsignal für die neue Saison rückt näher und dieses Jahr gab es wenigstens den Ligapokal. Ausgetragen in den entlegensten Winkeln der Republik, zog er kaum Zuschauer und man muß sich fragen, wer so hirnverbrannt sein kann, unser Derby gegen Stuttgart in Osnabrück spielen zu lassen? Das Ergebnis? Nun, schauen sie einfach im Kapitel über Stuttgart nach... (also gut, 0:3...). Aber was soll's, ich konnte (und nicht nur ich) mit meinen Kumpels vor dem TV-Gerät sitzen und herrlich über unsere neue Mannschaft lästern, die drei unbekannte ausländische Neuzugänge (Schepens aus Belgien, Régis aus Frankreich und Nyarko, ein Ghanaer aus der Schweiz) und einen etwas bekannteren (Gilewicz aus Stuttgart, von deren Ersatzbank allerdings...) präsentierte und eigentlich kaum gute Spiele in der Vorbereitung hatte. Als wir aus dem Ligapokal ausschieden (ein Wettbewerb, an dem die besten fünf Mannschaften plus Cupsieger teilnehmen – da der Cupsieger unter den ersten fünf zu finden war, rückte der sechstplazierte und somit der KSC nach), stand mit Ulm noch eine letzte Vorbereitungsstation auf dem Programm, bevor es endlich wieder losging. Zwischenzeitlich hielt man endlich den alljährlich vor einer neuen Saison erscheinenden Kicker in Händen und sog begierig alle Infos über alle Mannschaften in sich auf, um ja für den Start gerüstet zu sein. Nun, als KSC-Fan war ich gerüstet, nur die Mannschaft schien irgendwie am Ende zu sein, bevor es überhaupt losging, denn gegen die Amateur-Mannschaft aus Ulm gab es ein blamables 0:1 und plötzlich freute ich mich nicht mehr ganz so sehr auf das eine Woche später stattfindende erste Spiel der neuen Saison gegen Bremen. Zu schwach waren die Neuen und zu wenig integriert und zu schwach waren die Leistungsträger Häßler, Keller, Dundee & Co., das versprach nichts Gutes...

Der Start

Und dann ging es los und Himmel, was legten wir für einen Start hin: Gleich das erste Heimspiel gegen Angstgegner Bremen (letztes Jahr hatten wir beide Spiele gegen Bremen verloren) riß einen vom Hocker: Eine gut und offensiv spielende Bremer Mannschaft wurde von unserem Team eiskalt ausgekontert und ausgeknockt: Unser Neuzugang Gilewicz erzielte zwei Tore und Neuzugang Nr. 2 Alex Nyarko bereitete das dritte Tor mustergültig vor. Die laschen Vorbereitungsspiele waren vergessen.

Weiter ging's drei Tage später in München und wir fuhren als Tabellenführer dorthin, um gegen 1860 ganze zweimal vor deren Tor aufzutauchen und zwei Tore zu erzielen, das zweite dazu noch in der letzten Minute zum 2:2-Ausgleich,

Der beste und bekannteste Spieler, den wir je hatten - Icke Häßler

Foto: GES-Sportfoto

das nenne ich effektiv! Wir waren immer noch Erster und teilten dies beim Hinausgehen auch lautstark allen mit, die es hören wollten (die meisten waren Münchner und wollten es nicht hören, nicht daß es uns gestört hätte…). Und weiter ging's, Arminia Bielefeld kam nach Karlsruhe (ein Lieblingsgegner, letzte Saison hatten wir beide Spiele gewonnen) und als unser Libero Thomas Hengen nach 25 Minuten und bestimmt 40 Grad Hitze vom Platz gestellt wurde, nachdem er zweimal überhart eingestiegen war, schwante uns nicht Gutes. Kurz danach aber gingen wir durch einen Elfmeter in Führung und die Bielefelder rannten das gesamte Spiel über an, spielten wie verrückt ihre zahlenmäßige

Überlegenheit aus und trafen das Tor nicht. Als sich bei mir das Gefühl einstellte, daß wir das irgendwie über die Runden schaukeln würden, segelte ein Ball in den Fünfmeterraum und unser Verteidiger Reich erzielte ein selten dummes Eigentor. Das war's, der Vorsprung war weg, das Team k.o. und die Bielefelder rannten weiter an. Und dann kam wieder einmal einer jener Momente, für welche ich all die Strapazen, das ausgegebene Geld und den häufigen Frust auf mich nehme: Unser belgischer Neuzugang Schepens setzte erst einen Freistoß aus 20 Metern ins Netz und überwand wenig später den Bielefelder Torwart auch noch mit einem gigantischen Heber aus etwa derselben Entfernung. Es stand 3:1 und wir waren immer noch an der Tabellenspitze.

Leider folgt meistens auf ein Hoch ein Tief, insbesondere beim KSC, wobei die Tiefs, so kommt es mir zumindest vor, viel tiefer sind als die Höhen hoch und noch dazu auch länger zu dauern scheinen, wobei ich mir gewünscht hätte, daß unsere Mannschaft dies nicht so deutlich gemacht hätte, wie sie es in den darauffolgenden Monaten tat... Wir fuhren als Spitzenreiter nach Leverkusen, hatten die eine oder andere verbale Auseinandersetzung mit einigen VfB-Fans, die zur selben Zeit in Duisburg spielten und kamen bestens gelaunt im Stadion an. Der Beginn des Spiels gegen den amtierenden Vizemeister und Champions-League-Teilnehmer lief wie in einem Film: Nach fünf Minuten gingen wir in Führung, nachdem Thomas Häßler einen seiner berühmten Freistöße aus 20 Metern an der Mauer vorbei ins Netz versenkt hatte. Diese ersten fünf und die folgenden zehn Minuten zeigten den besten KSC, den ich auswärts je gesehen hatte, aggressiv, spielstark, kombinationssicher und spielbestimmend und die mitgereisten Fans brüllten und sangen sich die Seele aus dem Leib (daß ich am darauffolgenden Montag heiser war, brauche ich hier wohl kaum zu erwähnen). Und dann kam jene 15. Minute, die erste Chance für Leverkusen und aufgrund der gewohnten Abwehr-Unsicherheiten der Ausgleich. Es ist schwer zu begreifen, aber ab diesem Moment war alles vorbei. Das 2:1 fiel ebenfalls noch vor der Halbzeit und der KSC danach vollkommen auseinander, was sich in weiteren Gegentoren widerspiegelte, so daß unser bis dato hervorragendes Torverhältnis von 8:4 plötzlich 9:10 lautete. 1:6, die höchste Auswärtsniederlage seit neun Jahren, als wir (ebenfalls als Tabellenführer) in Köln mit dem gleichen Ergebnis weggefegt wurden. Na ja, wir trugen's mit Humor und sangen und feierten trotz der Torflut munter weiter; dies muß auch den Leverkusener Spielern aufgefallen sein, denn nach dem Spiel kamen sie noch zu uns vor den Block und wir machten noch ein paar Laolas mit ihnen, den gegnerischen Spielern wohlgemerkt! Unsere eigenen hatten sich längst klitzeklein geworden in die Stadion-Katakomben verkrochen. Als wir mit vielen anderen auf einen der Busse warteten, die uns zum Park-and-ride-Parkplatz unseres Wagens bringen sollten, entdeckten wir eine sicher einmalige Gestalt, die auch schon oft (mit entsprechenden Kommentaren natürlich) im Fernsehen zu sehen war: Unseren KSC-Pfarrer!

Hierbei handelt es sich um Pater Burkhart, der stets mit seiner Mönchskutte und einer KSC-Mütze bekleidet im Stadion auf der Haupttribüne auftaucht und den es nun nach Leverkusen zum Auswärtsspiel verschlagen hatte. Er hörte mich „Seht mal, da ist der KSC-Pfarrer" sagen, kam zu uns und fragte uns lächelnd, von wo wir genau herkämen. Er erzählte uns dann noch, daß er von seiner Diözese aus eh in der Gegend gewesen wäre und er sich daher auch das Spiel angesehen hätte. Wir fragten ihn, ob er denn nicht für ein wenig mehr himmlischen Beistand hätte sorgen können, als uns bei einem 1:6 zuteil geworden wäre, worauf er, solche Bemerkungen sicher gewohnt, nur herzlich lachte und uns, als wir in den Bus stiegen, einen guten Nachhauseweg wünschte.

Platz 6 stand nun zu Buche und Wiedergutmachung gegen Duisburg auf dem Programm. Diese hatten seit einiger Zeit kein Tor mehr erzielt, waren kurz zuvor im UI-Cup-Finale gescheitert und hatten seit 30 (!) Jahren nicht mehr in Karlsruhe gewonnen. Eigentlich sollten wir wissen, daß gerade solche Teams sich immer wieder gerne am KSC aufrichten, aber wir hofften auf unsere Stärke und sahen Chance um Chance, die vergeben wurde – manchmal frage ich mich, warum es einem Berufsfußballer, der den ganzen Tag nichts anders tut, als mit dem Ball zu spielen und zu trainieren, nicht möglich ist, eben diesen aus lächerlichen fünf Metern einfach irgendwie geradeaus in ein völlig verwaistes, über sieben Meter breites Tor zu schießen, sondern dieses in einer völlig grotesk-peinlichen Schußbewegung zu verfehlen... genau dies vollbrachte unser Stürmer Schroth, was seine Auswechslung gegen unseren etatmäßigen (und nach 17 Toren der Vorsaison aufgrund privater Flausen völlig außer Form befindlichen) Mittelstürmer Dundee nach sich zog. Und es kam noch schlimmer, denn nachdem in der ersten Halbzeit nicht ein einziger Ball auf unser Tor kam, weil die Duisburger in ihrer erschreckenden Unbedarftheit eben ganz einfach zu schwach waren, entschlossen sie sich, in der zweiten Hälfte ab und zu nach vorne zu kommen und sie trafen zwei Mal! Ungeachtet unseres Anschlußtors kurz vor Schluß (wieder Häßler und wieder ein Freistoß) war diese völlig unnötige 1:2-Niederlage gegen einen schwachen Gegner der Grund, warum wir a) nicht wie erwartet auf den dritten Tabellenplatz vorstießen sondern jetzt nur noch Siebter waren, b) unser nächstes Spiel auswärts beim Champions-League-Gewinner Dortmund stattfinden und c) somit der siebte sicherlich gegen einen zweistelligen Platz in der Tabelle getauscht würde und die Tendenz für die kommenden Wochen nach unten zeigte und d) ich deswegen die ganze Woche über schlechte Laune hatte.

Der weitere Fall wurde beim Spiel in Dortmund zwar nicht aufgehalten, aber durch ein unerwartetes 2:2 zumindest abgefedert; unerwartet im Ergebnis als auch unerwartet in der Art und Weise, da wir das Spiel bis auf die Periode der beiden Gegentreffer (wir hatten 1:0 zur Pause geführt) im Griff hatten und der Ausgleich auch verdient war. Na ja, ein Punkt beim Champions-League-Gewin-

ner und vor über 50.000 Zuschauern mußte erstmal geholt werden und so war unsere Brust vor dem Derby gegen Kaiserslautern wieder ein wenig breiter geworden. Dieses fand vor ausverkauftem Haus statt und etwa 8.000 Pfälzer sorgten für den üblichen rot-weißen Farbschock, als es nach 90 Minuten vernichtend 2:4 stand und wir nach dem Pokalfinale nun auch noch das Bundesliga-Heimspiel gegen Kaiserslautern verloren hatten, zum ersten Mal nach 22 Jahren, was nach Platz eins und sieben nunmehr Rang elf bedeutete. Doch auch damit war der Abstieg nicht beendet, denn es folgte noch ein schreckliches Pokalspiel zuhause gegen Bielefeld, in welchem wir bis zwei Minuten vor Schluß 2:1 führten, nur um dann noch den Ausgleich zu kassieren und nach Verlängerung und Elfmeterschießen mit 4:6 auszuscheiden und danach ein beeindruckend dominiertes Auswärtsspiel in Gladbach, begleitet wie gewohnt von unserer 1:0-Führung, die ich auf der Autobahn miterlebte, weil ich gen Saarbrücken unterwegs war, um meine Mutter abzuholen, die gerade aus dem Urlaub gekommen und in Luxemburg gelandet war. Als sich der Radiosprecher meldete und meinte, es müßte schon längst 3:0 oder 4:0 für den KSC stehen, schlichen sich erste böse Vorahnungen in meinen Wagen und in meinen Kopf, Vorahnungen von einem nicht gewonnenen Spiel, von einem unverdienten Ausgleich, eben all diese Horrorvorstellungen, die einen so beschleichen können...
Die Zeit verstrich, es waren noch 15 und dann noch 10 Minuten zu spielen, Tore fielen auf den anderen Plätzen, noch 5 Minuten, nichts passierte und gerade als die Angst jener überwältigenden Freude eines Auswärtssieges weichen wollte, ich im Geiste schon die drei Punkte auf unser Konto hinzuzuzählen begann, da kam der Ruf „Tor in Gladbach", der mich für Sekundenbruchteile hinter dem Steuer erstarren und meinen Herzschlag aussetzen ließ; ich hörte keinen Jubel und der Optimist in mir, jener naive, dumme, kleine Junge, der dafür verantwortlich ist, daß ich mir all das antue und den ich schon so oft deswegen verflucht habe, gab mir den Gedanken „Es steht 2:0!!!!!" und ich wollte schon losbrüllen, als das Wort „Ausgleich" fiel und ich zusammensackte, bevor ich mit hochrotem Kopf und geballter Faust auf das Lenkrad und die Mittelkonsole, die das Radio beherbergte, einschlug und laut vor mich hinfluchte. Dies muß dermaßen witzig ausgesehen haben, daß eine Frau, die auf der Beifahrerseite eines mich überholenden Wagens saß, zu mir herübersah und lachte. Sie lachte und es war mir egal, ich fluchte und schimpfte weiter, weil ich es mal wieder kommen gesehen hatte, Tor in der letzten Minute gegen Kaiserslautern, Tor in der vorletzten gegen Bielefeld und nun in der letzten Minute auch noch das Gegentor in Mönchengladbach. Es war zum Verrücktwerden und in jenen Minuten im Auto stand ich dicht davor, ich überlegte, ob ich einfach anhalten und auf dem Standstreifen herumhüpfen sollte, wollte dann einen Parkplatz anfahren, um dort meinen Frust loszuwerden, dachte dann aber daran, daß es dort sicherlich Leute gäbe, die mein Verhalten womöglich als Grund nehmen würden, die Herren mit der

weißen Jacke zu rufen und daher fuhr ich einfach weiter, ich schimpfte wie ein Rohrspatz und legte die restliche Strecke in Rekordzeit zurück. Als dann noch die Tabelle im Radio und wir als Vierzehnter genannt wurden, legte ich eine Cassette ein, ich war bedient. Unnötig zu erwähnen, daß der Gladbacher Ausgleich eigentlich gar keiner war, denn deren Spieler wollte nur flanken, woraufhin unser Libero Hengen den Kopf einzog und unser Goalie Reitmaier regungslos zuschaute. Der Ball dopste sogar noch einmal auf, als ob er damit auf die seltene Dämlichkeit unserer Abwehr hinweisen wollte und sprang dann munter in unser Tor und zerstörte mich und meine Laune für Tage. Nun stand das Spiel gegen Aufsteiger Wolfsburg auf dem Plan, eines jener „wenn-nicht-gegen-die-gegen-wen-dann"-Spiele und dementsprechend nervös trat ich meinen Weg in den Fanblock an. Zum Glück waren die braven Wolfsburger noch nervöser als ich, denn mehr als einen 1:2-Anschlußtreffer kurz vor Schluß (wann auch sonst) brachten sie nicht zustande und wir hatten nach langer Zeit endlich mal wieder drei Punkte geholt, die uns auf Platz 10 zurückbrachten.

Auf dem Weg nach unten

Voller Hoffnung blickten wir nun gen Hamburg, wo mit dem HSV ein dankbarer Gegner wartete, der sich gegen den KSC schon immer schwer getan hatte und von den letzten 20 Begegnungen gegen uns nur drei gewinnen konnte. Die Hoffnungen wurden mit der obligatorischen Führung weiter genährt und es wurde einmal mehr bewiesen, wie dumm Menschen doch sein können, denn anstatt nun zu befürchten, „oh je, jetzt führen sie wieder, das hält nie", dachte unsereiner voller Inbrunst und Begeisterung an den ersten Auswärtssieg der Saison. Solange, bis aus dem 0:1 ein 2:1 für Hamburg geworden war und am Ende sogar ein 3:1 unter dem Strich stand. Es stand aber noch mehr darunter: Fünf Auswärtsspiele bisher, in allen mit 1:0 in Führung gegangen und kein einziges davon gewonnen, Platz 13 in der Tabelle und die Bayern standen vor der Tür. Au weia! Und wie so oft steigerte sich unser Team gegen die schier übermächtigen Münchner und spielte sie in der ersten Halbzeit geradezu an die Wand, woraus die verdiente 1:0-Führung entsprang. Als ich in der zweiten Hälfte unseren Spieler Krauß an der Außenlinie einwechselbereit stehen sah, war mein erster Gedanke: „Jetzt bringt er schon wieder diesen Krauß!". Jener hat meiner bescheidenen Meinung nach alles, nur keine Berechtigung, in der Ersten Liga zu spielen: Unsicher, überhastet, unfähig, und da ist es mir wurscht, ob er erst 21 ist! Gegen Bayern hatte er schon im letzten Auswärtsspiel das 0:1 verschuldet, weil er einen Ball falsch berechnet hatte, gegen Wolfsburg führte ein

Foul an ihm zu einem Freistoß und Tor gegen (!) uns (kann er nichts dafür, ich weiß, aber so etwas passiert nur einem solchen Spieler und zudem paßt es perfekt in meine Argumentation, nicht wahr?) und als er jetzt auf den Platz kam, wurden die Leute um mich herum bereits unruhig und als er dann ein völlig unnötiges, überhastetes Dribbling gegen gleich zwei Bayern-Spieler (!) am eigenen Strafraum (!!) anfing, den Ball verstolperte (!!!) und den Bayern-Spieler foulte, entlud sich meine Wut schon im voraus: „Wenn jetzt was passiert, bist DU Schuld, Krauß!!!" schrie ich, und „und DU auch da draußen!" und meinte unseren Trainer, der diesen Spieler immer wieder brachte. Manchmal hat man so seine Eingebungen und ich bin kein bißchen stolz darauf, daß ich irgendwie WUSSTE, daß etwas passieren würde: Der Freistoß zischte an der von unserem Keeper Reitmaier schlecht gestellten Mauer (die deckte den Bereich neben dem Tor ab anstatt eine Ecke desselben...) vorbei ins Netz und bescherte den Bayern ein glückliches 1:1-Unentschieden, das einmal mehr durch die meiner Meinung nach falsche Taktik fiel. Wie schon in vielen Spielen zuvor (Beispiele? Ich habe sie massenhaft, Pokal gegen Bielefeld, Punktspiel gegen Bielefeld letztes Jahr, UEFA-Cup gegen Bröndby, soviel Platz habe ich gar nicht) wurde gegen Spielende durch die Hinzunahme eines Abwehrspielers genau das Gegenteil dessen erreicht, was damit beabsichtigt wurde: Es fiel ein Gegentor! Ist es da nicht bezeichnend, daß das einzige Spiel, in welchem offensiv, d.h. ein Spieler durch einen seiner Position ausgewechselt wurde, das Spiel locker gewonnen wurde? So geschehen drei Tage später beim UEFA-Cup-Spiel in Metz, wo der KSC mit einer tollen Leistung aufwartete und den französischen Tabellenzweiten mit 2:0 in dessen Stadion schlug und sich damit eine hervorragende Ausgangsposition fürs Rückspiel schuf. Alle redeten von der Wende und mir fehlte aufgrund der mangelhaften Bundesliga-Ergebnisse der Glaube; als ich beim Spiel gegen Kaiserslautern „Wenn das so weitergeht, steigen wir noch ab" vor mich hinmurmelte, erntete ich böse Blicke meiner Kumpels, die sich an diesem Tag schrecklich über meinen Pessimismus ärgerten (sorry).

Und dann kam das Spiel, an welchem sich die nähere Zukunft in der Bundesliga entscheiden sollte, auswärts beim Tabellenletzten Hertha BSC, in jenem grauen Riesenbunker, in welchem ich beim Pokalendspiel mein schlimmstes Erlebnis hatte. Wie in allen Auswärtsspielen zuvor, ging der KSC auch in Berlin mit 1:0 in Führung, mit dem schnellsten Tor der Saison nach sage und schreibe 65 (!) Sekunden! Mir schwante Böses, denn bisher war das mit einer Führung auswärts noch immer schiefgegangen, aber gegen den Letzten sollte es doch klappen??!! Schließlich wackelte deren Trainer bedenklich, hatte nur einen Sieg aus elf Spielen und nur acht geschossene Tore vorweisen können und dann wurde auch noch das Publikum unruhig und pfiff das Team aus, alles Grundvoraussetzungen zu einem Auswärtssieg. Eigentlich... Mit 1:0 ging's in die Pause und in der zweiten Halbzeit fiel der Ausgleich. Ich habe mich gar nicht sonderlich geärgert, weil ich das irgendwie genauso wußte wie ich seinerzeit den Ausgleich gegen Bayern vorhergesehen hatte. Ich befand mich gegen 17.00 Uhr einmal mehr auf der Autobahn, um mit Achim nach Stuttgart zu einem Konzert (WHITESNAKE) zu fahren, als acht Minuten vor dem Ende das 2:1 fiel und in der letzten Minute auch noch das dritte Tor... Nun hatten sie's geschafft, verloren gegen die schwächste Mannschaft der Liga, gegen einen Aufsteiger noch dazu und weil die anderen Teams unten punkten konnten, fielen wir von Platz 13 auf Platz 16 zurück, einen Abstiegsplatz. Da kamen Erinnerungen an Zeiten auf, die ich erlebt hatte und nie mehr erleben wollte, an die Zeiten der Fahrstuhlmannschaft und des Gelächters der anderen Fans und der Medien, an ein Stadion mit nur 5.000 Zuschauern, an die Zweite Liga und und und... Und dann kam Köln, ein Gegner, dem das Wasser ebenso bis zum Hals stand wie uns und alle Traumtänzer erhielten nach dem nach einer glorreichen, an vergangene Zeiten erinnernden zweiten Hälfte herausgespielten 3:1-Sieg Stoff, wieder von höheren Weihen zu träumen. Diese völlig irrsinnigen Gedanken schleichen sich nach einem Sieg durch die Drei-Punkte-Regelung und den damit verbundenen möglichen größeren Sprüngen in der Tabelle immer wieder in die Köpfe mancher Zeitgenossen ein, ohne daß man die logische andere Seite sieht: Es geht nämlich ebenso schnell wieder bergab, wenn man verliert. Und genau das taten unsere Jungs in Schalke mit 0:2, nach einer erbärmlichen Vorstellung ohne echte Torchance in einem Spiel, in welchem Markus Bähr ein- und aufgrund seiner schwachen Leistung gleich wieder ausgewechselt wurde. Platz 12 (und ein läppischer Punkt Vorsprung auf die Abstiegsplätze) stand zu Buche, als wir gegen den Tabellenletzten Bochum antraten, eines dieser „Das müssen wir aber jetzt wirklich gewinnen"-Spiele. Tja, das Spiel war nicht besonders, aber nach unserer Führung war ich beruhigt, denn die Bochumer waren harmlos und konnten unsere wacklige Abwehr kaum einmal aus dem Konzept bringen. Nachdem wir das 1:0 erzielt hatten, wechselten die Bochumer drei Stürmer ein und öffneten ihre Abwehr, was uns zwei 1.000%ige Chancen brachte: Einmal versagte unser Star (und eigentlich sonst stets Vorbild für die anderen) Thomas Häßler, als er alleine auf den gegnerischen Torwart zulief und den Ball nicht ins Tor brachte und beim zweiten Versuch schaffte es Gunther Metz, aus einer 3:1-Situation (bei der der Ball so oft hin-und hergespielt wurde, bis der Torwart nicht mehr wußte, wo er hinschauen sollte) heraus, das Leder eben nicht ins leere Tor, sondern in einer peinlichen Schußbewegung dem verzweifelt ins Tor zurückrennenden Torwart direkt in die Arme zu spielen. In diesem Moment schaute ich auf die Uhr und erkannte, daß die letzte Minute, jene für uns in dieser Saison so deprimierende letzte Minute angebrochen war und ich versuchte, nicht an die Tatsache zu denken, daß es bereits zehnmal in dieser Saison in der Schlußviertelstunde bei uns eingeschlagen hatte, davon sechsmal in den letzten beiden Minuten und als ich die Erinnerung an diesen wohl frustrierendsten

Moment eines Spiels gerade zurückzudrängen versuchte, segelte eine Flanke (die letzte des Spiels) in unseren Strafraum, ein Bochumer Spieler traf ihn mit dem Kopf und der Ball landete links unten im Tor. Ich befürchte, daß ich eines Tages mal einen Herzinfarkt in genau einem solchen Moment bekomme, denn ich lief dunkelrot an und fluchte, schimpfte und schrie, ich stampfte mit dem Fuß auf und hieß die Mannschaft alles, was mir einfiel (und das waren keine druckreifen Worte, glauben sie mir) und rund um mich herum machte das lähmende Entsetzen einem gellenden Pfeifkonzert Platz, mit dem die Spieler in die Kabine verabschiedet wurden, denn (dreimal dürfen Sie raten) direkt nach dem Tor war Schluß. Die Zeitungen machten ein großes Thema aus diesen Nachlässigkeiten kurz vor Schluß und errechneten, daß die elf Gegentore in der letzten Spielviertelstunde bereits acht Punkte gekostet haben, acht Punkte, die uns bis auf Platz 3 der Tabelle gebracht hätten. Ist das nicht zum Heulen? Das nächste Spiel hatten wir bereits im Voraus abgehakt, denn es ging nach Stuttgart und da ist eh nichts zu holen (siehe auch anderes Kapitel). Und richtig, wir fuhren im 11. Jahr hintereinander hin und meine eh schon bescheidene Bilanz von zwei Unentschieden und acht Niederlagen weitete sich auf zwei Unentschieden und neun Niederlagen aus, davon jetzt sieben Stück hintereinander. Und wir haben mit Recht verloren, 0:3, waren völlig willen- und chancenlos, es war ein langweiliges Spiel und sogar die uns nicht wohlgesonnenen Schwaben verhielten sich überraschend zurückhaltend, wohl alle darüber erschrocken, wie schwach unser Team sich vorstellte.

Nun ging's gegen Rostock, die Überraschungsmannschaft aus dem Osten, die jeder schon als Absteiger gesehen hatte – nun standen sie auf Platz 6 und wir auf Platz 16. Das hatten wir uns eigentlich genau anders herum vorgestellt... Zum Glück blieben sie den Beweis ihrer hohen Tabellenposition schuldig und strichen mit 0:3 die Segel, wenigstens eine kleine Wiedergutmachung für die in Stuttgart erlittene Schmach. Die Vorrunde war beendet, drei Spiele galt es noch im Jahr 1997 zu bestehen, und da wir gerade bei den Nordlichtern waren, fuhren wir auch gleich nach Bremen, wo wir noch nie gut ausgesehen haben. Wie üblich gingen wir in Führung, um wie üblich aus dem 1:0 ein 1:2 werden zu lassen. Nach der Pause trauten wir unseren Augen kaum, denn es schlug noch dreimal ein und zwar auf der richtigen Seite, so daß am Ende ein völlig unerwarteter 4:2-Auswärtssieg stand, der erste der Saison am ersten Spieltag der Rückrunde und unser Aufstieg auf Platz 9 war die Belohnung für zwei Siege in Folge und der Glanz der ersten Plätze und die damit verbundene UEFA-Cup-Teilnahme stahl sich wieder in meine Augen, nur bekämpft von meiner realistischen Seite, die mir sagte: „Ist ja recht und schön, aber jetzt kommt 1860 München, die haben Zoff, spielen schlecht, die Stimmung geht gegen den Trainer und gegen solche Mannschaften haben wir uns doch schon oft als Samariter erwiesen, oder?" Ich schob diese Zweifel beiseite und langweilte mich beim

Spiel zu Tode: Einen Lattenschuß hatte unser in Bremen dreifach erfolgreicher Stürmer Schroth zu verzeichnen, das war's. Ein mageres 0:0 stand unterm Strich und eine einmal mehr vertane Chance, in der Tabelle nach oben zu kommen. Das letzte Spiel führte uns dann zum Tabellenletzten nach Bielefeld: Es tut mir leid, wenn ich Sie langweile, aber wir gingen mit 1:0 in Führung (Torschütze Reich), kassierten in der zweiten Halbzeit den Ausgleich (Fehler von Reich), dann wurde ein Bielefelder Spieler vom Platz gestellt und zwei Minuten vor Schluß (es war unglaublich) segelte ein Freistoß in unserem Strafraum, Reich patzte erneut und wir verloren das Spiel 1:2. Wieder kurz vor Schluß, gegen den Tabellenletzten (der sich aufgrund unserer großzügigen Geschenke dann aber in der Tabelle verbessert hat), der seit 200 Minuten kein Tor mehr geschossen und seit zwei Monaten kein Heimspiel mehr gewonnen hatte und mit einem Mann mehr auf dem Platz. Es war das Bewußtsein, zum achten Mal ein Tor in den letzten beiden Minuten gefangen zu haben, die mich wild fluchend vor dem Fernsehgerät auf- und abspringen ließ, unsere Spieler Reich, unseren Trainer, alle Spieler und die ganze Welt verfluchend – war das nicht ein würdiger Abschluß einer völlig verkorksten Vorrunde? Platz 12 mit 24 Punkten aus 20 Spielen, 24 Punkte von 60 möglichen, mit der schlechtesten Auswärtsabwehr, mit einer katastrophalen Auswärtsbilanz (nur ein Sieg aus zehn Spielen, dabei fast immer geführt) und wenig begeisternden Spielen auch zuhause. Ich habe die Pause von Ende Dezember bis Ende Januar bitter nötig gehabt…

UEFA-Cup 1997/98

Beinahe zeitgleich mit der völlig verkorksten Vorrunde, die wir ablieferten, startete der UEFA-Cup, für den wir uns wieder qualifiziert hatten und der uns wieder Spiele á la Rom oder Bordeaux bescheren sollte; leider meinte es das Los nicht gut mit uns, denn gegen Anorthosis Famagusta wollte eigentlich keiner spielen und dorthin fliegen schon gar nicht, zumal das Hinspiel auch noch zuhause stattfand. Die Zyprioten waren so schwach wie eine Zweitliga-Mannschaft und lagen auch gleich mit 0:2 hinten, alles lief wie geplant, hätte nicht einer derer Spieler seine ihm zustehende eine Chance, auf sich aufmerksam zu machen, gerade gegen uns ergriffen: Er hämmerte einen Freistoß aus rund 35 Metern genau ins Dreieck und alle schauten dumm aus der Wäsche. Wieder nur ein 2:1, aber auf Zypern sollte das doch reichen, oder? Wir machten es uns vor dem Fernseher bequem und nahmen alles nicht sonderlich ernst ("gegen eine Mannschaft aus Zypern KANN man gar nicht ausscheiden"), bis wir doch tatsächlich 0:1 zurücklagen… somit wären wir ausgeschieden, doch der (glückliche) Ausgleich fiel noch und wir waren nochmal mit einem blauen Auge davongekommen. In der zweiten Runde wartete dann endlich wieder ein Spiel, zu dem man fahren konnte: Der FC Metz stand zu dieser Zeit an der Spitze in Frankreich und wir kamen hin und gewannen aufgrund zweier Häßler-Tore mit 2:0! Wir wunderten uns selbst über diese Leistung, die an alte Zeiten anknüpfte und so genügte im Rückspiel schon ein Unentschieden. Als dann aber nach kurzer Zeit das 0:1 fiel, kamen sofort die Erinnerungen an Bröndby wieder, an jenes verheerende 0:5 nach vorangegangenem Hinspielsieg im fremden Stadion, doch der Ausgleich bewahrte uns vor einer erneuten Schande und das Achtelfinale war erreicht. Dieses führte uns gen Moskau, Spartak, um genauer zu sein und auch hier mußten wir zuerst zuhause antreten. Und was war das für ein Trauerspiel: Keine Tore, keine gute Leistung und somit eine vertagte Entscheidung fürs Rückspiel, welches wir wieder vor dem Fernseher verfolgten: Dieses war noch trister und noch schlechter und auch hier fielen keine Tore, so daß nach zweimal 0:0 die Verlängerung die Entscheidung bringen mußte; hatte man das Spiel gesehen, mußten wir froh sein, wenn es ins Elfmeterschießen gehen würde, denn da standen die Chancen wenigstens 50:50, im Spiel standen sie wesentlich schlechter. 118 Minuten Ballquälerei waren vorüber, wir unterhielten uns bereits aufgeregt darüber, wer denn gefälligst unsere Elfmeter zu schießen hatte, als eine Flanke in unseren Strafraum segelte, Youngster Krauß einmal mehr die Tochter des Präsidenten als seine falsche Position zum Ball vor Augen hatte und sich ein Moskauer mit dem entscheidenden 1:0 bedankte. So kurz und schmerzlos (vor allem auch emotionslos) kann ein UEFA-Cup-Wettbewerb vorbei sein, verdient und rechtzeitig vor Beginn des neuen Jahres waren wir draußen, denn so zogen wenigstens die Ausreden von wegen Doppelbelastung nicht mehr…

1998 – Monate der Wahrheit

Bei allen Fußballfans ist es dasselbe: Läuft es schlecht, sehnt man sich nach der Pause und ist diese dann mal einige Zeit alt (und Weihnachten vorbei), dann ertappt man sich immer häufiger beim Blick auf den Kalender und dem Herbeisehnen des Starttermins für den Rest der Saison. Auch bei uns war das nicht anders, zudem hatten zwei spektakuläre Neuverpflichtungen für Spannung und Aufsehen gesorgt: Zum einen holte der KSC mit Guido Buchwald einen Schwaben (!), der 1990 mit Deutschland Weltmeister geworden und gerade aus Japan von einem mehrjährigen Gastspiel zurückgekehrt war und zum anderen mit dem Franzosen David Zitelli einen guten Stürmer von Racing Straßburg, beide sollten das schlingernde Schiff wieder auf Kurs bringen. Wie es dann aber so läuft, wenn eben nichts läuft, verletzten sich beide noch in der Pause und standen auf Wochen hinaus nicht zur Verfügung, d.h., wir mußten mit der gleichen Mannschaft in die letzten 14 Spiele starten, die schon die vorherigen 20 größtenteils in den Sand gesetzt hatte. Der erste Gegner hieß Leverkusen und das 1:6-Debakel vom Hinspiel war mir noch in guter Erinnerung (denn ich hatte fahren und im Gegensatz zu meinen Kumpels alles nüchtern ertragen müssen...); doch Rache ist bekanntlich süß und so kamen wir aus dem Lachen nicht mehr heraus, als eine Flanke unseres Kapitäns Häßler vom Leverkusener Wörns verlängert und dann vom Leverkusener Happe ins Tor befördert wurde. Ins eigene Tor, wohlgemerkt, so daß wir recht glücklich 1:0 führten. Leider hielt die Freude nicht lange an, denn wir kassierten ein einmal mehr äußerst dämliches Ausgleichstor und das Spiel endete 1:1. Dies schmälerte die Sorgen nicht und so mußte in Duisburg unbedingt mindestens ein Punkt her; ich weiß noch, als wir beim letzten Mal in Duisburg waren, 2:0 geführt und kurz vor Schluß noch zwei Treffer kassiert hatten: Ich war zu einem Fahnenmast gelaufen, der unschuldig in der Nähe stand und hatte mit meinem Schal darauf eingeschlagen, tobend und fluchend, wie ein blau-weißes Rumpelstilzchen herumhüpfend, mit rotem Kopf kurz vor der Explosion stehend und von einigen herumstehenden Polizisten belächelt (schließlich kann man mit einem Schal gegen einen Stahlmasten schlagend ja auch nichts kaputtmachen, was ich auch gar nicht wollte), so daß wir uns den Trip nach Duisburg dieses Mal sparten. Es stand lange 0:0, viel zu lange (auch wenn dies absurd klingt), denn die letzte Viertelstunde brach an, diese verdammte Schlußviertelstunde, in der wir immer wieder Treffer kassierten, elf bis dahin, die eine Menge Punkte und noch mehr Nerven gekostet hatten. Ich saß vor dem Fernseher, schaute ein anderes Spiel auf Premiere und hoffte inständig, daß der „Premiere aktuell"-Durchlauf nicht kommen würde, nicht mehr jetzt, zehn Minuten vor Schluß, ich wurde immer nervöser und dann verdunkelte sich der untere Bildrand und von rechts nach links durchlaufend nahm das Unheil seinen Lauf. Das Team, welches getroffen hat, ist stets gelb markiert und so hoffte der kleine dumme Naivling in mir für Sekundenbruchteile, daß womöglich UNSER Name in gelb erscheinen würde, solange, bis das „D" von Duisburg von rechts hämisch ins Bild hereinlugte und mein Herzschlag aussetzte: Das „D" war gelb und das nachfolgende „uisburg" auch und es stand 1:0 gegen uns, zehn Minuten vor Schluß, es war schon wieder passiert, zum zwölften Mal, und ich regte mich fürchterlich auf, während mein kleiner Mann im Ohr mir gratulierte, NICHT hingefahren zu sein, aber das half mir nicht sonderlich, schon gar nicht, als ich das Tor dann später sah, einmal mehr hatte Krauß gepennt (wenn ich in meinem Job dermaßen viele entscheidende Fehler machen würde, wäre ich diesen schon längst los), ein Kopfballduell verloren und somit den Weg für einen völlig freistehenden Duisburger Spieler geebnet, der locker einschieben konnte. Nun bimmelten die Alarmglocken lauter, die Abstiegszone war nahegerückt, der Punkteabstand nur noch drei vom Abgrund der Zweiten Liga entfernt und Dortmund nahte, ein Team, das auch noch mit unten stand, drei Punkte besser als wir und eigentlich viel zu gut, um so weit unten zu stehen. Dies bekamen wir zu spüren, denn auch dieses Spiel ging mit 0:1 verloren, wenn auch unverdient, denn unser Team riß sich zusammen und kämpfte, tat dies aber recht unglücklich und ungestüm und stand am Ende mit leeren Händen, Platz 13 und nur noch zwei Punkten Vorsprung auf einen Abstiegsplatz da. Und das nächste Spiel sollte uns nach Kaiserslautern führen, zum Tabellenführer auf den Betzenberg, zu jener Mannschaft, die fünf Jahre kein Spiel gegen uns gewonnen und uns dann in Berlin die Schmach der Pokal-final-Niederlage zugefügt hatte und die auch das Hinspiel mit 4:2 für sich ent-schieden hatte. Die Zeichen standen auf Sturm…

Dieser ging dann aber zur allgemeinen Überraschung unbeschadet an uns vorüber, denn – oh Wunder! – die Mannschaft riß sich zusammen und warf sich mit allen Mitteln den Angriffen des Tabellenführers entgegen, immer unterstützt von einigen tausend Fans, die ebenso alles gaben, was mir eine dreitägige Redepause aufgrund Heiserkeit einbrachte. Es war ein tolles Kampfspiel mit Chancen hüben wie drüben, mit Glück für uns bei zwei Pfosten-/Lattentreffern des Gegners und Pech bei eigenen hochkarätigen Torchancen, die vergeben wurden. Als das Spiel zu Ende war, freuten wir uns wie die Schneekönige, denn wir hatten einen Punkt beim Tabellenführer geholt, der zuvor zehn seiner elf Heimspiele gewonnen hatte; am Tag darauf blickten wir dann alle auf die Spiele der anderen Teams, die unten standen und es war wirklich wie verhext, denn mit 1860 München, Bochum und Köln (letztere sogar gegen Bayern München) gewannen drei unserer Konkurrenten auswärts, während Bielefeld einen eben-so überraschenden Punkt beim Drittplazierten Leverkusen holte und der HSV und Gladbach zuhause gegen Schalke und Stuttgart einen einsackten, so daß uns unser toller Kampf und das überraschende Remis schlußendlich von Platz 12 auf 14 zurückwarf und der Abstand zum Abstiegsplatz 16 nur noch einen Punkt betrug… das nächste Heimspiel sollte eine Vorentscheidung bringen, es ging gegen Schlußlicht Mönchengladbach…

26.000 waren gekommen, um das als Endspiel apostrophierte Spiel zu sehen und nach gutem Beginn gerieten wir durch einen Schnitzer unseres Abwehrspielers Régis mit 0:1 in Rückstand, den eben dieser Régis mit einem Kopfballtreffer wieder egalisierte. Halbzeit. Hoffnung. Und was sollte noch für ein Unwetter folgen… der meiner bescheidenen Meinung nach mittlerweile ein Sicherheitsrisiko darstellende Verteidiger Reich, der schon in Bielefeld mit zwei und gegen Dortmund mit einem Fehler für Gegentore verantwortlich war, stopp-te eine Gladbacher Hereingabe am Fünfmeterraum, verstolperte sie gleich da-rauf wieder und der extrem erfolglose Gästespieler Juskowiak (keiner wußte, wann der das letzte Mal getroffen hatte, so lange war das schon her) erzielte das 1:2. Und wieder glichen wir durch einen herrlichen Schuß Kellers aus, 2:2, wieder Hoffnung. Was dann folgte, ist uns heute noch ein Rätsel, denn wenn man zweimal einen Rückstand egalisiert, sollte man meinen, das würde Auftrieb geben, aber bei uns trat das Gegenteil ein: Zuerst praktizierte unser stets unglücklicher Keeper Reitmaier ein katastrophales Stellungsspiel (wie kann man bei einem Freistoß, während der gegnerische Spieler anläuft, drei Schritte nach vorne und in die Mitte machen und so die Torwartecke freigeben?) und Gladbachs Effenberg verwandelte direkt in die freigegebene Torwartecke zum 2:3. Danach mühte sich unser nicht existenter Sturm vergebens und wir fingen einen Konter zum 2:4. Der Himmel hatte mittlerweile seine Schleusen geöffnet und weinte dicke Tränen über den vollkommenen Untergang unserer Mannschaft, die in der Schlußminute auch noch das 2:5 kassierte, als Effenberg von der Mittellinie alleine auf unser Tor zumarschierte und eiskalt vollendete. 2:5 gegen den Tabellenletzten, der acht seiner zwölf Auswärtsspiele verloren und nur eines gewonnen hatte, der die schlechteste Auswärtsabwehr besaß und deren Trainer schon vorher klarstellte, daß er bei einer Niederlage wohl nicht mehr länger im Amt sei, gegen ein Team, das sich vor diesem Spiel praktisch in der Auflösung befand. Aufgelöst hatte sich nur UNSERE Mannschaft, die keine Mannschaft mehr war an diesem Tag und unserer Meinung nach auch nie wieder sein würde. Am Ende waren wir Vorletzter, auf einem Abstiegsplatz, durchgereicht, denn alle anderen gewannen oder holten wenigstens einen Punkt und hätte Bielefeld nach dreifacher Führung zwei Minuten vor dem Ende nicht noch das 3:3 gefangen, wären wir Letzter gewesen. Die Lichter der ersten Liga verlöschten langsam und niemand schien es zu bemerken...

Ich war dermaßen verzweifelt, daß ich mir Dienstags darauf einen Tag Urlaub nahm, um mir das Training anzusehen, was mir allerlei „witzige" Kommentare einbrachte, aber das kümmerte mich nicht, ich war vollkommen am Boden zerstört, sah uns schon vor 4.000 Zuschauern in Jena oder Leipzig kicken und Montags abends im DSF (wo sie immer Zweitligaspiele live übertragen) und ich mußte mir einfach ansehen, was da im Training vielleicht falsch gemacht wurde, mußte mit anderen trauernden Fans zusammensein, die auch beim Training waren und ich erlebte eine Überraschung, denn ich hatte mit lustlosen Kickern gerechnet, die ebenso viele Fehler machen würden wie in den Spielen und was ich sah, war etwas ganz anderes: Einsatzfreude, Begeisterung, Anfeuern, tolle Schüsse und Flanken. Jetzt war ich noch ratloser als vorher, denn das paßte eigentlich nicht zu den teils schrecklichen Vorstellungen auf dem Platz, aber ich hatte ein wenig Hoffnung geschöpft fürs nächste Auswärtsspiel in Wolfsburg, einer Mannschaft, die erst aufgestiegen war und eine tolle Hinrunde abgeliefert hatte, jetzt aber langsam aber sicher nach hinten abrutschte und nur noch drei Punkte vor uns stand. Das Spiel wurde in Premiere übertragen und so saß ich dann mit Stephan vor dem Fernseher und sah mir an, was da als Schicksalsspiel angekündigt worden war. Was ich sah, bestätigte die guten Trainingsleistungen, die ich gesehen hatte: Ein couragiert und abgeklärt auftretendes KSC-Team beherrschte die Anfangsminuten total und nach zehn Minuten kamen die Wolfsburger durch einen Eckball das erste Mal so richtig vor unser Tor. Die Ecke kam herein, schien an Freund und Feind vorbeizurauschen, es gab einen undurchsichtigen Spielerknäuel und plötzlich lauten Jubel, als der Ball von der Hacke unseres Spielers Hengen unserem Torwart durch die Füße (wie ich schon sagte, Reitmaier agierte stets ein wenig unglücklich) kullerte und dem Gegner ein völlig unverdientes 1:0 einbrachte. Ich hätte am liebsten laut losgeheult, denn dieses Tor war ein Witz, erst recht, wenn man die kurz darauf eingeblendete Torschuß-Statistik von 6:0 für unsere Mannschaft sah, die hämisch den Mittelfinger zu mir ins Zimmer hineinzustrecken schien... Es folgten 25 Minuten, die uns als Tabellenletzten sahen, denn die anderen Spiele standen zu diesem Zeitpunkt alle noch 0:0, bis dann in der 35. Minute Wück auf der rechten Seite durchging und dessen Flanke am kurzen Pfosten unseren bislang so lange erfolglosen und für uns alle überraschend aufgestellten Mittelstürmer Dundee am Bauch traf (!) und der Ball ins kurze Eck trudelte. Der Ausgleich, endlich! Wir machten unserer Erleichterung mit lautstarker Anfeuerung Luft, die zwar außer den Nachbarn niemand hören konnte, but who cares? Es ging mit diesem 1:1 in die Pause und die zweite Hälfte zeigte einen schwächeren KSC als zuvor, mit einem noch schwächeren Gegner. Mitte der zweiten Halbzeit sollten wir unseren Ausgleich für das schmachvolle Eigentor zum 0:1 bekommen: Thomas Häßler schoß einen Freistoß aus 20 Metern hoch über die Mauer in die rechte Ecke, er WOLLTE in die rechte Ecke schießen, ein hochspringender Wolfsburger Spieler in der Mauer bekam den Ball aber so an die Schulter, daß dieser nach links abbog und unhaltbar in die Ecke einschlug. Das ganze Viertel erzitterte unter unserem Torjubel, denn es war nicht mehr lange zu spielen und wir führten bei einem direkten Konkurrenten! Mein kleiner Mann im Ohr meldete sich wenig später mit der Mitteilung, daß wir eigentlich immer in den letzten zehn Minuten Gegentreffer erhalten hatten, aber ich verdrängte diesen Gedanken. Er kam erst wieder, als unser Trainer Schäfer einmal mehr mit Dundee einen Stürmer herunternahm und mit Reich einen Abwehrspieler zusätzlich einwechselte, jenen Reich, der mit seinen Fehlern und seiner ungelenken Spielweise für viele meiner grauen Haare verantwortlich ist, die sich in meinen schwarzen Haarschopf geschlichen haben. 86. Minute: Unser Verteidiger Ritter (wie der jemals an sein einziges Länderspiel gekommen ist, ist mir ein Rätsel – da muß akute Spieler-Armut geherrscht haben) hat den Ball im Strafraum, will diesen herausschlagen und übersieht einen von hinten heranstürmenden Wolfsburger Spieler und haut diesen um statt den Ball aus dem Strafraum. Der Schiedsrichter machte jene schrecklich souveräne Handbewegung, die ich fürchte wie der Teufel das Weihwasser und gab Elfmeter! Vier Minuten vor dem Ende... Ich hatte genug und verließ zitternd vor Wut das Zimmer und schaute aus dem Küchen-

Wird immer irgendwie zu uns gehören - unser langjähriger Trainer Winnie Schäfer (rechts; mit Thomas Häßler)

Foto: GES-Sportfoto

fenster. Ich konnte und wollte es nicht mit ansehen; wie oft hatten wir eigentlich schon Punkte kurz vor Schluß durch völlig unnötige und idiotische Gegentore verloren, wie oft hatte ich die Fans der gegnerischen Mannschaften schon kurz vor Schluß jubeln hören, warum mußte es immer uns treffen, warum konnten wir nicht einmal... ein Schrei durchbrach meine zutiefst gefrusteten Gedanken, der Schrei meines Kumpels Stephan und der Schrei des Reporters zusammen und wenig später hörte ich „Clausi hat ihn gehalten!" und rannte ins Zimmer zurück, wo Stephan einen grotesken und zugleich so wundervollen Tanz vor dem Fernsehgerät aufführte. Kein Wolfsburger Torjubel, kein Ausgleich kurz vor Schluß, DIESES MAL NICHT! Ich fiel auf die Knie und schlug mit den Fäusten auf den Boden und brüllte wild vor mich hin vor Begeisterung und Erleichterung. Wenig später war das Spiel beendet, wir hatten unseren zweiten Auswärtssieg eingefahren und uns von Platz 17 auf Platz 14 verbessert! Als nächstes wartete erneut ein Duell mit einem Team, das unten stand: Der HSV kam nach Karlsruhe und lag auf dem vorletzten Platz.

Wir hatten die Chance, mit einem Sieg auf den elften Platz zu kommen, da die Teams vor uns aufgrund des Castor-Transports nicht spielten; zudem konnten wir uns vor dem Auswärtsspiel in München gegen die Bayern einen beruhigenden Punkte-Vorsprung verschaffen. Da der HSV zudem in den letzten 15 Jahren kein Spiel mehr bei uns gewonnen hatte und sich zudem in einer totalen Krise befand, waren wir alle recht zuversichtlich, was den positiven Ausgang dieses erneuten Schicksalsspieles anging. Das Spiel begann also, nach fünf Minuten war unser Team noch nicht über die Mittellinie gekommen; als auch nach über zehn Minuten noch nicht ein Ball (!) Richtung Strafraum des HSV geflogen war, machte sich leichtes Unbehagen nicht nur bei mir breit; nach vierzehn Minuten dann kam der erste unkontrollierte Stoß in den Strafraum und wir alle fragten uns, welcher Teufel unser Team geritten hatte: Lustlos, ohne Engagement und völlig ohne Chance spulten sie die Minuten herunter, es gab im ganzen Spiel nur eine richtige Torchance (die natürlich vergeben wurde) und als nach etwa einer Stunde ein hoher Ball in unseren Strafraum flog, lief unser Torwart Reitmaier drei Schritte nach vorne, entschied sich dann aber, im Tor zu bleiben und blieb auf halbem Wege stehen. Da auch unser Libero Hengen stehenblieb, kam ein HSV-Spieler zum Kopfball und versenkte den Ball hoch im langen Eck. Es stand 0:1 und es sollte bis zum Schluß auch dabei bleiben! Ich war dermaßen frustriert, daß ich mich noch mit einigen pubertären Mädels anlegte, die meinten, unbedingt die schlechteste Leistung der Saison auch noch beklatschen zu müssen, Leute, die noch nie dort gestanden hatten, die ich noch nie auswärts gesehen hatte, Modefans, die schlimmste Gattung, die es gibt, verachtenswert und dumm, ohne Herz für die Mannschaft und nur im Stadion, weil es gerade in ist und nicht mehr dort, wenn es der Mannschaft schlecht geht, das Wetter schlecht ist oder der Wind oder der Gegner nicht stimmen. Ich hasse diese Gestalten, die sich dann auch noch hochnäsig über Fans hinwegsetzen, die das Fan-sein eben nicht mit dem Tragen einer Vereinsbrille gleichsetzen und ihrer Wut eben auch mal freien Lauf lassen, dafür dann aber beim nächsten Auswärtsspiel auch wieder da sind, ganz gleich, wo das Team gerade steht, ob es in Form ist oder nicht oder ob man vielleicht auch mal einige Stunden in der Kälte und im Regen verbringen muß. Von diesem Moment an war ich mir sicher, daß wir absteigen würden!

Winnie Schäfer wird entlassen: Ein Denkmal muß gehen

In meiner Verzweiflung ging ich Dienstags darauf wieder zum Training und fand die Mannschaft gut gelaunt vor, gleichgültig gut gelaunt, so kam's mir zumindest vor; die Übungen waren identisch mit denen, die ich zuvor schon gesehen hatte und nach 90 Minuten ging ich wieder, ohne irgendwelche neue Erkenntnisse gesammelt zu haben. Mittwochs im Büro klingelte dann gegen 11.15 Uhr das Telefon und ein Kollege meinte, ein Freund habe ihn eben aus der Innenstadt angerufen, wo er in einem HiFi-Shop den Videotext eines TV-Gerätes gelesen habe und dieser besagte, daß der KSC seinen Trainer Winnie Schäfer entlassen hätte und der Nachfolger Jörg Berger heißen würde! Es traf mich wie ein Schlag und zunächst verwies ich alles noch ins Reich der Gerüchte, wie sie bei einem abstiegsbedrohten Verein an der Tagesordnung sind. Bis kurz darauf einer MEINER Kumpels anrief und die Trainerentlassung bestätigte. Das war ein Hammer, einer, der Radio- und Fernsehprogramme noch für Tage beschäftigen sollte: Winnie Schäfer, seit zwölf Jahren Trainer des KSC und dienstältester Coach der Liga, war entlassen worden und die Meinungen der Fans gingen meilenweit auseinander. Schäfer hatte unsere Mannschaft übernommen, als sie noch in der Zweiten Liga spielte und nur etwa 5.000 Zuschauer im Schnitt die Heimspiele besuchten (und der Verrückte, der hier am Schreiben ist, war meistens einer davon). Die Gegner hießen Wuppertal und Ingolstadt, Pirmasens, Bayern Hof und Schweinfurt, alles „illustere" Namen, an die sich heute keiner mehr erinnern möchte. Winnie war früher mal Spieler beim KSC gewesen und der KSC auch seine erste Trainerstation; er schaffte das Unmögliche, führte das Team an die Spitze der Zweiten Liga und zu den entscheidenden Spielen gegen Hannover und St. Pauli kamen jeweils über 40.000 Zuschauer, die alle an dem teilhaben wollten, was sich da zu entwickeln begann. Hannover wurde geschlagen und gegen St. Pauli reichte ein 1:1, um uns zum wiederholten Male in die erste Liga zu führen. Dort wurden wir sogleich als Abstiegskandidat Nr. 1 gehandelt, doch Schäfer schaffte es, die Mannschaft stets am Abgrund entlang balancierend, in der Liga zu halten und mit den Jahren wurden die Stimmen leiser, die den KSC schon von vornherein zum Absteiger machen wollten (hierbei ist das glückliche Händchen Schäfers zu erwähnen, der nach den ständigen Abgaben unserer besten Spieler an die Bayern immer wieder für gleichwertigen Ersatz sorgen konnte). '93/94 dann zogen wir zum ersten Mal in den UEFA-Cup ein und wiederholten dies noch zweimal. Der KSC war unter Schäfer zu einer etablierten Mannschaft geworden, die „dazugehörte" und stets als UEFA-Cup-Kandidat gehandelt wurde, mit Thomas Häßler schafften wir es sogar, einen echten Star aus Italien zu holen, der die Sympathiebekundungen für den KSC landesweit ansteigen ließ. Wie kam es aber dann zu diesem Absturz, werden Sie fragen?

Die neuen Spieler, die für viel Geld vor der Saison geholt wurden, brachten nicht das, was man sich von ihnen versprach und konnten die vor der Saison durch die Abgänge von Tarnat und Fink zu den Bayern entstandenen Lücken nicht füllen (zum ersten Mal hatte Schäfer nur Ausländer geholt, weil ihm deutsche Spieler zu teuer waren, dies als völlig wertneutrale Feststellung); hinzu kam, daß Spieler wie Reich, Ritter oder Krauß immer wieder haarsträubende

Fehler machten, der Sturm (und hier vor allem der in selbstverschuldeten privaten Problemen gefangene Sean Dundee) nicht mehr traf und der Kader ganz einfach zu klein war, als daß man die Schwachstellen hätte austauschen können. Hinzu kam, daß Schäfer vor der Hereinnahme von Amateuren zurückschreckte bzw. diesen nur Kurzeinsätze zubilligte (Guie-Mien!), nach verlorenen Spielen wochenlang immer dieselben Gründe anführte (Keiner übernimmt Verantwortung, zu viele Fehler, Verständigungsprobleme, keine Hierarchie im Team) und immer ratloser zu werden schien.

Tja, was soll ich sagen, die Entscheidung spaltete das Lager der KSC-Fans in zwei Hälften, wobei ich der Meinung bin, daß die Entlassung zu spät und auf eine unfeine Art und Weise erfolgte. Klar, auch mir tut es weh, unseren altbewährten Coach nicht mehr an der Außenlinie zu sehen, aber ich glaube, daß wir mit Schäfer ganz sicher abgestiegen wären und daher mußte ganz einfach ein neuer Mann her. Dieser hieß, wie gesagt, Jörg Berger und hatte den Ruf eines Feuerwehrmannes, der schon Köln, Frankfurt und Schalke auf Abstiegsplätzen übernommen und zum Klassenerhalt geführt hatte. Die Meinungen gingen also weit auseinander und weil ich mir das schon vorgestellt hatte, schrieb ich einen Brief an unsere Karlsruher Tageszeitung Badische Neueste Nachrichten, um meine Meinung klarzumachen, mir diese quasi von der Seele zu schreiben und siehe da: Er wurde aus einer „Flut von Briefen", wie das Blatt schrieb, mit einigen anderen ausgewählt und abgedruckt!

Mit neuem Trainer zum Klassenerhalt?

Als erste Aufgabe wartete auf den neuen Trainer eine eigentlich unlösbare Aufgabe: Bayern München im Münchner Olympiastadion! 63.000 Zuschauer wurden Zeuge, wie der KSC von Beginn an rannte und kämpfte bis zum Umfallen – ich war zum einen froh darüber, daß die Jungs schon konnten, wenn sie nur wollten, auf der anderen Seite aber ist es schon ein Witz: Da rennen die hochbezahlten Profis die ganze Zeit neben sich her und geben sich nicht mal Mühe und dann kommt ein neuer Trainer und drei Tage später ist die Mannschaft wie verwandelt, eigentlich eine Sauerei den Fans gegenüber... Aber Fan wie wir nunmal sind, war uns das egal, denn wir bestimmten die erste Halbzeit und unser vollgestopfter, ich schätze mal 5.000er Fan-Block dominierte den Rest des Stadions mit Pro-Schäfer und Anti-Schmider- bzw. Anti-Reitmaier-Rufen (unser Präsident und unser Torwart, letzterer nicht immer sicher und Gerüchten zufolge eine treibende Kraft beim Rauswurf des Trainers) sowie Anfeuerung für unser Team. Kurz vor der Halbzeit gab es eine der zahlreichen Ecken für uns, diese wurde zunächst abgewehrt und dann wieder nach innen geflankt, lang auf den zweiten Pfosten und da stand (ich danke ihm auf Knien!) unser Abwehrspieler und einziger guter Neueinkauf David Régis und köpfte zum 0:1 ein! Wir flippten aus, ich fiel von der Stange, auf der ich saß und alle lagen wir unter- und über-einander, hier war ein Wunder am entstehen, wir führten beim Tabellenzweiten und hatten das Spiel im Griff! In der zweiten Hälfte steckte unsere Mannschaft dann ein wenig zurück, doch das änderte nichts daran, daß die Bayern keine Torchance hatten. Erst als etwa 20 Minuten vor Schluß der Rückstand des Tabellenführers Kaiserslautern gegen den Dritten Leverkusen auf der Anzeige-tafel erschien, erwachten die schwachen Bayern-Stars aus ihrer Lethargie, ebenso wie die Zuschauer; man spürte förmlich, wie der Gang eingelegt und Druck gemacht wurde. Fortan lief das Spiel nur noch auf unser Tor und als Régis (er macht leider manchmal vorne die Tore, die er hinten dann verschuldet) dann einen Moment lang nicht auf Elber aufpaßte, stand es 1:1 und plötzlich mußten wir auch noch um den einen verbliebenen Punkt fürchten, denn die Bayern drückten weiter. Als das Spiel dann nach 93 Minuten endlich vorbei war, wußten wir nicht, ob wir uns nun freuen sollten oder nicht, denn wir hätten drei Punkte holen können und es war nur einer geworden, ein Punkt, der uns im Abstiegskampf nur wenig weiterhalf, denn wir blieben auf Platz 16, konnten dafür aber wenigstens den Abstand zu 1860 München auf Platz 15 auf einen Punkt verkürzen. Jetzt galt es, im nächsten Heimspiel gegen Aufsteiger Hertha BSC Berlin, uns mit einem Sieg von den Abstiegsrängen zu entfernen. Hoffnung kam auf…

Auch bei diesem Spiel waren die Rufe aus unserem Fanblock Pro Ex-Trainer und contra Präsident und Torwart wieder zu hören, doch die Mannschaft wurde wie in München unterstützt, da wir alle wußten, wie wichtig dieses Spiel war und wie gut uns ein Sieg tun würde: Immerhin hatte der KSC seit dem 3:0 gegen Rostock im November vergangenen Jahres kein Heimspiel mehr gewonnen (wir hatten immerhin Anfang April, da wurde es Zeit, finden sie nicht?) und aus den letzten zehn Partien nur einen Sieg zustandegebracht. Die Mannschaft kämpfte von Beginn an, sie rannte und spielte und bestimmte das Spiel, es fehlte aber irgendwie die Übersicht und der Druck, den sie in München gemacht hatte, zudem standen die Berliner sehr gut in der Abwehr und hatten einen guten Tor-wart mitgebracht. Zur Halbzeit stand es 0:0 und so langsam schlich sich ein ungutes Gefühl bei mir ein, sollten die dunklen Gewitterwolken, die zwei Stun-den vor dem Spiel drohend über dem Stadion hingen, vielleicht doch ein Omen gewesen sein? Ich verdrängte diese Gedanken so gut ich konnte und ließ mei-nem kleinen, naiven Mann im Ohr die Oberhand, der mir stets Hoffnung gab und daran glaubte, daß sich all die großen und kleinen Wunder, die wir schon mit dem KSC erlebt hatten, wieder einstellen und wir doch noch gewinnen wür-den. Zwei Minuten waren dann in der zweiten Halbzeit gespielt und am Flügel setzte sich ein Berliner gegen unseren Oldie Gunther Metz durch, spielte den

Ball aufs kurze Eck, wo unser zweiter Oldie Burkhard Reich seinen Gegenspieler freistehen ließ und diesem einen Hakentrick erlaubte, der den Ball flach ins lange Eck beförderte. Unser Torwart Reitmaier sah einmal mehr unglücklich aus, so wie er zumeist bei flachen Bällen unglücklich aussieht, weil er ganz einfach eine groteske Art hat, seinen Körper und Knie auf den Boden zu bekommen, stets irgendwie verrenkend einknickend und stets zu spät und mein Herz übersprang einen Schlag: 0:1, damit hatte niemand gerechnet, aber es interessiert leider niemanden, ob man ein Tor verdient erzielt oder nicht, Hauptsache man erzielt eines und fertig und darum freuten sich die Berliner Spieler und die KSC-Fans schäumten vor Wut über unseren Torwart und forderten in gewaltigen Sprechchören, was sie schon in München und vor dem Spiel gegen Berlin gefordert hatten: „Reitmaier raus!". Dieser hatte sich bei seinem verrenkten Spagat einen Muskelfaserriß zugezogen und die Fans jubelten, als unser seit längerem geforderter U-21-Torwart Simon Jentzsch seinen Trainingsanzug auszog und ins Tor ging. Jetzt hatten wir, was wir wollten, nur die Sturmmisere wurde dadurch nicht behoben. Leider auch nicht durch die Einwechslung unseres neuen französischen Stürmers David Zitelli, der nach längerer Verletzungspause sein Debüt gab und nicht sonderlich glänzen konnte und auch nicht durch Sergej Kirjakow, unseren russischen Wirbelwind, der nach noch längerer Verletzungspause ebenfalls noch nicht wieder vollkommen fit war. Das Spiel dauerte an, wir rannten verzweifelt gegen das Hertha-Tor an, aber leider kam außer Weitschüssen von Marc Keller nichts dabei heraus. Kurz vor Schluß dann gab es im Mittelfeld einen Freistoß für Berlin, der schnell ausgeführt wurde und mindestens sechs unserer Spieler abwesend im Mittelkreis herumstehen sah. Die Bahn war frei für den Berliner Spieler Arnold und er traf, nachdem er erst Jentzsch ausgespielt hatte, provozierend langsam vor dem leeren Tor stehend zum alles beendenden 0:2. Es ist schwer zu beschreiben, was in mir vorging in diesen Momenten: Zunächst mal war es ein weiteres Gegentor, ein weiteres zuhause und das Spiel war verloren, aber wir waren Sechzehnter und hätten die Punkte doch so dringend gebraucht, ich hatte alle verbliebene Hoffnung in dieses Spiel gesetzt und jetzt war auch dieses vorbei und verloren und nur noch fünf Spiele übrig und wir hatten jetzt schon zehn von fünfzehn Heimspielen nicht gewonnen, eine negative Heimbilanz, aus den letzten elf Spielen nur einen Sieg, die letzten vier Heimspiele hintereinander verloren (drei davon gegen direkte Konkurrenten um den Abstieg) und die Tatsache, daß wir nach langer Zeit und als eigentlich etablierter Verein wieder absteigen sollten, hinterließ ein furchtbares Gefühl der Leere in mir. Ich lief schweigend mit meinen Freunden zum Wagen, wir alle dachten an Jena, Gütersloh, Unterhaching und Fortuna Köln, die in der Zweiten Liga auf uns warteten, an ein fast leeres Wildparkstadion und an eine noch schwächere Mannschaft, deren wenige gute Spieler den KSC nach der Saison verlassen würden. Ich sitze, während ich diese Zeilen zum

Berlin-Spiel schreibe, an einem regnerischen Samstag nachmittag im Büro und schaue auf die triste Lagerhalle eines Spediteurs im Ettlinger Industriegebiet und denke an die großen Spiele, die wir in der Vergangenheit erlebt hatten, an die Reisen, die wir gemacht hatten und dann meldet sich mein kleiner Mann im Ohr wieder und sagt, ich solle mich zusammenreißen, noch wäre gar nichts entschieden. Doch jetzt läuft auch noch GARY MOORE's trauriges/wunderschönes „Parisienne Walkways" im Radio, das ich noch nie da gehört habe und jetzt kommt es, ausgerechnet jetzt, wo ich hier sitze und schreibe und ich hoffe, sie lachen jetzt nicht, aber meine Augen füllen sich just in diesem Moment mit Tränen und diese schreckliche Leere kehrt wieder zurück, diese Leere, die niemand versteht, der nicht so verrückt an seiner Mannschaft hängt wie ich, der so viele Höhen und Tiefen mitgemacht hat, dieses Gefühl, welches ich dachte, nie mehr erleben zu müssen, aber jetzt ist es wieder da und ich sehe vor meinem geistigen Auge einen schrecklichen Sommer 1998, eine WM, die ich nur mit halbem Herzen verfolgen kann und einen Sommer, dessen Sonne mich niemals aufheitern wird. Jetzt ist das Lied vorbei und mein kleiner Mann im Ohr meint, ich solle nicht aufgeben, erstmal die Spiele der anderen heute abwarten und nächste Woche (keine Angst, ich weiß, daß ich nicht normal bin) fahren wir nach Köln, um vielleicht doch noch das abzuwenden, was mich momentan um den Schlaf bringt. Jetzt ist es halb sechs und die anderen haben mit Ausnahme des Letzten Bielefeld gepunktet, unser Abstand ans rettende Ufer (Platz 15) beträgt aber dennoch nur zwei Punkte… noch geben wir uns nicht geschlagen… wir verdrängen die schlimmen Gedanken und rechnen und schaffen es vielleicht doch noch!

Samstag, endlich! Endlich wird die Ungewißheit wieder von der wenn auch momentan grausamen Realität verdrängt – es ist neun Uhr und wir sitzen im Auto und fahren nach Köln. Ich weiß nicht, aber es ist glaube ich das erste Mal, daß wir dies ohne aus dem Fenster flatternde Schals tun, denn unsere Stimmung ist nicht euphorisch, sondern eher gespannt und trotzig und voller verzweifelter Hoffnung. Im Stadion, zusammen mit etwa 3.000 anderen verzweifeltverrückten KSC-Fans, blaue und weiße Kartons werden verteilt und hochgehalten, als unser Team auf den Rasen kommt, genau an uns vorbei, da in Köln der Eingang in der Kurve liegt, in der die Gästefans stehen. Die Spieler winken und scheinen sich zu freuen, daß wir da sind, zumindest rede ich mir das ein. Das Spiel beginnt und die Mannschaft rennt und kämpft und spielt, genau so wie ich das erhofft habe. Und sie trifft! Rolf-Christel Guie-Mien (Rolf-Chrischtel), unser junger Spieler aus dem Kongo, trifft nach einer halben Stunde genau in das Tor, hinter welchem wir stehen und er fabriziert voller Begeisterung ein Rad und danach einen Salto-Überschlag, der abends oft im Fernsehen wiederholt wurde. Ich hatte das gar nicht mitbekommen, denn als der Ball einschlug, lagen wir alle übereinander, durcheinander, voller wilder Begeisterung und voller Trotz und

Hoffnung. Wenig später zeigt die Anzeigetafel das 2:0 der Bayern gegen 1860 München, und wir waren wieder Fünfzehnter. Das Spiel dauerte an und unser Vorsprung hielt, obwohl ich mir Sorgen gemacht hatte, es würde wie in München wieder nicht reichen. Als unser Spieler Buchwald aufgrund einer angeblichen Notbremse vom Platz gestellt wurde, segelte ein Ball nach dem anderen vor unser Tor, hinter dem wir standen und leiden mußten und unser Torwart Jentzsch hielt wie ein Verrückter und das Team kämpfte bis zum Umfallen, auch die lächerlichen vier Nachspielminuten, die der Schiedsrichter aus der Pfalz (woher auch sonst...) anhängte. Wir hatten das Unglaubliche geschafft, 1:0 gewonnen und da 1860 München 1:3 verloren hatte, überholten wir die Löwen und standen wieder auf Platz 15, dem sicheren Ufer, wir waren weg von den Abstiegsplätzen, wenn auch nur mit einem Punkt Vorsprung, dafür aber auch nur mit einem Punkt hinter dem Vierzehnten. Unsere Heimfahrt dauerte lange, sehr lange, wir sangen und brüllten eine komplette Cassette mit THIN LIZZY-Songs mit, jetzt hingen die Schals aus den Fenstern, jeder sollte sehen, daß wir wieder da waren und daß wir uns noch lange nicht aufgegeben hatten, wie das in den Medien immer wieder dargestellt worden war! Das Feuer brannte wieder und ich betete, daß es auch im vorletzten Heimspiel gegen den Tabellenfünften Schalke noch brennen würde, auch wenn wir die traurige Bilanz von vier Heimniederlagen in Folge aufzuweisen hatten – immerhin hatten wir die letzten vier Auswärtsspiele nicht verloren, zwei davon gewonnen und bei den beiden Führenden in der Tabelle jeweils einen Punkt geholt. Jetzt mußte es einfach mal wieder mit einem Heimsieg klappen!

Die Voraussetzungen waren optimal, denn unser Stadion war mit 33.600 Fans ausverkauft, viele hatten sich aufgrund des wichtigen Auswärtssieges auf den Weg gemacht, die Mannschaft zu unterstützen und da die Schalker eh immer um die 4.000 Mann mitbringen, war der Weg für ein spannendes Spiel, bei dem es für beide Teams um verdammt viel ging, geebnet. Von Anfang an merkte man unserer Mannschaft allerdings die Angst vor einer weiteren Heimniederlage an, vorsichtig und ohne Risiko (und leider auch ohne Ideen) wurde gespielt und die Schalker, die in den letzten beiden Spielen sieben Tore gefangen hatten, taten ebenfalls nichts, außer ihre Abwehr zu stabilisieren. So ging es fürchterlich langweilig hin und her, kein Team riskierte etwas und die einzige Chance, die wir hatten, setzte Schroth aus drei Metern per Kopf am Tor vorbei. Und wie es dann so kommt, spielten die anderen abstiegsbedrohten Mannschaften eben NICHT für uns: 1860 München gewann sein Heimspiel gegen Hertha BSC (gegen die wir vor zwei Wochen 0:2 verloren hatten) mit 3:1 und der Vorletzte Mönchengladbach nutzte seine allerletzte Chance und gewann sensationell 2:1 bei den tieffliegenden Schwalben aus Dortmund. Auf der Habenseite unseres einen Pünktchens konnten wir allerdings die Niederlagen von Köln und Bochum verbuchen, so daß es nun so eng wie noch nie war: Köln und 1860 München 35

Punkte, Bochum und wir 34 (wobei wir uns aufgrund des schlechteren Torverhältnisses auf Platz 16 und somit dem ersten Abstiegsplatz wiederfanden), Gladbach 32 Punkte, dahinter die abgeschlagenen Bielefelder mit 27 Punkten. Der Spielplan wollte es, daß es nun zu den direkten Duellen der beiden 35er (Köln – 1860) und 34er (Bochum gegen uns) kommen sollte und rief man sich unser Restprogramm mit unserem letzten Heimspiel gegen den Erzrivalen Stuttgart (zu der Zeit auf Platz vier) und dem letzten Saisonspiel in Rostock (derzeit auf Platz fünf) in Erinnerung, war das Spiel in Bochum gegen einen direkten Konkurrenten ein Endspiel – daß wir bereits Karten besaßen und uns auf den 400 km langen Weg ins Ruhrgebiet machten, um unsere Mannschaft zu unterstützen, muß ich an dieser Stelle nicht mehr extra erwähnen, oder?

Ich konnte es nicht erwarten, bis endlich Samstag war, ich hatte dasselbe Gefühl wie vor unserem Spiel in Köln – wir waren Drittletzter und es wurde Zeit, daß wir die Chance bekamen, uns von diesem Platz wieder wegzubewegen (nur mußte ich vor Köln noch den Anflug abgrundtiefer Abstiegsangst überwinden, wohingegen wir ja gegen Schalke nicht verloren hatten und ich eher starken Trotz empfand). Kein gutes Gefühl, dieses „Alles-oder-nichts", aber schließlich hatten wir in Köln gewonnen, die letzten vier Auswärtsspiele nicht verloren und die Mannschaft, so hofften wir inständig, war sich der extremen Wichtigkeit dieses Spiels ebenso bewußt wie wir, die wir uns Samstag morgens um acht auf den Weg nach Bochum machten.

Gladbach hatte mit seinen 32 Punkten Freitagabends beim Spitzenreiter Kaiserslautern nach 2:0-Führung noch in allerletzter Minute 2:3 verloren und als ich die weinenden und frustrierten Fans sah, mußte ich selbst schlucken, denn einen Abstieg wünsche ich keinem… Aber wir mußten auf uns schauen und diese Gladbacher Niederlage hielt uns den Rücken frei! Wir unterhielten uns vor dem Spiel noch mit zwei Bochumer Fans und kamen zu dem wohl wenig realistischen Fazit, daß wir uns gegenseitig den Klassenerhalt wünschten, aber jeder dennoch gewinnen wollte… Wir nahmen unsere Plätze direkt über der Eckfahne ein (warum sollten wir 37,- DM für einen Platz hinter dem Tor bezahlen, wenn wir auch für 16,- DM einen guten Platz haben konnten?) und sangen und brüllten, was das Zeug hielt, um unser Team anzufeuern und zu zeigen, daß wir da waren. 1.000 Fans, so hieß es später, wären dagewesen, ich hätte mit mehr gerechnet, aber 400 km entfernte Spiele überfordern so manchen Mode-Fan eben… Nach neun Minuten schlug es zum ersten Mal in unserem Tor ein und ich dachte zum ersten Mal daran, daß es so nicht laufen durfte und wünschte mir inständig, den Ball im Netz des Tores einschlagen zu sehen, bei welchem wir standen (es waren zwar Sitzplätze, aber wer sitzt bei solch einem wichtigen Spiel schon – Modefans, richtig, aber die waren zuhause) und als nach einer herrlichen Kombination der Ball an unserem Stürmer Schroth und einem Bochumer Abwehrspieler vorbeisegelte und Marc Keller auf der anderen Seite freistand, war es soweit: Flach schlug das Leder ein und verwandelte unseren Block in ein Tollhaus: Wir waren wieder da! Erst recht, als es einige Zeit später einen direkten Freistoß 25 Meter vor dem Bochumer Tor gab und Icke Häßler den Ball bereitlegte: Er hatte schon seit geraumer Zeit keinen Freistoßtreffer mehr erzielt und ich wünschte es mir so sehr, den Ball NOCHEINMAL im Netz zappeln zu sehen, daß ich kleine Punkte vor den Augen tanzen sah. Icke lief an, hob den Ball über die Mauer und direkt in die leere Hälfte des Bochumer Tores! Herrgott, hier war wieder einmal einer dieser Momente, in denen ich die Welt umarmen konnte, einer der Momente, die so selten waren diese Saison, wir sprangen herum wie die Verrückten, fielen rücklings über die Schalensitze und brüllten wie am Spieß, es war schön, so wunderschön, 2:1 und gleich Halbzeit. Leider hatten die Bochumer auch einen solchen Freistoß und Markus Schroth einen Blackout, denn er verwechselte kurzzeitig die Sportart, sprang beim Schuß hoch und klatschte den Ball mit nach oben ausgestrecktem Arm mit der Hand ab – Elfmeter! War das nicht zum Verrücktwerden? In der letzten Minute der ersten Hälfte! Die Bochumer hatten eine Woche zuvor einen Elfer verschossen und so legte sich ein anderer Spieler den Ball zurecht und ich haßte es, gleich alle Bochumer hinter dem von uns entfernten Tor jubeln zu hören, ich hielt die Luft an… und der Bochumer Spieler Donkov schoß den Ball drei Meter über das Tor! Ich jubelte nicht, ich setzte mich nur hin und schlug die Hände vors Gesicht, ich war total fertig und dachte, ich wäre in einem Film, dessen Happy-End gerade eben begonnen hatte und uns die lebenswichtigen drei Punkte sichern würde. Die zweite Halbzeit begann und die Bochumer rannten verzweifelt gegen unser Tor an, das wir nun in Großaufnahme sahen und ebenso groß tauchte Michalke, der Torschütze des ersten Tores vor unserem Keeper Jentzsch auf und setzte den Ball zum 2:2 in unser Tor. Ich blieb ganz ruhig, denn bei Köln gegen 1860 München stand es 0:3 und somit fest, daß wir den Verlierer dieses Spiels (Köln) überholen würden und dafür genügte auch ein Unentschieden aufgrund unseres besseren Torverhältnisses. Ich hätte mir allerdings gewünscht, daß 1860 das Spiel verliert, denn die hatten kein Nachholspiel mehr und mit Schalke und ebenfalls Bochum zwei schwere Spiele, während Köln noch gegen den Letzten Bielefeld spielen konnte. In der 74. Minute dann wiederholte sich der wundervolle Moment der ersten Halbzeit, als Bochum seinen Elfmeter über unser Tor schoß: Unser eingewechselter Stürmer Gilewicz kam durch geschicktes Freisperren von Dundee (dessen einzig lichter Moment in der gesamten Saison, etwas wenig für einen Stürmer, der in der vorigen Saison 17 Mal getroffen und nun nicht mal drei Treffer auf dem Konto hatte, finden sie nicht auch?) an den Ball und verwandelte. 3:2 für uns und zugleich das erste Mal, daß ich bei einem Tor für uns nicht gejubelt habe; ähnlich wie beim Elfmeter setzte ich mich nur hin, dieses Mal beugte ich mich nach vorne, vergrub den Kopf zwischen den Armen auf dem Schoß und begann zu weinen. Jawohl, ich weinte vor Glück, so sehr hatte ich mir unseren Sieg gewünscht und jetzt war er so nah, ich konnte ganz einfach nicht anders, die Tränen kamen von ganz alleine und es war mir in diesem wunderschönen Moment auch ganz egal. Und als ich so dasaß und um mich herum das brüllende, herumspringende Chaos losbrach, bekam ich hunderte von Händen ab, die mir auf die Schultern schlugen und Umarmungen von allen möglichen Leuten, die ich nicht sehen konnte, weil ich nach wie vor die Augen fest geschlossen hielt, um diesen Glücksmoment festzuhalten. Es war ein Wahnsinn – nach neun Minuten 0:1 hinten gelegen, dann das Spiel auf 2:1 gedreht, einen Elfmeter überstanden, den Ausgleich bekommen und jetzt das Spiel wieder auf 3:2 gedreht; hier spielte eine Mannschaft, die mit aller Macht den Abstieg verhindern und drei Punkte mitnehmen wollte und hier waren 1.000 Fans, die wohl überallhin mitgefahren wären und die sich die Seele aus dem Leib sangen. Von jetzt an sah ich mehr auf die Uhr als aufs Feld, die Zeit verging und zwei Minuten vor Schluß kam Michalke wieder an den Ball, ließ Reich aussteigen und schoß. Kein Problem eigentlich, doch unser Libero Wittwer hob den Fuß und fälschte den Ball ab, der links unten im Tor einschlug.

3:3. Kein Happy-End, keine drei Punkte, die Tränen umsonst. Ich war bedient und ging hinaus, ich wollte die letzten zwei Minuten nicht mehr sehen, also setzte ich mich wild fluchend an einen Tribünenpfeiler und warf meinen leeren Becher nach ein paar Bochumern, die draußen vorbeiliefen, doch dieser prallte am Zaun ab und kam wie ein Bumerang wieder zu mir zurück. Ein Typ vom Roten Kreuz kam und fragte mich, ob alles okay wäre und ich giftete: „Klar ist alles okay, wenn man zwei Minuten vor Schluß den Ausgleich bekommt, alles bestens, kein Problem, hab' mich selten besser gefühlt", wobei ich immer wütender wurde, so daß er sich schnell wieder verzog. Als der Schlußpfiff ertönte, ging ich wieder hinein und zu meinem Platz und meinen Kumpels und wartete auf das Endergebnis aus Köln. Diese hatten aus dem 0:3 noch ein 2:3 gemacht, aber trotzdem verloren und wir hatten die meiner Meinung nach falsche Mannschaft überholt, die ein wesentlich leichteres Restprogramm als wir und noch ein Spiel mehr hatte. 1860 München war jetzt Dreizehnter mit 38 Punkten und da wo wir mit einem Sieg und 37 Punkten gestanden hätten, hätten wir nicht zum tausendsten Mal ein Tor in den Schlußminuten gefangen, stand jetzt Bochum mit 35 Punkten, dann kamen wir mit ebenfalls 35 und Köln auf dem ersten Abstiegsplatz mit 35 Punkten, Gladbach war Vorletzter mit 32. Köln und Bochum hatten noch je ein Nachholspiel vier Tage später, Bochum zuhause gegen Berlin (für die es um nichts mehr ging) und Köln mußte nach Schalke (die waren gerade aus den UEFA-Cup-Rängen gefallen, weil sie die letzten vier Spiele nicht gewonnen hatten), waren das nicht tolle Aussichten? Na ja, immerhin hatten mir einige Schalker Fans, die wir auf der Rückfahrt an einer Autobahn-Tankstelle trafen, tröstend auf die Schulter geklopft und einer der

Kuttenträger mich gar umarmt (!) und mir versprochen, daß Schalke Köln schlagen würde, so wahr er hier stehe, weil sie alle die Kölner nicht ausstehen konnten und ihnen Zehnmal eher den Abstieg wünschen würden als uns. Ich kann mir dennoch nicht helfen, wenn ich auf unsere letzten beiden Spiele schaue, dann habe ich keinen Glauben mehr – wenn sie im Kapitel über den VfB Stuttgart nachschlagen, dann wissen sie, wie sehr uns die Niederlagen gegen die Schwaben schmerzen und wieviele Jahre wir schon auf einen Sieg gegen sie warten und ausgerechnet unser letztes Heimspiel sollte gegen Stuttgart stattfinden, die auf Platz vier lagen und um den UEFA-Cup-Platz kämpften. Die ultimative Demütigung, Stuttgart (vielleicht sogar der verhaßte Bobic) schießt uns in die Zweite Liga... kann man mir da übelnehmen, daß mein Feuer aus war? Ein Feuer, das so lange und so trotzig während der vergangenen Wochen gebrannt hatte, und jetzt war es aus. Ich glaubte nicht mehr an den Klassenerhalt, zu sehr sprachen die Fakten unserer restlichen Spiele und die der Gegner gegen uns, zu sehr wog der schmerzliche Ausgleich in Bochum kurz vor Schluß, zu sehr hatte ich mich während des Spiels schon gefreut, als daß mein Feuer diesen gefühlsmäßigen Absturz überlebt hätte. Ich glaube nicht mehr daran, daß wir es schaffen und dies ist kein Zweck-Pessimismus, sondern eher eine Art Schutz für meine eh schon strapazierte Gefühlswelt, der ich den ultimativen Absturz gegen Stuttgart durch vorheriges Akzeptieren der bitteren Tatsachen ersparen und mir dadurch den Abschied vom großen Fußball erleichtern möchte. Ob es was nützt, muß ich am nächsten Samstag herausfinden und ich würde lügen, wenn ich behaupten würde, daß ich mich darauf freuen würde... In den folgenden Tagen galt es, die gewohnten Fragen à la „Na, war mal wieder nichts mit dem KSC?" oder „Tränen vom Samstag schon abgewischt?" zu überstehen, Fragen von Leuten, die niemals verstehen werden, wie weh jedes Wort tut, das sie einem so leichtfertig an den Kopf werfen, Leute, die sich am Ende jeder Saison über diejenigen Fans amüsieren und den Kopf schütteln, die über den Abstieg ihrer Mannschaft trauern, die dasitzen und ihren Gefühlen und Tränen freien Lauf lassen, ganz gleich, ob sie nun gerade gefilmt werden oder nicht und weil es mir ganz genauso geht und ich die Fans dieser Teams so gut verstehen kann, tun mir alle Fans leid, deren Mannschaften absteigen müssen – selbst als es unseren Südwest-Rivalen Kaiserslautern 1996 erwischte und eine ganze Region trauerte und weinte, konnte ich nur ehrliches Mitleid empfinden und die Fans verstehen, die nach ihrem Pokalsieg gegen uns gemeint hatten, sie hätten lieber auf diesen Sieg verzichtet und uns den Pokal gegeben, wenn sie dafür nur wieder in der Bundesliga spielen dürften.

Wie auch immer, die Tage bewegten sich unaufhörlich vorwärts, viermal genau und dann standen die wegen des Castor-Transports ausgefallenen Nachholspiele auf dem Programm und somit auch für unsere punktgleichen Konkurrenten Köln und Bochum die Chance, Punkte auf uns gut zu machen und uns auf Abstiegsplatz 16 zu verweisen. Bei Bochum hatte ich keine Bedenken, daß sie das Spiel zuhause gegen Berlin gewinnen würden, denn für Hertha BSC ging es um nichts mehr und so lag diese willenlose Truppe auch recht schnell 0:1 zurück und verlor das Spiel trotz guter Leistung in der zweiten Hälfte 1:2. Somit hatte Bochum 38 Punkte und war drei von uns weg... Die Kölner spielten in Schalke und hier hatten wir es mit dem einzigen Spiel zu tun, in welchem keine Tore fielen, es war zum Heulen. Doch genauso wie wir in Bochum kurz vor dem Ende von drei sicher geglaubten Punkten zwei wieder hergeben mußten, so machten jetzt auch die Kölner die bittere Erfahrung eines späten Gegentores. In der 90. Minute bekamen sie nämlich ein völlig unnötiges Gurkentor und verloren das Spiel – der Schalker Fan auf der Autobahn-Raststätte hatte sein Versprechen gehalten! Bochum also 38 Punkte und Platz 14, wir mit 35 auf 15 und Köln mit 35 auf 16. Kein Abstiegsplatz zwar, aber wie beschrieben, sollte unser letztes Heimspiel gegen unseren Erzrivalen Stuttgart stattfinden, während es Köln nur mit dem Tabellenletzten Bielefeld zu tun bekam.

Ich hatte in der Woche vor dem VfB-Spiel von einer wohltätigen Organisation irgendwelcher Schwestern aus Ettlingen einen Brief mit der Bitte um eine Spende für notleidende Kinder in irgendeinem Land erhalten; diese Kinder würden Sorgenpüppchen herstellen und eines davon war dem Brief beigelegt. Was soll's, dachte ich, spendest du eben ein bißchen Geld. Das Sorgenpüppchen lag derweil auf meinen CD's und da ich in Anbetracht eines eventuellen Abstiegs, verursacht womöglich durch den VfB, wirkliche Sorgen um meinen Seelenzustand bekam, legte ich das Püppchen die Nacht vor dem Spiel unter mein Kopfkissen, auf daß die Sorgen (wie im Brief versprochen) zumindest gelindert würden und wünschte mir vor dem Einschlafen, daß es funktionieren würde...

Um halb zwölf trafen wir uns in der Karlsruher City, um vorher noch das eine oder andere Abschlußbier zu trinken, da hörten wir schon von weitem mehrere hundert von Polizei begleitete Stuttgarter Fans alle möglichen dummen Anti-KSC-Parolen brüllen und meine Laune wurde noch schlechter, als sie eh schon war. Zuvor hatte ich endlich mein beim Spiel in Köln gegebenes Versprechen eingelöst, als ich voller Verzweiflung gen Himmel versprochen hatte, 10,- DM zur Kirche zu bringen und zu spenden, wenn wir doch bloß den Vorsprung über die Zeit retten würden; vor lauter Aberglaube gab ich mir und meinem noch nicht eingelösten Versprechen eine Mitschuld daran, daß unser Vorsprung in Bochum eben NICHT gehalten hatte und nahm mir fest vor, diese Schuld vor dem Stuttgart-Spiel zu begleichen, damit wir nicht erneut kurz vor Schluß bestraft werden würden. Also ging ich in die Kirche, faltete meinen 10,- DM-Schein zusammen, steckte ihn durch den Münz-Schlitz der Opferbüchse, sah noch einmal Richtung Altar (wie als ob ich sagen wollte: „Siehst Du, ich hab' mein Versprechen gehalten") und ging. Im Stadion angelangt, sah ich die beim Einlaufen der Mannschaften in der Kurve hochgehaltenen blau-weißen (für den

KSC) bzw. rot-gelben (für Baden) Kartons und somit ein über zigtausend Fans reichendes Farbenmeer und dachte wehmütig daran, daß es nächste Saison nicht mehr so sein würde, denn gegen Oberhausen, Unterhaching oder Wattenscheid würden kaum noch Zuschauer kommen... Der KSC begann wie die Feuerwehr und hatte nach acht Minuten schon drei hochkarätige Torchancen herausgespielt, als es nach neun Minuten zum ersten Mal im Stuttgarter Tor einund es mir fast die Sprache verschlug: Thomas Hengen setzte einen fulminanten 20-Meter-Schuß flach ins Eck und auf einmal führten wir gegen Stuttgart mit 1:0! Zwei Reihen hinter mir stand einer mit einem Radio und teilte uns ernüchternderweise mit, daß auch Köln in Bielefeld in Führung gegangen war. Ich hatte es gewußt – der Tabellenletzte gab sich auf, zumal er mit unserer Führung endgültig abgestiegen wäre. Na ja, wenigstens Gladbach lag 0:1 zuhause gegen Rostock zurück und hätte sich somit aus der ersten Liga verabschiedet, doch noch war die erste Hälfte nicht vorbei. Der KSC spielte auch weiterhin um sein Leben, erschwerend für Stuttgart kam hinzu, daß Bobic, der von uns mit allen nur erdenklichen Unfreundlichkeiten bedacht wurde, nach einem (fairen) Zweikampf mit Buchwald mit einem Bänderriß vom Platz mußte und somit seine gegen uns immer wieder unter Beweis gestellte Treffsicherheit ad acta legen konnte. Zur Halbzeit lagen wir immer noch in Führung, doch Köln führte ebenfalls noch und Gladbach hatte aus dem 0:1-Rückstand einen 2:1-Vorsprung gemacht, es war zum Verrrücktwerden! Die zweite Hälfte begann, eine Flanke segelte in unseren Strafraum und auf einmal stand Akpoborie frei und es stand 1:1. Bedachte man die anderen Resultate in diesem Moment, konnte man die rundum fassunglosen Gesichter und die hoffnungslosen „Das war's"-Kommentare verstehen. Ich hatte es ja kommen sehen, ich WUSSTE, daß es nicht mehr reichen würde. Als ich so meinen Gedanken nachhing, wurde eine Flanke von Häßler von einem Stuttgarter nur zur Seite abgewehrt, wo unser Spieler Régis stand und mit einem plazierten Flachschuß das 2:1 erzielte. Die Rauchbombe der Stuttgarter Fans nach dem Ausgleich brannte noch und schon waren wir wieder vorne, es war unfaßbar! Die Stimmung kochte über, als unser Neuzugang Zitelli in seinem ersten Spiel von Beginn an einen weiten Ball auf unseren Regisseur Häßler schlug, dieser einen Stuttgarter Spieler aussteigen ließ und das 3:1 machte – wir flippten jetzt alle aus, brüllten mit völlig wahnsinnigem Blick all unseren Frust heraus, wir lagen gegen Stuttgart vorne und was Gladbach und Köln machten, war uns egal! Und als wäre es noch nicht genug der Freude, hörten wir von hinten, daß es in Gladbach nur noch 2:2 stand und Bielefeld den Rückstand gegen Köln in einen 2:1-Vorsprung umgedreht hatte. Wenig später erschien diese erfreuliche Tatsache auch auf der Anzeigetafel und das Stadion stand Kopf. Erst recht, als auch noch ein Stuttgarter Spieler nach zwei üblen Fouls die gelb-rote Karte sah und die Schwaben daraufhin die letzten 20 Minuten mit einem Mann weniger auskommen mußten. Mittlerweile waren die ominösen letzten beiden Minuten angebrochen, in denen wir mehr Gegentore gefangen hatten als jede andere Mannschaft, aber dieses Mal hatten wir zwei Tore Vorsprung und es sollte doch mit dem Teufel zugehen, wenn das nicht reichen sollte... Tja, die letzten zwei Minuten – Stuttgarts Balakov ließ zwei Mann aussteigen, spielte den Ball quer und da stand ein Stuttgarter völlig frei und plötzlich war unser schöner Vorsprung wieder auf 3:2 zusammengeschmolzen, wieder ein Tor in der Schlußminute, ich glaubte langsam an einen Fluch, so oft hatte es in dieser schrecklichen Saison da schon bei uns eingeschlagen. Doch der KSC hatte schon nach dem 1:1 bewiesen, daß er dieses Mal an seiner Leistungsgrenze zu spielen gedachte und hatte zurückgeschlagen und nun sollte es „Magic" Metz vorbehalten sein, uns in die Glückseligkeit zu schießen: Häßler bediente ihn mit einem hohen, geschaufelten Ball und Magic schoß volley aus der Drehung den Ball ins untere Eck, eine Granate, die schier das Netz zerrissen hätte, zugleich Magics erstes Tor seit zwei Jahren (!) und, soweit ich weiß, sein erster Volley-Treffer überhaupt. Es stand 4:2 und jetzt war Schluß – über 30.000 Fans sangen und jubelten und freuten sich über den ersten Sieg gegen den VfB seit Menschengedenken, wir brüllten und sangen mit und wähnten uns endgültig am nicht mehr geglaubten Ziel, als die Niederlage Kölns in Bielefeld bekannt wurde, doch dann war da der 5:2-Sieg von Gladbach gegen Rostock, der mir zu denken gab und der jedem zu denken gab, wenn er sich jetzt, einen Spieltag vor Schluß, die Tabelle anschaute: Bochum (0:1 in Bremen) war immer noch 14. mit 38 Punkten und einem Torverhältnis von -9, wir dahinter mit ebenfalls 38 Punkten und -10 und dann kam Gladbach mit 35 Punkten, aber dem besten Torverhältnis von nur -7. Köln mit 35 Punkten und -15 war weg, so viele Tore konnte man in einem Spiel nicht mehr aufholen und Bielefeld war als Letzter mit 32 Punkten endgültig abgestiegen. Sah man sich nun das letzte Spiel an, so tauchte die Gefahr überlebensgroß am Horizont auf: Bochum spielte zuhause gegen 1860 München (für die es um nichts mehr ging) und hatte die besten Chancen, den einen noch nötigen Punkt zum Klassenerhalt zu holen. Wir mußten zum Siebten nach Rostock, der noch UEFA-Cup-Chancen hatte, während Gladbach in Wolfsburg zu spielen hatte, die schon gerettet waren. Das bedeutete also, daß bei einer Niederlage des KSC in Rostock und einem Sieg von Gladbach beim Aufsteiger Wolfsburg beide Teams 38 Punkte haben würden, wir aber mit der schlechteren Tordifferenz absteigen würden! War das nicht verrückt? Wir hatten nach Jahren mal wieder den VfB geschlagen, mit der besten Saisonleistung dafür gesorgt, daß wir noch dabei waren und dann ist die Tabellen- und Schlußspiel-Konstellation dermaßen ungünstig, daß wir trotz drei Punkten Vorsprung doch noch mit einem einzigen Spiel absteigen konnten. Nach dem Spiel fand auch noch das KSC-Stadionfest statt, alle Spieler verteilten sich rund ums Stadion, um Autogramme zu geben und mit den Fans zu sprechen und ich hatte die Möglichkeit, unseren altgedienten Verteidiger Reich aus tiefstem Herzen zu bitten, dafür zu sorgen, daß wir jetzt auch noch den einen noch fehlenden Punkt in Rostock holen würden, um ganz sicher nicht abzusteigen und er versprach mir, daß sie alles dafür tun würden. Ich wußte in den darauffolgenden Tagen nicht mehr, was ich denken sollte, alles, was ich wollte, war, daß es Samstag werden würde, damit ich endlich wieder in Ruhe schlafen und mich im Büro wieder konzentrieren konnte. Mittlerweile war es schon so weit, daß ich nachts darauf aufwachte und ein unwahrscheinliches Glücksgefühl spürte – ich hatte im Videotext gesehen, daß Gladbach der dritte Absteiger sei und ich freute mich wie selten zuvor über unseren Klassenerhalt. Dann schaute ich auf die Uhr und sah, daß es halb vier morgens war und irgendwas nicht stimmen konnte; aber ich hatte doch den Videotext gesehen, oder? „Oh ja, im Traum, Mann" flüsterte mir mein Verstand zu und meine Freude fiel zusammen wie ein Kartenhaus. Ich war mir so sicher gewesen, hatte die Buchstaben des SAT.1-Textes auf der Titel-seite noch vor Augen, blau auf weiß (das paßte) und doch hatte ich nur geträumt. Ich war wirklich mitgenommen. Auch die Nächte danach waren nicht besser, ich träumte jedesmal (!) von unserem Klassenerhalt, an den ich nicht mehr geglaubt hatte und doch mußte ich bis Samstag warten, um die Entschei-dung zu sehen.

Donnerstag vor dem letzten Spiel ging ich mit einigen Kollegen essen und eine Kollegin, die sich gerade im Mutterschutz befindet (hi Susanne) und deren Mann (hi Marco) totaler Gladbach-Fan ist, meinte, sie wollte es mir eigentlich nicht sagen, aber der mit einem Saugnapf am Dachfenster befestigte KSC-Teddy (den ich meinem Patenkind, dem süßesten Baby der Welt, dem kleinen Luca, mitgebracht hatte, schließlich muß er ja im richtigen Glauben aufwach-sen...), der schon seit Monaten dort hing, lag morgens auf dem Boden... Ich verdrängte das Das-ist-ein-verdammtes-Omen-Gerede, welches daraufhin in meinem Kopf losging und erwartete den Samstag der Entscheidung.

Nein, ich war nicht in Rostock. Ich weiß, daß dies für einen, der Auswärtsspie-le in aller Herren Länder verfolgt hat, eigentlich nicht normal ist, aber keiner meiner Kumpels hatte Zeit, alleine fahren wollte ich nicht und zudem war ich dermaßen fix und fertig, daß ich jegliche Kontaktaufnahme zum aktuellen Geschehen vermeiden wollte. Ich schlug zwei Angebote aus, das Spiel live auf Premiere zu verfolgen, setzte mich gegen 15.00 Uhr ins Auto und fuhr Richtung Stadion, auf den Parkplatz, auf welchem ich immer bei den Heimspielen des KSC stehe – nur hier war ich allein, keiner würde sehen/hören, was dieses letzte Spiel bei mir auslösen würde und das war gut so. Es fällt mir nicht leicht, all das Folgende so nüchtern niederzuschreiben und ich habe auch eine ganze Weile gebraucht, bis ich (in mehreren Etappen) diesen Nachmittag wiedergeben konnte... Ich wollte von Beginn an am Radio dabeisein, aber ich konnte nicht. Ich hatte panische Angst vor dem, was ich erfahren könnte und so strapazierte ich lieber meine mitgebrachten Tapes. Bis 16.00 Uhr, dann gewann die Neugierde die Oberhand über die Angst und ich schaltete das Radio ein, wo natürlich gerade die Nachrichten begannen. Ich wechselte auf die Karlsruher Privatstation Welle Fidelitas, auch da begannen die Nachrichten, aber auf dem RDS-Display meines Radios erschienen die Zwischenergebnisse. Ich werde nie vergessen, was da stand: ROS-KSC leuchtete und dann schaltete das Bild um: 0-1, mein Herz setzte einen Schlag aus und als der Name unseres Spielers Häßler auf dem Display erschien, sprang ich aus dem Wagen und brüllte all meine Freude so laut hinaus, wie ich nur konnte, ich ballte die Faust und schickte ein animalisches „liiickeeeeeeeeeee" hinterher und es war mir egal, daß gerade zwei Autos vorbeifuhren und mich die Leute anstarrten wie einen Außerirdischen. Ich atmete tief durch, schrie nochmal irgendwas Unverständliches in den Wald, öffnete die Tür und setzte mich wieder in Wagen, wo mein Blick wieder aufs Display fiel: ROS-KSC stand da und ich dachte, das Ergebnis würde wiederholt und eben immer mal wieder durchlaufen, damit jeder die gute Nachricht vernehmen konnte, als mit höhnischer Lautlosigkeit das Display umschaltete und 1-1 erschien. Das konnte nicht sein, gerade hatte ich noch unsere Führung gesehen und mich so gefreut und jetzt, wenige Sekunden später, war sie schon wieder dahin. Ich schwitzte wie ein Verrückter, mein Herz hämmerte vor lauter Aufregung und ich stammelte minutenlang immer nur „aber wir haben doch geführt…" Ich tat dies bis zur Halbzeit und beruhigte mich wieder ein wenig, denn schließlich war jetzt bereits die Hälfte vorbei und wir waren mit diesem Unentschieden immer noch erstklassig. Zur Bestätigung ließ ich das Display wieder anlaufen und ROS-KSC erschien und wenig später 2:1. Ich kann wirklich nur undeutlich wiedergeben, mit welchem Schrecken und mit welcher Ungläubigkeit ich auf das Display geschaut habe: 2:1, das bedeutete Abstieg, weil Gladbach zur selben Zeit in Wolfsburg 2:0 führte. Jetzt konnte ich nicht mehr im Auto sitzen, ich schloß ab und lief durch den Wald, eine große Runde Richtung Stadion, auf der mir immer wieder Radfahrer oder Jogger begegneten und wieder retour zu meinem Auto. Die Minuten vergingen und ich war in zwei Hälften geteilt: Die eine flüsterte immer wieder „Wir sind abgestiegen, wenn's so bleibt" und die andere meinte beruhigend „Wenn ich das Radio wieder einschalte, steht es 2:2 und dann reicht es doch noch, so einfach steigen wir nicht ab." So ging ich durch den Wald, drehte eine Runde nach der anderen und redete mit mir selbst. Die Zeit verging, tief in die zweite Halbzeit hinein und ich wurde immer nervöser, denn ich wußte nicht, wie es stand und wollte unbedingt bis kurz vor Schluß warten. Ich kam wieder beim Wagen an, als es etwa 17.10 Uhr gewesen sein mußte und jetzt, fünf Minuten vor Schluß, MUSSTE ich einfach wissen, was und ob überhaupt etwas passiert war. Ich schaltete das Display ein, ließ den Ton wieder weg und wenig später erschien die Anzeige, die über mein Gefühlsleben des nächsten Jahres (nämlich der nächsten Saison) entscheiden sollte: ROS-KSC erschien und ich schloß die Augen und betete, daß es 2:2 stehen und wir

Der schwärzeste Tag - Abstieg am letzten Spieltag '97/98 in Rostock

Foto: GES-Sportfoto

gerettet sein würden und die Anzeige sprang um und da stand 4:1. Ich weiß nicht mehr, was ich dachte oder tat, ich schaute nur immer wieder auf die Anzeige und schaltete auf SWF1 und zur Schlußkonferenz um und hörte einen Reporter sagen „...als UEFA-Cup-Teilnehmer gehandelt und jetzt abgestiegen, was muß das bitter sein für den KSC..."

Wenig später waren die Spiele beendet, Bochum hatte gewonnen, Gladbach hatte gewonnen und wir hatten verloren, waren punktgleich mit Gladbach aufgrund des schlechteren Torverhältnisses abgestiegen. Abgestiegen... mit einer Mannschaft, die vom Papier her so gut wie noch keine zuvor war, die wir hatten und die noch eine Woche zuvor den VfB aus dem Stadion geschossen und doch gezeigt hatte, wie gut sie spielen konnte... Abgestiegen... ich schaltete wieder auf Tape um und hörte GAMMA RAY, die gerade die Ballade „Pray" spielten und dann konnte ich nicht mehr. Ich legte meinen Kopf aufs Lenkrad und meine Augen füllten sich mit dicken Tränen, die ich einfach nicht mehr zurückhalten konnte und auch nicht wollte. Ich weinte um die vergangenen zwölf Jahre Bundesliga, um die tollen Spiele und die tolle Stimmung, die wir im Wildpark erlebt hatten, um die Derbys gegen Stuttgart, Kaiserslautern, um die Spitzenspiele gegen Bayern und Dortmund, die wir nun nicht mehr sehen würden, ich weinte um die tollen UEFA-Cup-Spiele gegen Valencia, Eindhoven, Rom, Porto, Bordeaux und nicht zuletzt um die tollen Erlebnisse der Auswärtsspiele in den verschiedenen Ländern wie die Marathon-Busfahrt durch Schneegestöber nach Kopenhagen, wo wir gerade rechtzeitig zum Anpfiff ins Stadion stürmten, um den Trip nach Porto mit dem Aprikosenbier im Stadion, um das Fax, welches ich sturzbetrunken morgens um halb vier aus unserem Hotel in Wien ans Büro geschickt hatte, um meiner Kollegin zum Geburtstag zu gratulieren, um die tolle Stimmung in Valencia mit den hochgehaltenen Kartons und die Wahnsinnsfeier im Olympiastadion in Rom, ich weinte um das Pokalfinale in Berlin, auch wenn wir dieses verloren hatten und ich weinte um die deutschen Auswärtsspiele, von denen wir auch diesmal wieder zehn erlebt hatten und bei denen wir immer so viel getrunken und gesungen, getrauert und uns geärgert und viel gelacht und ab und an auch mal einen Sieg bejubelt hatten, so wie in Köln, als wir uns so sicher waren, uns jetzt auf dem richtigen Weg zu befinden. Ich weinte auch um die Ära, die mit dem Rauswurf Winnie Schäfers zu Ende gegangen war, um eine Ära, die die letzten zwölf Jahre meines Lebens bestimmt hatte und die jetzt so überraschend gestoppt wurde, um unseren Ruf, den wir uns aufgebaut hatten, keiner hatte in den letzten fünf Jahren mehr über uns gelacht, wir hatten das Fell der grauen Maus abgestreift und darunter kam ein wunderschönes schneeweißes hervor, zumindest für eine kurze Zeit und ich weinte um Thomas Häßler, der gehen würde und der bei seinem Wechsel zu uns eine nie gekannte Euphorie in Karlsruhe ausgelöst hatte, eine Euphorie, die nie wieder kommen würde.

Ich weinte bestimmt eine Stunde lang und es war mir egal, es sah mich eh keiner und wenn, hätte es eh keiner verstanden. Zwischendurch klopfte es an die Scheibe, ich sah hoch und sah zwei Polizisten, die mit ihrem Streifenwagen angehalten hatten und fragten, ob bei mir alles in Ordnung wäre. Ich zeigte nur auf das eine meiner beiden im Auto hängenden KSC-Trikots und ich meinte, im Gesicht des einen Erleichterung der Art „Na, wenn's weiter nichts ist" zu sehen und sie fuhren weiter. Ja, wenn's weiter nichts ist... Ich weiß, daß jeden Tag Kinder sterben und daß es überall Katastrophen gibt, aber mein Herz hängt an diesem Club seit ich als kleiner Junge zum ersten Mal im Stadion gewesen bin, ich würde alles für den KSC geben und immer zur Mannschaft stehen, ganz egal, was passiert und ich hatte nach über 120 Auswärtsspielen das verdammte Recht, bittere Tränen der Enttäuschung zu vergießen, auch wenn das die meisten nicht verstehen...

Als ich knapp zwei Stunden nach Spielende wieder nach Hause fuhr, fand ich auf meinem Anrufbeantworter den Trauermarsch, der von Beerdigungen bekannt ist, anonym, ohne irgendwelche Nachricht. Ich weiß bis heute nicht, wer das gewesen ist, aber ich fand das geschmack- und rücksichtslos, irgendjemand, der um meine KSC-Begeisterung und meine Trauer wußte, machte seiner Schadenfreude Luft. Wer immer diese Person war (ich werde es wohl nie herausfinden), ich hasse sie aus tiefstem Herzen dafür und wünsche mir, diese Person möge den gleichen Schmerz erleiden müssen wie ich an diesem Tag. Meine liebe Kollegin Moni, die meine Begeisterung und meine Aufregung tagtäglich hautnah im Büro mitbekommt, weil sie mit mir in einem Zimmer sitzt (ihr hatte ich das Fax aus Wien geschickt) rief wenig später an und meinte mit tränenerstickter Stimme, daß ihr das sehr leid tun würde und ich schämte mich ein wenig dafür, daß ich am Telefon weinen mußte, aber ich konnte nichts dafür. Zumindest gab es jemanden, der anstatt höhnischer Anonymität ein wenig Anteilnahme für mich übrig hatte und das fand ich sehr schön. Mein Blick fiel dann auf das gegen Stuttgart so erfolgreiche Sorgenpüppchen, welches ich nach dem Sieg wieder entfernt hatte, weil ich dachte, wir hätten es geschafft und ich dachte darüber nach, warum ich es nicht unter dem Kissen hatte lassen können. Jetzt war es zu spät. Natürlich schaltete ich auch noch den Fernseher an und wie bestellt zeigten sie gerade unser Spiel. Ich weiß nicht, warum, aber ich mußte mit eigenen Augen sehen, was passiert war und als der Bericht vorüber war und ich unsere enttäuschten Spieler und weinenden Fans sah, kamen mir erneut die Tränen und eine lange schlaflose Nacht voller Erinnerungen wartete auf mich, die nie zu Ende gehen wollte...

Der Sommer danach

Wie erwartet, hatte die WM es nicht geschafft, die geschilderten Ereignisse zu verdrängen; Tag für Tag blätterte ich teils schon im Treppenhaus die Zeitung durch, um alles über unsere Neuzugänge zu erfahren und über all diejenigen treulosen Gestalten, die die Schuld für den Abstieg trugen und sich jetzt bei Nacht und Nebel davonmachten – ich trauere all diesen Typen nicht eine Sekunde hinterher (na ja, Icke schon...), Ihr habt alle nur bewiesen, daß Ihr keinen Charakter besitzt, keine Ehre und kein Gewissen, Ihr seid Söldner ohne jegliche Moral und es ist Euch Hengens, Schroths, Dundees, Reitmaiers und wie Ihr alle geheißen habt, völlig egal, was Leute wie ich durchmachen, die so sehr am Verein hängen – letztlich steigt eben nur der Verein und mit ihm seine Fans ab, die Spieler nicht und das ist eine Schande, aber sie ist real. Schade ist nur, daß wir das Gegenbeispiel Kaiserslautern direkt vor unserer Nase sitzen haben: Dort blieb die Mannschaft nach dem Abstieg 1996 zusammen, um den Karren wieder aus dem Dreck zu ziehen, den sie hineingefahren hatte, stieg nach einem Jahr in der Zweiten Liga wieder auf und wurde danach sogar Deutscher Meister, die gerechte Belohnung für die Treue zu Verein und Fans. Bei uns war das leider nicht möglich...

Stattdessen behielten wir die Pfeifen wie Ritter oder Krauß, die eh keiner haben wollte und holten uns mit Kienle (Schwabe, der aus Duisburg kam und dort nur Ersatzspieler war), Schwarz (Schwabe, der vom VfB kam und dort nur Ersatzspieler war), Meißner (kein Schwabe, kam aus Wolfsburg, dafür war er aber dort nur Ersatzspieler), Fährmann (auch kein Schwabe, kam von Hertha BSC Berlin und war dort nur Ersatzspieler), Molata und Zeyer (kamen vom HSV und waren dort nur, na ja, was verliere ich noch groß Worte...) jede Menge Leute, die zwar aus der Ersten Liga kamen, dort aber nie zur jeweiligen Stammelf gehörten und von denen Trainer Berger und Manager Fuchs meinten, sie wären hungrig, allen zu zeigen, daß sie sehr wohl erstligareif waren, daher würden wir ja auch mit ihnen aufsteigen. Mit Rainer Krieg kehrte einer der alten UEFA-Cup-Helden nach seiner Odyssee Uerdingen und Fortuna Köln wieder zu uns zurück und hatte bei letzteren Tor um Tor erzielt und war in der Torschützenliste der Zweiten Liga weit vorne dabei (die genaue Trefferzahl weiß ich nicht, ich habe mich mit der Zweiten Liga nie so befaßt, als wir noch in der Ersten spielten...). Schließlich galt es noch, die Position des Spielmachers zu besetzen, der Nummer 10, die Thomas Häßler zu unser aller Stolz einige Jahre bei uns getragen hatte und da wurde der Spanier Martin-Vazques präsentiert, ein Alt-Internationaler, der mit Spanien und Real Madrid viel gewonnen hatte, nach einer Verletzung aber nach Mexiko abgeschoben worden war und auch dort kaum gespielt hatte. Stolz verwiesen unsere Verantwortlichen darauf, daß dieser Star auch wirklich einer sei, der zudem ablösefrei gekommen war (dafür verdiente er dann ein Häßler-mäßiges Millionen-Gehalt, wie man zugeben mußte). Ich muß sagen, ich war zum einen gespannt auf die ganzen Neuen im Team, zum anderen aber auch ein wenig enttäuscht, da ich mir namhaftere Spieler bzw. gestandene Bundesliga-Profis als Neuzugänge gewünscht hatte, so wie dies Mitabsteiger Bielefeld praktiziert und in großem Rahmen eingekauft hatte, aber wie es nun mal so ist, man hat als Fan dann einfach zwangsweise Vertrauen in den Trainer, der sich bei den Einkäufen sicher etwas gedacht hatte und es schon richten würde.

Bundesliga Zwei – Karlsruh' ist dabei: Der Start in der Zweitklassigkeit

Und dann war er da, der erste Schritt auf die neue Saison, der Spielplan erschien und mit ihm die erneute Erinnerung daran, daß wir nicht mehr dabei sind, wenn die Musik wirklich spielt, Mitte August. Das erste Spiel in Hannover beim Aufsteiger, das erste Heimspiel gegen Ulm, einen weiteren Aufsteiger und dann nach Mainz, tolle Aufgaben, Zweite Liga eben... Zwischenzeitlich hatte man beim KSC eine Werbeagentur engagiert (eine Pfälzer Werbeagentur, dies aber nur ganz am Rande, wir haben ja auch keinen badischen Manager, sondern einen, der aus Kaiserslautern kam), die ganz Karlsruhe und Umgebung mit „Rauf geht's, KSC"-Plakaten überzog, ich glaube, es gab nicht eine Bus- oder Bahnhaltestelle, an der kein Plakat hing. Als ich meine Dauerkarte abholte, gab es noch einen „Rauf geht's, KSC"-Aufkleber gratis dazu (wie nett bei fast 250,- DM, die ich auf den Tisch des Hauses eines Vereins geblättert hatte, das gerade abgestiegen war, eigentlich hätte man jedem von uns Wahnsinnigen einen roten Teppich ausrollen und mit Fanfarenstößen danken sollen) und für einen besonders gedankenverlorenen Moment hielt ich diesen an die Rückseite meines Wagens, nur um herauszufinden, daß der blaue Hintergrund des Aufklebers genau mit dem Blau meines Autos übereinstimmte. Ich dachte dann an meine an den beiden hinteren Seitenfenstern angebrachten KSC-Trikots und beschloß, daß dies für einen Absteiger mehr als genug Liebesbekundung und für einen Fahrer, der oft in die Pfalz unterwegs war, auch mehr als genug Angriffsfläche zum Spott von seiten der gerade Meister gewordenen Pfälzer war. „Rauf geht's", so wollte man die Fans zum Zusammenhalt und zur Unterstützung auffordern, ich hoffte, sie hatten auch die Mannschaft entsprechend ins Gebet genommen…

Zu allem Unglück traf mich beim Betrachten unserer Trikots für diese Saison beinahe der Schlag: Zum ersten Mal trug unser Heimtrikot nicht mehr unsere Vereinsfarben blau/weiß sondern die badischen Farben rot/gelb! Einmal abgesehen davon, daß ich der Meinung bin, daß die Farbkombination rot/gelb eher nach Papageien denn nach Fußballern aussieht, so ist es für mich ein Witz, daß wir das zuvor nur als Auswärtstrikot genutzte rot/gelb nun als Heimtrikot verwenden. Welcher Verein spielt genau entgegen seiner seit 100 Jahren bestehenden Vereinsfarben? Wir natürlich, klar. Nichts gegen die Idee an sich, ich bin Badener und die badischen Farben sind rot und gelb, als Ausweichtrikot wie bisher war das ja auch in Ordnung, aber ich fahre nicht für Baden, also für Mannheim, Heidelberg oder Freiburg oder was weiß ich durch die Gegend, sondern für Karlsruhe, für den KSC, und dieser KSC hat schon immer in blau, weiß oder blau/weiß gespielt und so sollte auch unser Heimtrikot aussehen, basta! Und wenn sich noch so viele Kiddies dieses lächerliche rot-gelbe Trikot zulegen, sollten wir irgendwann mal nur noch in gelb-rot zuhause und in rot-gelb oder nur in rot oder gelb auswärts spielen, dann werde ich mir nie mehr ein KSC-Trikot kaufen, so einfach ist das. Robert Banks hat das in seinem Buch „An irrational Hatred of Luton" sehr treffend ausgedrückt: „If your team dresses like a bunch of clowns, they will start to play like a bunch of clowns, and that's exactly what happened on the opening day of the season." („Wenn sich dein Team wie ein Haufen Clowns anzieht, dann werden sie auch wie ein Haufen Clowns zu spielen anfangen und das war genau das, was zu Beginn der Saison passierte.") He Robert, wie konntest Du das wissen?

Na ja, wenn ich ehrlich bin (und das sollte man bei so einer Veröffentlichung schon sein, was meinen Sie?), habe ich mir auch das weiß-blaue Trikot (eigentlich war es nur weiß) zur neuen Saison nicht gekauft; dies hat weniger mit Distanz zum Verein zu tun (so schlecht können sie gar nicht spielen), als mit der Tatsache, daß ich auf Distanz zu dieser verdammten Zweiten Liga gehen wollte und die neuen Trikots in meiner Erinnerung auf ewig mit der Zweitklassigkeit verbunden sein würden. Nun hatte ich ein Problem, denn die Trikots der vergangenen Jahre, die ich mir gekauft hatte, trugen Nummern und Namen von Spielern, die nicht mehr da waren und zudem irgendwie das Abstiegsflair bzw. die schmerzliche Erinnerung in sich, wo wir mit diesen Trikots mal gewesen waren, welche Spieler wir mal hatten und wer nun noch davon übrig war, nämlich niemand mehr. Daher ging ich „fremd": Als bekennender Fan britischen Fußballs im allgemeinen und der schottischen Nationalmannschaft im Besonderen (was hatten die ein Riesenspiel bei der WM gegen Brasilien gemacht und nur mit viel Pech 1:2 verloren), legte ich mir zur neuen Saison das dunkelblaue schottische Nationaltrikot zu und beflockte es mit der „5" und dem Namen des schottischen Kapitäns Colin Hendry, einem selten gesehenen Kleiderschrank, der zwar für die protestantischen Glasgow Rangers spielte, während ich es mit den katholisch-irischen Celtics hielt, der mir aber bei der WM aufgefallen war, weil er von der ersten bis zur letzten Minute rannte und kämpfte, etwas, das ich mit diesem Trikot ausdrücken und irgendwie auf unsere Mannschaft übertragen wollte. Klar, ich kann das Schmunzeln auf manchen Gesichtern sehen, bedenken sie dabei aber immer, daß sie es hier mit einem Fußballfan zu tun haben und wir im allgemeinen die eine oder andere (kleine) Macke haben. Kein Problem.

Wir machten zum Saisonstart gleich Bekanntschaft mit den ganz speziellen Terminen dieser Klasse, denn unseren Trip nach Hannover konnten wir gleich wieder streichen, als das Spiel von Sonntag auf Donnerstag abend vorverlegt wurde, für einen arbeitenden Menschen leider so gut wie nicht zu machen. Also setzten wir uns vor den Fernseher und sahen unseren Torwart Jentzsch nach sieben (!) Minuten vom Platz fliegen, unser neuformiertes Team in Unterzahl verteidigen und eine der größten Pfeifen, die je bei uns gespielt haben (Thomas Ritter) dem Neuling beim 1:0 genauso nachhelfen, wie er beispielsweise auch in Rostock beim 1:1 nachgeholfen hatte, vielen Dank auch. Das Tor fiel, wie sollte es anders sein, wir sind's ja vom letzten Jahr her gewohnt, zehn Minuten vor Schluß und mir taten die rund 350 mitgereisten KSC-Fans leid, die jetzt buchstäblich im Regen standen. 1:0 verloren durch ein Tor kurz vor Schluß, manche Dinge wiederholen sich wirklich immer wieder aufs Neue, auch eine Klasse tiefer, es ist schon frustrierend…

Und noch frustrierender ist es, wenn man das erste Heimspiel gegen einen weiteren Aufsteiger (Ulm) in der letzten Minute (eigentlich ist jegliche Klammerbemerkung überflüssig, es ist eh immer dasselbe mit dieser verdammten Schlußphase...) durch Elfmeter 1:2 verliert, die Mannschaft schlecht spielt und auch noch vom Schiri betrogen wird, der uns einen Elfmeter und ein klares Tor nicht gab. Letzteres sollte Abseits gewesen sein und jeder im Stadion und später an den Fernsehgeräten konnte erkennen, daß sich Gilewicz bestimmt zwei Meter hinter dem letzten Ulmer Abwehrspieler befunden hatte, ich frage mich wirklich, was manche Schiris und deren Assistenten an ihren Augen haben. Für genau solche Fälle sollte es den Oberschiedsrichter auf der Tribüne geben, der wie im Eishockey solche strittigen Fälle per Video-Aufzeichnung klären könnte. Aber was rege ich mich auf? Wir sind abgestiegen und haben die ersten beiden Spiele gegen Aufsteiger verloren, wenn's weiter nichts ist...

16.000 Fans waren bei brütender Hitze da, die Sonne knallte während des gesamten Spiels auf unseren D-Block und machte das Anfeuern nicht leichter. 16.000 und ich befürchte, daß es demnächst vielleicht nur noch die Hälfte sein werden, wenn die Talfahrt eine Klasse tiefer anhalten sollte... Ich war ob dieses offenkundigen Fehlstarts und des Betrugs in diesem Spiel und der jubelnden Schwaben wegen ziemlich geladen und dann mußte ich nach dem Spiel auch noch nach Rohrbach/Saar (kurz vor Saarbrücken) fahren, um meine Mutter von einem Verwandtenbesuch abzuholen. Da saßen sie dann alle im großen Garten am Swimming-Pool und alle wußten, daß wir verloren hatten und meine Mutter hatte bereits vorgewarnt, daß man mich da besser in Ruhe läßt und gar nicht auf das Thema anspricht, aber irgendein Angeheirateter ließ dann natürlich doch einen Spruch ab, auf den ich eine so heftige Antwort gab, daß danach eine peinliche Stille in der großen Runde folgte. Klar, hinterher tut mir das dann leid, aber entschuldigen kann ich mich für so etwas nicht, denn in diesem Moment bin ich einfach sauer und traurig zugleich und dann kann ich wirklich alles gebrauchen, nur keinen dummen Spruch über unsere tolle Mannschaft im Verbund mit einem grinsenden Gesicht. Got me?

Nach Mainz zog es uns als nächstes, bei schönem Spätsommerwetter machten wir uns auf den Weg, voller Hoffnung, nun endlich die ersten Punkte in dieser verdammten Zweiten Liga einfahren zu können, ein Wunsch, den ich meinen Kumpels gegenüber noch mit dem Versprechen „Wenn sie es wagen sollten, wieder zu verlieren und nach drei Spielen immer noch keinen Punkt haben, dann setze ich mich vor den Mannschaftsbus und bleibe dort so lange, bis ich einem der Spieler die Meinung gesagt habe" verstärkte. Gut ein Viertel der 12.000 Zuschauer gehörte in unser Lager und wir machten gewaltig Lärm, dies allerdings nur solange, bis das erste Gegentor fiel. Nach dem zweiten

Mainzer Treffer hatte ich zunächst mal genug und ging zum Bierstand, wo mich beim Anstehen am einzigen (!) Bierausschank (na ja, sonst stehen da vielleicht acht Leute aus Uerdingen oder fünf aus Wattenscheid, mit einigen tausend gegnerischen Fans rechnet da keiner) erneut Torjubel überraschte und der Stadionsprecher prompt unser 1:2-Anschlußtor verkündete, welches ich natürlich glorreich verpaßt hatte. Ein Mädchen sprach mich dann beim Zurücklaufen an, ob ich sie nicht mehr kennen würde und zu meiner Schande mußte ich gestehen, daß ich nicht wußte, wo ich sie hinstecken sollte. Sie gab mir einen Tip von wegen Bochum im Parkhaus und dann fiel es mir wieder ein: Nach diesem elenden 3:3 kurz vor Schluß saßen wir noch auf dem Boden im Parkhaus vor unserem Wagen und ich trank innerhalb kürzester Zeit eine dreiviertel Flasche Apfelkorn aus und je mehr ich trank, umso frustrierter wurde ich. Aus diesem Nebel der Erinnerung (der mir immerhin eine sehr kurze Rückfahrt bescherte, denn ich stieg in Bochum ins Auto, schlief ein und wachte erst an unserem Stammrasthof Alsbach rund 100 km vor Karlsruhe wieder auf, hatte also 300 km verschlafen...) tauchten zwei Mädels auf, auch KSC-Fans, die sich links und rechts neben mich gesetzt und zu trösten versucht hatten und hier stand eines davon. Na ja, ich wollte zum Spiel zurück und ließ sie nach kurzer Begrüßung stehen (ich meine, hier spielte der KSC, wenn ich Mädels treffen wollte, würde ich ganz bestimmt nicht zu einem Fußballspiel gehen) und kehrte zu meinen Kumpels Achim und Dirk zurück, die mir unser Tor als herrlichen Freistoß von Kienle (auch so eine Pfeife...) schilderten. Als die Mainzer dann zehn Minuten vor Schluß (man konnte zuvor nicht gerade von stürmischen Bemühungen des KSC zum Ausgleich berichten) das 3:1 erzielten und sich unsere Mannschaft wie ein lahmer Haufen alter Männer präsentierte, bekam ich einen dicken Hals und wiederholte mein Versprechen, mich vor den Mannschaftsbus zu setzen, falls wir verlieren sollten. Wir verloren, und zwar richtig, denn wir kassierten kurz vor dem Ende auch noch das 1:4 und im Block herrschte gereizte und äußerst aggressive Stimmung. Eine kleine Retourkutsche bekam die Mannschaft dann nach dem Schlußpfiff, als alles „Wir woll'n die Mannschaft seh'n" rief, die Spieler sich prompt auf den Weg machten und auf halber Strecke mit Bierbechern, Steinen und allem möglichen beworfen wurden, worauf sie gleich wieder umkehrten.

Für uns gab es danach nur eines: Wo steht der Mannschaftsbus? Wir liefen um die Haupttribüne herum und da stand er, groß, dunkelblau, für ein Heidengeld mit allem möglichen Schnickschnack wie Videospielen etc. im Vorjahr ausgerüstet und als modernster Bus der Bundesliga vorgestellt und die Vorstellung, daß sich unsere Flaschen da jetzt gemütlich hineinsetzen und heimgefahren werden würden, ließ mich noch wütender werden. Ich ging also hin und setzte mich direkt davor, im Schneidersitz mit dem Rücken zum Nummernschild und blieb sitzen. Der Bus stand in Fahrtrichtung zu einem Tor, vor dem sich alsbald viele enttäuschte KSC-Fans (die von der anderen Seite hergelaufen waren) versammelten und als erste Becher Richtung Bus flogen, wurde das Tor geschlossen. Ungefähr 20 Ordner standen nun zwischen dem geschlossenem Tor und dem Bus, Dirk hatte sich entschlossen, sich das Ganze von hinter dem Tor anzuschauen, während Achim und ich uns vor dem Bus postierten. Bald kam mit Hubi noch ein Ur-Fan hinzu (macht als Rollstuhlfahrer alle Spiele mit!) und einige andere, die unsicher um den Bus herumstanden. Die Ordner kamen alsbald zu mir und fragten, warum ich hier sitzen würde und ich erklärte ihnen, daß wir keinen Ärger machen wollten, nicht gewalttätig seien und auch nicht herumpöbeln wollten (obwohl mir durchaus danach war), sondern ich einfach nur irgendeinem Verantwortlichen die Meinung sagen wollte. Die Ordner, das muß an dieser Stelle gesagt werden, verhielten sich äußerst cool, waren allesamt sehr freundlich und unterhielten sich mit uns über vergangene Zeiten („Was ist nur aus euch geworden?" – das fragte ich mich auch), versicherten uns, daß der Bus auch rückwärts nicht rauskäme, weil da der Mainzer Bus stehen würde und versuchten, uns aufzumuntern. Nach etwa einer dreiviertel Stunde erschienen dann die ersten Spieler, die uns natürlich keines Blickes würdigten und sich in den Bus verkrochen. „Geht ruhig hinein, kein Problem, nur Wegfahren werdet ihr nicht, weil ich hier sitze und solange nicht aufstehe, bis ich einem die Meinung gesagt habe", dachte ich grimmig, bis dann Andreas Zeyer erschien und sich mit uns unterhielt. „Wir verlieren doch auch nicht mit Absicht", meinte er und ich sagte zu ihm, daß es nicht ums Verlieren an sich, sondern um die Art und Weise ginge, wir alle das Gefühl hätten, daß es den Spielern absolut gleichgültig sei, daß so viele Fans zur Unterstützung mitfahren würden. Zudem sagte ich ihm, daß wir schon dagewesen waren, bevor sie alle zum KSC gekommen waren und auch noch da sein würden, wenn sie schon lange wieder woanders spielen würden und fragte ihn, warum ausgerechnet er mit uns sprechen würde, schließlich hatte er gar nicht gespielt!? Warum denn keiner der anderen Feiglinge, die auf dem Platz gestanden hatten, herauskäme, fragte ich ihn, als wenig später Guido Buchwald ein Interview fürs Fernsehen gab und auch in den Bus stieg. Kurz darauf erschien Jörg Berger, erhielt wohl einen Hinweis, daß hier eine Busblockade enttäuschter Fans stattfinden würde und kam zu mir. Plötzlich wurde die zwischenzeitlich aufgezogene Dunkelheit durch das helle Licht von Kameras erhellt und ich saß mittendrin, während sich Berger zu mir herunterbeugen mußte, weil ich überhaupt nicht einsah, aufzustehen. Das kurze Gespräch ist mir noch deutlich im Gedächtnis: „Glaubst Du, mir macht das Spaß?" fragte er mich und ich sprach wieder die Art und Weise an, wie sich die Mannschaft auf dem Platz präsentiert hatte und er meinte, es wäre eben eine komplett neue Mannschaft, die sich erst noch finden müsse. Dann aber, so entgegnete ich, hätte man dies den Fans vor der Saison genau so sagen müssen, hört zu, wir haben eine neue Mannschaft, wir brauchen Zeit, um uns zu finden und können den Aufstieg vielleicht noch nicht realisieren, anstatt überall groß vom „Bayern München der Zweiten Liga" zu tönen, vom Wiederaufstieg, dies mit all den „Rauf geht's"-Plakaten auch noch zu untermauern und vollkommen falsche Hoffnungen zu wecken. Darauf zuckte er mit den Schultern und meinte „Weißt Du, ich habe mir das auch alles ganz anders vorgestellt", verabschiedete sich und stieg in den Bus. Somit war meine „Mission" beendet, ich hatte gesagt, was ich sagen wollte, wir standen auf und die Ordner ließen uns durchs Tor, wo einige Fans Beifall klatschten, als wir herauskamen. Unvergessen bleibt mir im übrigen auch die Tatsache, daß wir auf dem Weg zum Parkplatz mit vielen Mainzer Fans sprachen, die auf uns zukamen und meinten, wir sollten es nicht zu tragisch nehmen. Einer meinte noch vielsagend: „Ich garantiere euch, wenn wir zum Spiel nach Karlsruhe fahren, wird sich die Tabelle genau so darstellen, wie sich das jeder gedacht hat, dann werdet ihr oben sein und einige Plätze vor uns." War gut gemeint, aber damals fehlte uns der Glaube, zu schlecht und zu willenlos waren die Spieler. Als ich Sonntags dann zufällig beim DSF reinschaute (das Spiel in Mainz hatte Donnerstag abends stattgefunden), fiel ich schier aus dem Sessel, denn mit den Worten „da spielt der KSC dann gegen St. Pauli und dann wird Trainer Jörg Berger sicher besseres zu tun haben, als sich auch noch mit streikenden Fans auseinanderzusetzen" zeigte man Bilder unseres Gesprächs, mit mir in aller Pracht vor dem Bus, in Großaufnahme, mich traf schier der Schlag! In den folgenden Tagen wurde ich im Bekannten- und Kollegenkreis mehrfach auf diesen Auftritt angesprochen und die Story von der Busblockade mußte ich bestimmt 50 Mal erzählen... sogar im Radio war diese Blockade ein Thema, als in SWF3 (oder war's schon SWR3 damals?) ein Telefonat mit dem Vorsitzenden der Interessengemeinschaft Karlsruher Fußballfans, Frank Schwarz, geführt wurde und dieser meinte, wenn das Spiel gegen St. Pauli auch noch verloren gehen würde, könnte es durchaus wieder eine Blockade geben. Na ja, ich war nie Mitglied bei der IG und habe das ohne jeden Gedanken an eine Fanorganisation, einfach nur aus tiefstem Frust gemacht und würde das jederzeit wieder tun, wenn mir danach ist und dies auch völlig unabhängig und unorganisiert (zur Information: In der IG haben sich rund 1.400 KSC-Fans organisiert, die gegen einen geringen Jahresbeitrag ermäßigte Dauerkarten und Reisen zu Auswärtsspielen erhalten, was im übrigen eine tolle Sache ist, von der ich (was Reisen angeht) beim UEFA-Cup auch schon profitieren durfte, denn auch Nichtmitglieder können mitfahren, zahlen aber ein bißchen mehr). Warum ich nicht Mitglied bin? Ich habe keine Ahnung, denn die IG ist wirklich eine feine Sache, Achim und Dirk sind dabei, ich nicht. Immer, wenn ich darüber nachdenke, ist die Saison schon angelaufen und dann ist es zu spät.

Das von mir mitgeschnittene Video mit meinem Bus-Auftritt im Fernsehen lieh ich wenig später Marco aus und mein Patenkind Luca ließ es sich nicht nehmen, das Band in einem unbeobachteten Moment heraus- und einer genauen Prüfung zu unterziehen, was das Tape leider nicht überlebte. Somit war die einzige Aufzeichnung meines ersten Fernsehauftritts futsch, aber der kleine Luca war er einzige, der das tun durfte, ohne daß ich ihm böse gewesen wäre. Schließlich soll er im Glauben aufwachsen und später auch mal im D-Block stehen, wahrscheinlich wußte er, was da auf dem Band war und wollte es sich nur genauer ansehen…

Es folgte die übliche Häme in Presse und TV, der als hohe Favorit auf den Wiederaufstieg gehandelte KSC befand sich nach drei Spielen mit drei Niederlagen auf dem letzten Platz und ich hatte noch nicht einmal schlechte Laune, zu unwirklich erschien mir diese Zeit, irgendwie habe ich wohl gedacht, daß das alles eigentlich nicht wahr ist und irgendwann jemand erscheint, der mich weckt und lächelnd sagt, das alles sei nie passiert, Icke wäre noch hier und am Wochenende würden wir zu den Bayern fahren. Leider tauchte dieser jemand aber nie auf, so daß wir es am Wochenende danach mit St. Pauli statt mit den Bayern zu tun bekamen und die Mannschaft plötzlich um ihr Leben rannte und spielte! Pauli hatte nie eine Chance und war mit dem 0:3 noch gut bedient und jeder dachte, daß es jetzt erst richtig losgehen würde, plötzlich sprach man überall wieder von dem KSC, den man erwartet hatte und der jetzt zur Aufholjagd blasen würde. Erwähnt werden muß die Tatsache, daß trotz der vorherigen Schlappe von Mainz und des katastrophalen Starts auch gegen Pauli über 16.000 Fans den Weg in den Wildpark fanden, graue Mäuse wie Duisburg oder Rostock haben das nicht mal in der Ersten Liga.

Die Aufholjagd sollte in Cottbus fortgesetzt werden und fand ein jähes und unfeines Ende, denn die Mannschaft präsentierte sich wieder als genau der gleiche unmotivierte Haufen wie in Mainz und kassierte bei unserem damaligen Pokal-Gegner (damals spielte Cottbus bei den Amateuren und wir in der Bundesliga, so schnell sieht man sich wieder…) eine ebenso verdiente wie peinliche 0:4-Packung, die uns wieder bis auf den vorletzten Platz zurückwarf. Aufgrund unserer heilsamen Erfahrung des Pokal-Halbfinals waren wir gar nicht erst nach Cottbus gefahren, was sich als völlig korrekt herausgestellt hatte. Nun war das Ende der Fahnenstange erreicht und Jörg Berger mußte gehen, eine Entscheidung, die völlig korrekt war, denn dieser hatte die Mannschaft zusammengestellt und mit Leuten wie Martin-Vazques (warum hatte eigentlich keiner bemerkt, daß dieser in den letzten drei Jahren nicht mal 20 Spiele gemacht hatte? Aber was will man bei einem Kauf nach Betrachtung eines Videos schon erwarten…), Zeyer (dem ich auf dem Platz ebenso viel Engagement gewünscht hätte wie in seiner Schimpftirade auf den KSC in der Presse nach der Vertragsauflösung), Stumpf (Spitzname "Büffel", ein großer schwerfälliger Stehgeiger aus Österreich) jede Menge Nieten aus dem Topf gezogen und mußte nun die Verantwortung dafür tragen. Der KSC mußte nun mit diesen Spielern leben und sehen, wie er da unten wieder herauskam.

Rainer Ulrich, der bisherige Co-Trainer, wurde neuer Chef und somit die billige Lösung (schließlich war auch Felix Magath im Gespräch, der bereits Bereitschaft signalisiert hatte) gewählt. Ulrich sortierte mit Martin-Vazques die größte Pfeife aus (was den KSC eine schöne Stange Abfindung kostete – so einfach wollte ich mein Geld auch mal verdienen wie dieser abgehalfterte Spanier) und holte mit Jozinovic (aus Split) und dem bärenstarken Mladinic (aus Zagreb) zwei Hilfen für die löchrige Abwehr, hielt an unserem verunsicherten Torwart Jentzsch fest (der sich mittlerweile zum erwarteten Rückhalt entwickelt hat, auch wenn er mit seinen 21 Jahren noch nicht ganz „fertig" ist) und holte die von Berger ausgemusterten Schepens und Zitelli wieder in die Mannschaft zurück. Auch wenn die Generalprobe mit dem 3:4-Pokalaus (nach 3:1-Führung...) zuhause gegen Wolfsburg (die noch nie vier Auswärtstore geschossen haben und sicher noch 100 Jahre warten müssen, bis es wieder passiert) noch daneben ging, so wurde Oberhausen im nächsten Heimspiel mit 3:1 bezwungen (dankenswerterweise erzielten die Rot-Weißen auch noch ein Eigentor) und wir fuhren voller Zuversicht nach Köln, wo mit der Fortuna die kleinere der beiden Kölner Mannschaften auf uns wartete, die aber recht weit oben in der Tabelle zu finden war.

Dieser Sonntag strahlte im Sonnenlicht, der Döner am Stadion war gut und die Kurve, in der sich die KSC-Fans (einige hundert) breitmachten, war gut gefüllt, was man vom „Stadion" nicht sagen konnte, ein besserer Sportplatz mit rund 7.000 Leuten und ohne erkenntlichen Fanblock des Gastgebers, na ja, Zweite Liga eben. Verblüffenderweise trieben sich jede Menge Fans des Stadtrivalen 1.FC Köln in deren Trikos herum, die (wie wir später erfuhren) alle freien Eintritt hatten, wenn sie nur mit dem FC-Trikot auflaufen würden. Die meisten davon wollten zu uns in die Kurve (eigentlich ein Witz, denn KSC und FC können sich normalerweise nicht ausstehen, das spielte aber an diesem Tag keine Rolle, Hauptsache gegen den Rivalen Fortuna und das war uns ja auch ganz recht), wurden aber nicht reingelassen und verteilten sich dann auf die andere Kurve. Das Spiel war ganz gut, wir standen ordentlich und wer sonst als unser Goalgetter Rainer Krieg erzielte in der 40. Minute unsere Führung, nachdem die Kölner Abwehr mitsamt Torwart in einen kurzzeitigen Tiefschlaf verfallen war (es gibt nichts Schöneres, wenn genau hinter dem Tor, hinter dem man steht, der Ball zu einem Treffer der eigenen Mannschaft einschlägt, wenn das Leder so richtig fett im Netz zappelt!). Kurz darauf mußte unser Verteidiger Jozinovic vom Platz (nach einer unnötigen Gelben Karte wegen Ball-wegschlagens folgte eine weitere wegen Foulspiels im Mittelfeld, kann man sich dümmer anstellen?) und wir durften die ganze zweite Halbzeit mit einem

Spieler weniger bestreiten. Zum Glück übertrafen sich die Kölner im Auslassen bester Chancen und die Bälle, die aufs Tor kamen, wurden alle von Jentzsch pariert, der wirklich überall war und die gegnerischen Stürmer zur Verzweiflung trieb, denn egal, wo der Ball auch hinkam, Jentzsch war schon da. Wir sehnten den Schlußpfiff herbei und dieses Mal fiel wirklich KEIN Treffer kurz vor Schluß, es fiel überhaupt keiner mehr und wir hatten drei weitere Punkte eingefahren und kletterten weiter die Tabelle hoch.

Die Düsseldorfer Fortuna ist eigentlich ein ganz gerne gesehener Gast im Wildpark, denn sie lieferte schon 1996 im Pokalhalbfinale ganz brav die Punkte (in diesem Fall den Einzug ins Finale) an uns ab und auch dieses Mal war es nicht anders, denn obwohl unser ehemaliger Amateur-Stürmer Tare unsere Führung mit einem Elfmeter ausglich, schlugen wir noch zweimal zu, gewannen 3:1 und verbuchten schon wieder drei Punkte. Bahnte sich da eine Serie an? Wir wollten das herausfinden (ja ja, man findet immer einen Grund, zu einem Auswärtsspiel zu fahren) und düsten an einem eiskalten Freitagabend nach Uerdingen, in eine der trostlosesten Arenen dieses Erdballs. Diese hatten wir schon kennengelernt, als die Krefelder noch in der Ersten Liga spielten, schon damals hatten wir uns amüsiert, daß man noch kurz vor Spielbeginn eintrudeln konnte und trotzdem noch einen Liegeplatz in der Kurve bekam, so wenig war los. Jetzt war es noch schlimmer, wir atmeten allertiefste Ruhrgebiets- und Zweitligaluft, ein Stadion mit einem Fassungsvermögen von 34.000 und 2.000 waren nur da, davon noch etwa 200 von uns, die mehr Lärm machten, als alle anderen zusammen. Es blieb uns aber auch gar nichts anderes übrig, sonst wären wir wohl festgefroren, der Atem gefror in der Luft, die Nasen wurden rot (von Glühwein und von Kälte), dafür hatte ich den besten Stadion-Döner ever (!) verzehrt, was die Fahrt wenigstens zu einem Teil rechtfertigte, schließlich muß man sich ja auch auf der kulinarischen Landkarte ein wenig auskennen. Der KSC begann stark, machte von Beginn an Druck und unsere Führung war nur eine Frage der Zeit und als es dann soweit war, kletterten wir sogar den Zaun hoch, um Bewegung und Körperwärme zu bekommen. Daß eine Halbzeit 45 Minuten dauert, hatte unseren Spielern an jenem Abend aber leider niemand gesagt und so wurde wie schon so oft in der Vergangenheit der Gang rausgenommen, die Uerdinger wurden stärker und unseren schien's egal zu sein. Als kurz vor dem Halbzeitpfiff der Ausgleich fiel, wurde mir dann so richtig warm, denn ich regte mich fürchterlich über die Lässigkeit gegen eine solche Gurkentruppe wie Uerdingen auf, so sehr, daß ich auch nach Beginn der zweiten Halbzeit noch Wärme verspürte. Coach Ulrich hatte sich wohl genauso aufgeregt, denn jetzt rannten sie wieder wie zu Beginn, machten Druck und zwei Tore. Danach fielen die Uerdinger auseinander, da ging nichts mehr und wir hatten erneut drei Punkte eingesammelt, zum vierten Mal hintereinander und so langsam tauchten wir am Horizont hinter den führenden Mannschaften in der Tabelle auf. Auf dem Rückweg sprach uns (wir waren zu dritt an jenem Abend) dann noch ein schwergewichtiger Fan an, ob wir noch einen Platz frei hätten, er müßte nach Karlsruhe und seine Leute seien schon mal ohne ihn losgefahren (!). Obwohl ich aufgrund seiner Körperfülle so meine Bedenken hatte, was die Straßenlage von Dirks Saxo anging, verlief die Heimfahrt anhand unseres Sieges so reibungslos (und mit entsprechenden Trinkpausen), wie sie das nach Auswärtssiegen immer tut und wir kamen wohlbehalten und durchgefroren am frühen Morgen wieder in Karlsruhe an. So stelle ich mir ein gelungenes Auswärtsspiel vor.

Die Schwaben kamen als nächstes an die Reihe – nachdem wir in unserer letzten Erstliga-Zuckung die verhaßten Roten vom VfB 4:2 niedergemacht hatten, bevor uns die feindliche Übermacht in Form von lustlosen Wolfsburgern, ob diesen Umstands glücklichen Gladbachern und übermotivierten Rostockern in die Zweite Liga geschickt hatte, standen nun die Blauen von den Kickers vor der Tür. Diese und ihr peinlich kleines Stadion in Degerloch hatten wir mal bei einem Pokalspiel besucht (wir gewannen 2:0, damals noch als Bundesligist) und dort die verzweifelten Versuche einer Fanfreundschaft kennengelernt: In dem Irrglauben „Die Blauen vom KSC hassen die Roten vom VfB, da mögen sie bestimmt die Blauen von den Kickers", wurden Freundschaftsschals Kickers/KSC angeboten und kein Mensch kaufte die Dinger, was die KSC-Seite anging und als uns einer der Verkäufer fragte, warum das so wäre, erklärte ich ihm kurz und bündig: „Ihr seid Schwaben, und es ist wurscht, ob ihr dies in Rot oder Blau seid!". Als dann der Stadionsprecher vor dem Spiel nochmal extra auf die neuen Freundschaftsschals hinwies, pfiff der gesamte KSC-Block und unzählige Mittelfinger streckten sich gen Himmel. Nun ja, das Erschrecken stand den lediglich um die 4.000 Zuschauer im Schnitt gewöhnten Kickers-Spielern ins Gesicht geschrieben, als sie in den Wildpark einliefen und von 25.000 Fans ausgepfiffen wurden, da rutschte dem einen oder anderen das Herz in die Hose. Sie hatten sich dann aber wohl dran gewöhnt und spielten sehr gut mit, die mit Abstand beste Mannschaft, die sich bis dato bei uns vorgestellt hatte und wir kamen eigentlich recht unverdient zum Führungstor (nicht, daß es mich gestört hätte) und die Schwaben rannten weiter an. So kassierten sie Treffer Nummer Zwei und Drei und sie ließen es einfach nicht sein, sie stürmten auf Teufel komm raus, es war nicht zu glauben. Erst nach unserem 4:0 sah man sie zusammenbrechen, sie machten sich gegenseitig Vorwürfe und verloren die Lust. Und wenn unsere Tormaschine erstmal läuft (selten genug...), dann (siehe Valencia) hält sie so leicht nichts mehr auf und da unser zweiter Stürmer Meißner noch in der Torschützenliste fehlte, erzielte er das 5:0 und kurz vor Schluß auch noch das 6:0. Vier Treffer gegen die Roten und Sechs gegen die Blauen, ich muß sagen, daß ich sehr zufrieden in die nächste Woche blickte, zumal wir jetzt wieder einigermaßen oben dran waren – das nächste Spiel bei Tennis Borussia Berlin sollte zeigen, wie weit wir waren.

Nach unserem Pokaltrip nach Berlin hatte ich genug von der Hauptstadt und mir geschworen, nur zu einem weiteren Pokalfinale mit KSC-Beteiligung wieder dorthin zu fahren (also wohl nie mehr) und so verfolgte ich per Videotext und TV die Bilder von einem Spiel, welches im Regen ertrank und unsere Mannschaft einen Rückfall in schlimmste Zeiten erleben ließ. Zur Halbzeit stand es 3:1 für TeBe und es war eine Schande, denn unter den etwa 6.000 Zuschauern (sehr viel für TeBe-Verhältnisse) hielt bestimmt die Hälfte dem KSC die Daumen, die von den blau-weißen Herthanern zur Unterstützung erschienenen Fans waren dafür verantwortlich, wie die eigentlich überall aufgehängten Hertha-Fahnen deutlich machten. Zur Halbzeit schienen es unsere Spieler auch bemerkt zu haben, daß es sich hier eigentlich gar nicht um ein richtiges Auswärtsspiel handelte und spielten plötzlich so, wie sie es besser von Anfang an getan hätten, denn außer dem 3:2–Anschlußtreffer tat sich nichts mehr und wir waren den Anschluß zur Spitze erstmal wieder los. Ich erlebte die zweite Halbzeit einmal mehr auf der Autobahn per Radio und schwitzte nach unserem zweiten Tor wie verrückt, weil ständig irgendwelche Ergebnisveränderungen aus der Zweiten Liga vermeldet wurden, nur von unserem Spiel nicht und meine Laune wurde schlechter, je später es wurde und als das Spiel dann zuende war (kann man so ein Endergebnis nicht durchsagen, wenn das Spiel beendet ist, muß man wirklich noch 15 Minuten warten, in denen ich immer noch hoffte, daß etwas passierte, daß sicher nachgespielt würde), war ich einmal mehr stinksauer. Dann aber sagte ich mir, daß dies nach fünf Siegen in Folge die erste Niederlage war und wir jetzt eben wieder fünfmal hintereinander gewinnen würden, besonders gegen Greuther Fürth, unseren nächsten Gegner, der mit uns oben stand.

„Mit uns oben" ist zugegebenermaßen sehr positiv gedacht, denn eigentlich waren die Fürther (mit denen ebenso wie mit Unterhaching kein Mensch vor der Saison gerechnet hatte, doch plötzlich tanzten sie den Favoriten Bielefeld und uns zusammen mit den Aufsteigern aus Ulm und Berlin auf der Nase herum) fünf Punkte vor uns und alles andere als ein Sieg war eine Niederlage. Das Spiel war eine Katastrophe, der Gegner viel besser als wir und unser polnischer Stürmer Gilewicz (sie wissen schon, von der VfB-Ersatzbank – wie kann man an einem Rivalen vorbeiziehen wollen, wenn man nur dessen Ausschuß kauft?) kam aufs Feld und ich ertappte mich einmal mehr bei dem Gedanken, daß dieser zwar in der Bundesliga nichts gebracht hatte, in der Zweiten Liga aber allemal so gut wie ein Stefan Meißner (ich halte ihn für eine Pfeife, basta!) gewesen wäre. Dieses Gefühl verstärkte sich noch, als er in der 82. Minute das völlig unverdiente Siegtor erzielte und den Spielverlauf auf den Kopf stellte – was war das für ein befreiender Jubel, endlich mal gegen einen

Club gepunktet, der vor uns stand! Zudem muß man auch Spiele gewinnen, in denen der Gegner der Bessere ist, auch das macht eine Spitzenmannschaft aus. Und zudem war mir das völlig egal.

Wir waren wieder dran und erinnerten uns an die Fahrt an einem eiskalten Freitag abend nach Uerdingen, die wir mit einem 3:1-Sieg feiern konnten und so fuhren wir am Freitag abend nach dem Fürth-Spiel auch noch nach Wattenscheid. Manchmal gibt es solche Momente, wo einem ein kilometerbreiter Zaunpfahl zuwinkt, um dich auf etwas aufmerksam zu machen, so wie an diesem Abend: In unserem Fall war dieser Zaunpfahl ein Schild mit der Ausfahrt „Bochum-Ruhrstadion", die Ausfahrt, die wir jahrelang immer genommen hatten, wenn wir nach Bochum und zum VfL ins Ruhrstadion gefahren waren. Jetzt aber fuhren wir nicht mehr zu einem Bundesligaspiel und zu etwa 20.000 Fans, die uns dort immer erwarteten, sondern nach Wattenscheid, eine oder zwei Ausfahrten weiter, ins Lohrheidestadion, das genau SO aussieht, wie es heißt, ein Sportplatz, ruhig und traurig und frustrierend, man fährt vier Stunden, um an einem Stadion rauszukommen, das ebenso das des meiner Wohnung gegenüberliegenden Postsportvereins oder des FC Südstern sein konnte. Und so wie Wattenscheid eben nur ein Vorort von

Kiki, unser russischer Wirbelwind. Keiner wollte ihn mehr und jetzt wären wir froh, er wäre noch da...

Foto: GES-Sportfoto

Bochum ist, das Lohrheidestadion ein Witz im Vergleich zum Ruhrstadion und wir eine andere als die gewohnte Ausfahrt nehmen mußten, so waren auch keine 20.000, sondern nur 2.000 Zuschauer da und sorgten für bedrückende Stille in der eisigen Kälte. Oder soll ich wirklich erzählen, daß sich doch tatsächlich ein „Mob" von vier oder fünf Leuten unter dem Dach der Haupttribüne „zusammengerottet" hatte und ein bengalisches Feuer entzündete? Wir konnten wenigstens noch über diesen peinlichen Versuch Wattenscheider Fans lachen, die Stimmung machen wollten, es aber nicht konnten, weil schlicht keiner mitmachte (es war ja auch kaum jemand da...), ansonsten hätten wir wohl eine Krise bekommen; der Stadionsprecher dagegen tat so, als ob er 70.000 Leute anheizen wollte, er brüllte und tobte und verkündete mit hysterischer Stimme, daß die Punkte in Wattenscheid bleiben würden und ich wartete wieder mal voller Sehnsucht auf denjenigen, der mir endlich verkündete, daß der Alptraum nun vorüber sei und ich aufwachen könne.

Daran dachte ich noch öfter, denn die erste Halbzeit war eine Katastrophe, ein miserables Gekicke, bei dem man nie und nimmer erkennen konnte, wer am Ende der Tabelle stand (Wattenscheid) und wer den Anschluß nach oben halten wollte (wir). Zur Halbzeit mußten wir uns nur anschauen, um in den Gesichtern der jeweils anderen die unhörbar gestellte Frage „Was zum Teufel machen wir eigentlich hier?" lesen zu können, eine Frage, die wir uns schon so oft gestellt hatten, dies allerdings unter Erstliga-Bedingungen... Und so standen wir im Freien in der Kurve neben der Haupttribüne, wo sich die fünf Wattenscheider Fans schon lange ob der grausigen Darbietung der beiden Mannschaften wieder hingesetzt hatten und lauschten den Zwiegesprächen eines Sammelsuriums an Fans, die sich in unserem Block eingefunden hatten: Da waren welche aus Schalke, einer vom VfL Bochum, zwei aus Düsseldorf, einer aus Braunschweig, nicht zu glauben, aber wahr. Als wir so dastanden und von besseren Zeiten träumten, durchschnitt ein Pfiff die Trostlosigkeit und es gab Elfmeter für Wattenscheid. Für Wattenscheid... es war nicht zu fassen, aber es stimmte und als sich deren Schütze den Ball am gegenüberliegenden Tor zurechtlegte, überlegte ich durch meine Wut hindurch noch, ob ich mich vielleicht wieder vor den Bus setzen sollte, als Jentzsch den Ball hielt (oder ging er vorbei? Ich weiß es nicht mehr genau, ist aber auch egal, Hauptsache verschossen, oder?) und wir uns hämisch freuten und dachten, daß unsere Spieler jetzt sicher wachgerüttelt worden wären. Dem war wirklich so und als Andreas Zeyer frei vor dem Wattenscheider Tor stand und den Ball nicht richtig traf, rauften wir uns schon die Haare, doch es kam noch schlimmer: Unser Stürmer Meißner brachte das Kunststück fertig, zwei absolut 1.000-prozentige Torchancen auszulassen: Beide Male stand er etwa fünf Meter vor dem Tor, beim ersten Mal schoß er den Ball in den Bochumer Nachthimmel und (noch schlimmer) beim zweiten Versuch war nach einem schönen Querpaß unseres Torjägers Krieg sogar das Tor leer, er hätte nur noch einschieben müssen, stattdessen schoß er den zurückeilenden Torwart an und Dirk bekam einen Tobsuchtsanfall, wie ich ihn selten bei ihm erlebt habe: Er sprang einige Stufen hinunter, seine Halsschlagader war dick hervorgetreten und er beschimpfte unseren Stürmer Meißner aus tiefstem Herzen mit allem, was ihm einfiel (und was man an dieser Stelle nicht abdrucken kann). Das Spiel endete 0:0, wir waren stocksauer, denn wir hatten drei riesige Torchancen gegen eine Mannschaft aus dem Tabellenkeller versiebt und noch 400 km Autobahn vor uns. Ich frage mich, ob das den Spielern überhaupt bewußt ist, die da frei vor dem Kasten stehen und versagen. Klar, sie tun das nicht absichtlich, aber an diesem Abend hätte ich Meißner schon nach der ersten versiebten Großchance rausgenommen, dann wäre beim zweiten Mal vielleicht Gilewicz oder irgendein anderer dagestanden und hätte getroffen. Aber alles Jammern half nichts, wir hatten nur einen Punkt statt drei und fielen so langsam wieder ein wenig ins Mittelfeld zurück.

Daher mußten wir das Heimspiel gegen den Vorletzten aus Gütersloh (also wieder ein Team von ganz unten) gewinnen, denn danach wartete mit Bielefeld die beste und teuerste Mannschaft der Liga auf uns, die zudem noch vor uns in der Tabelle stand. Gütersloh reiste mit der Referenz an, noch kein Spiel auf fremdem Platz gewonnen und auch sonst auswärts noch nichts bewegt zu haben, eigentlich eine klare Sache. So dachten die Fans (die haben das Recht dazu) und so dachte auch unsere Mannschaft (die haben dieses erst, wenn sie klar führen), mit dem Ergebnis, daß nichts lief und eine biedere Gütersloher Mannschaft in Führung ging. Ich regte mich gar nicht großartig auf, denn das war immer noch umzubiegen und ich hatte wirklich grenzenloses Vertrauen in unsere Spieler, die sich aber immer noch nicht sonderlich bemühten und prompt auch noch das 0:2 kassierten. Jetzt war ich sauer und die meisten der anderen Fans auch, verdammt, wir spielten hier zuhause gegen den Vorletzten der Zweiten Liga, der noch kein Spiel auswärts gewonnen hatte, in dem Stadion, in dem wir Valencia, Rom, Bordeaux, Eindhoven und wie sie alle hießen zum Teufel (und aus dem UEFA-Cup) gejagt hatten und jetzt lagen wir 0:2 gegen Gütersloh hinten, konnte das wahr sein? Es stimmte und zur zweiten Halbzeit erlebten wir dann wieder den anderen, den besseren KSC (warum immer erst, wenn es Gegentore gibt?), der kämpfte und rackerte und das Anschlußtor erzielte. Jetzt waren wir alle wieder da und sangen und brüllten die Spieler nach vorne, der Ausgleich mußte her und er fiel auch! So laufen Spiele mit Happy-End, dachte ich, aus 0:2 noch ein 3:2 gemacht, doch der Blick zur Uhr verhieß das Ende des Spiels und es stand eben nur 2:2 und das war eigentlich zu wenig. Immer noch mehr allerdings als das, was schließlich übrigbleiben sollte, denn als wir uns in der letzten Minute befanden, segelte ein

Hurra, hurra, die Badener sind da – während alle noch einzeln durch's Portal müssen, hängen wenigstens schon die Fahnen; seelige UEFA-Cup-Zeiten in Porto 1993

Foto: Privat

Ball in unseren Strafraum, ein Gütersloher Stürmer drehte sich und schoß und traf mich und viele tausend andere mitten ins Herz und ins Gehirn, das sich ob dieses Grauens abschaltete und meinen Frustgefühlen freien Lauf ließ. Das Spiel war kurz darauf zu Ende, 2:3 zuhause gegen Gütersloh verloren, deren Trainer dann nach dem Spiel noch was von seiner starken Mannschaft faselte (die danach kein Spiel mehr gewann, eben diesen Trainer dann entließ und sich immer noch auf einem Abstiegsplatz befindet) und mich in eine stinksauere Woche entließ. Das Spiel in Bielefeld wartete und wir hatten ausgerechnet jetzt ein Heimspiel vergeigt – sollten wir dort auch verlieren, wären wir neun Punkte hinter diesen zurück. Schöne Aussichten. In meiner Wut setzte ich die Woche darauf bei Intertops 50,- DM auf einen Bielefelder Sieg, weil ich dann wenigstens noch an unserer Armseligkeit verdienen konnte.

Dank DSF konnten wir nicht nach Bielefeld fahren, weil das Spiel Montags live im Fernsehen gezeigt wurde; so versammelten wir uns also vor der Mattscheibe und erinnerten uns an das einzige Mal, als wir auf der Bielefelder Alm gewesen waren: Damals ('96/97) spielten beide Clubs noch in der Bundesliga und wir gewannen durch einen Treffer von Ebse Carl in der Nachspielzeit 2:1, als er eigentlich (und mit dem Rücken zum Tor stehend) nur den Ball vor selbiges schlagen wollte, dabei aber einen Rückzieher fabrizierte, der über den Torwart flog und genau im Tor landete. Wir saßen auf der anderen Seite und sprangen auf, brüllten und freuten uns wie die Gestörten und als wir da so tanzten (die anderen mitgereisten KSC-Fans befanden sich ein wenig weiter links drüben), drehte ich mich mit jubelnd nach oben gereckten Fäusten um und sah nach oben zu den Fans, die über uns saßen. Irgendwie hatte ich mit jeder Menge brüllender und jubelnder KSC-Fans gerechnet, doch als ich mich umgedreht hatte und so mit erhobenen Fäusten losbrüllte, da saßen nur hunderte von Bielefeldern auf ihren Sitzen und starrten mich an, keiner jubelte, alle saßen nur still da und waren frustriert. Ich erinnerte mich daran, wie wir im trügerischen Wissen, daß hinter uns noch jede Menge anderer KSC-Fans sitzen würden, bei jedem Foul an einem unserer Spieler aufgesprungen waren (schließlich sind wir Stehplätze gewohnt) und geflucht und gebrüllt hatten und das mit ein paar hundert Bielefelder Zuschauern im Rücken! Drei gegen ein paar Hundert, ein wirklich vorteilhaftes Zahlenverhältnis, um dicke Backen zu machen. Uns traf schier der Schlag beim Jubeln, wir wurden ein wenig leiser und als das Spiel kurz darauf beendet war, machten wir, daß wir wegkamen. Wir hatte zu allem Unglück auch noch auf der anderen Seite weit weg vom Stadion geparkt, kein Mensch lief unseren Weg, alle kamen uns entgegen und schauten grimmig und enttäuscht und wir versteckten rasch unsere Schals unter den Jacken (so konnte man auch unsere KSC-Trikots nicht sehen) und taten unser Bestes, ebenso grimmig und enttäuscht auszusehen, obwohl wir am liebsten losgebrüllt und uns gefreut hätten. Als wir dann endlich die größten Massen passiert hatten, ist unser die ganze Zeit angehaltener Jubel schier explodiert und wir hatten am Parkplatz dann noch ein nettes Gespräch mit zwei Bielefelder Fans, die uns auch noch zum Sieg gratulierten (finde ich toll, ich könnte das nicht...) und uns versicherten, daß wir ruhig hätten jubeln können, da keiner was gegen den KSC hätte. Das mag wohl sein, aber wir versetzen uns immer in die umgekehrte Lage, denn wenn wir ein Spiel mit dem Schlußpfiff verlieren, sind wir so sauer, daß wir zwar keinen Ärger machen, aber auch ganz bestimmt keine jubelnden Fans des Gegners direkt vor unserer Nase sehen wollen, daher hatten wir uns beim Verlassen des Stadions auch so ruhig wie möglich verhalten, denn merke: Jeder kann selbst was dazu beitragen, daß es auswärts keinen Ärger gibt.

Wie dem auch sei, wir saßen also vor dem Fernseher und sahen ein Spiel, in welchem der KSC eine gute Figur machte, hätten sie so auch in Wattenscheid und gegen Gütersloh gespielt, hätten wir einige Punkte mehr auf dem Konto. Na ja, zur Halbzeit stand's 0:0 und wir waren ganz zufrieden, auch wenn die Bielefelder sechs Punkte vor uns lagen und wir eigentlich gewinnen mußten, um wieder an die Spitze heranzukommen. So sah das auch unser Neuzugang Danny Schwarz, der in der 50. Minute eine Kopfball-Bogenlampe aufs Tor beförderte, der gegnerische Torwart rutschte auf dem seifigen und nassen Untergrund weg und der Ball schlug genau in der Ecke ein. 0:1, wir führten und Dirk, Achim und ich brüllten, daß sicher die ganze Straße mithören konnte, aber in solch glorreichen Momenten denkt man nicht an solch nichtige Dinge, da hat man Siege und Punkte im Kopf! Müßig eigentlich zu erwähnen, daß wir im weiteren Verlauf auch noch das zweite Tor hätten machen müssen, uns dabei aber wieder mal dermaßen dämlich anstellten, daß ich bei einer Chance von Meißner (wer auch sonst) meine Jacke nahm und durch die geöffnete Tür aus dem Zimmer warf, während Dirk seinen Lieblingsspieler in Wattenscheider Topform wieder alles mögliche hieß. Es war spannend, die Bielefelder drückten und wir konterten und der Schiedsrichter hatte dermaßen Gefallen daran, daß er vier Minuten nachspielen ließ, bevor wir endlich den bis dato vielleicht wichtigsten Sieg der Saison feiern konnten – jeder Sieg ist wichtig, aber das hier war ein sogenannter Big Point: Wenn wir verloren hätten, wären wir neun Punkte hinter der Arminia gelegen, so waren es nur noch drei und somit nur noch ein einziges Spiel! An dieser Stelle sei erwähnt, daß das Spiel von 8.000 Zuschauern verfolgt wurde – wir haben im Schnitt das Doppelte und wenn die Bielefelder zu uns kommen und wir vorne mit dabei sind, werden es 30.000 sein, das nur zum Thema Fantreue. Meine bei Intertops gewetteten 50,- DM war ich damit zwar los, aber das war mir egal – wenn ich immer 50,- DM auf den Gegner setzen könnte, damit wir gewinnen, würde ich das tun.

Wir waren wieder dran, nur hatten wir jetzt leider noch ein Auswärtsspiel, noch dazu beim dritten Absteiger neben uns und Bielefeld, dem 1.FC Köln. Die Kölner hatten bis dato eine miserable Saison gespielt und lagen nur im Mittelfeld der Tabelle, also eine Mannschaft, die ein wenig in der Krise steckte und solchen Teams haben wir schon immer gerne geholfen... Daran dachten wir logischerweise nicht, als wir, noch immer euphorisiert vom Bielefeld-Spiel, nach Köln fuhren. Dieses Spiel wurde auch Montags ausgetragen und im Fernsehen gezeigt (Montagsspiele gehören verboten), doch dieses Mal hatten wir uns freigenommen (ist auch rund 200 km kürzer als nach Bielefeld) und fuhren nach Müngersdorf, wie jedes Jahr, wenn der KSC dort gastierte. Fanmäßig ist das ein heißes Pflaster, jede Menge aggressiver Idioten, insbesondere die, die rechts über dem Gästeblock sitzen/stehen, Hooligans, denen das Spiel egal ist und die nur provozieren wollen. Zu hart geurteilt? Nun, als der KSC vor vielen Jahren einmal sensationell 5:0 in Köln gewann, waren es statt der später üblichen zwei- oder dreitausend KSC-Fans vielleicht 300, die mitgefahren waren und vor unserem Block versammelten sich Kölner Krawallmacher, die mit den Füßen unten gegen die Blechverkleidungen traten und Randale machen wollten. Nach Spielende löste die Polizei die „Versammlung" auf und geleitete die KSC-Fans nach draußen. Ein anderes Mal standen wir vor unserem Block (und vor dem Spiel) am Bierstand und bestellten etwas, als ein etwa 10jähriger Kölner meinte, wir sollten unsere Schnauzen halten. Ich glaubte, mich verhört zu haben, doch er provozierte weiter und verschwand erst, als ich ihn fragte, ob er sich des Größen-und Gewichtsvergleichs zwischen uns beiden bewußt wäre (der Verfasser dieser

Zeilen bringt es auf 76 kg bei 1,80m Größe und war aufgrund bürobedingter Rückenprobleme dazu verdammt, mit Hanteln entsprechend stützende Rückenmuskulatur aufzubauen, was mittlerweile für recht breite Schultern gesorgt hat) und was eine Kollision mit mir für ihn bedeuten würde. Tut mir leid, aber alles, was ich bisher von Kölner Fans erlebt habe, sind Pöbeleien, Provokationen und Ärger (Achim wurde auch einmal sein Schal gestohlen, der Dieb riß den blauen Sheffield-Wednesday-Schal herunter und verschwand rennend in der Menge), so daß ich diesen Typen die schlechte Zweitliga-Saison von Herzen gönne, wenn ich so drüber nachdenke. Aber wahrscheinlich ist das diesen Leuten eh egal, die gehen nur ins Stadion, um Randale zu machen...

Es war wieder einmal bitterkalt an diesem Abend und der KSC zeigte wieder einmal sein erbärmliches Verlierer-Gesicht: Die Spieler liefen herum wie Falschgeld, keiner gab sich richtig Mühe, sie grätschten immer einen Schritt zu spät und sie kamen auch des öfteren zu spät, wenn sich die Kölner vor unserem Tor einfanden, um uns einen Treffer einzuschenken. Viermal, um genau zu sein, schlug es ein und am Ende stand es 1:4 und wir fragten uns wieder mal, was wir hier eigentlich taten (siehe Wattenscheid-Spiel)? Wir hätten uns im Warmen vor den Fernseher setzen und essen und trinken und uns dort viel billiger und weniger zeitintensiv ärgern können, stattdessen träumten wir nach dem Sieg in Bielefeld von vor einer Woche von weiteren drei Punkten gegen eine eigentlich schwache Kölner Mannschaft und wurden unsanft aus diesem Traum geweckt. Ich war wieder mal so richtig bedient und machte mir die Gegebenheiten des Müngersdorfer Stadions zu Nutze, um meinen Ärger loszuwerden: In Köln kommen die Spieler nicht aus einem Gang der Haupttribüne (also in der Mitte des Spielfelds) auf den Rasen, sondern aus der Kurve, in welcher die Gästefans stehen. Dies bedeutet, daß sie auch wieder da hineingehen und somit genau auf uns zulaufen müssen. Wir gingen zu dritt nach ganz unten, wo es keine Zäune, aber dafür einen Betonwall gibt, der das Stadioninnere wie eine Mulde von den Zuschauerrängen trennt. Wir standen da und klatschten höhnisch Beifall für die Spieler, für die wir Montag abends bis nach Köln gefahren waren und die wir unterstützen wollten und die sich mit einem 1:4 und einer katastrophalen Leistung dafür bedankt hatten. Die Spieler gingen mit gesenkten Köpfen an uns vorbei, Burkhard Reich winkte kurz und ganz am Ende kam Danny Schwarz und er kam genau auf uns zu. Er stützte sich mit den Ellenbogen auf seinen Teil des Betonwalls und ich mich auf meinen und ich fragte ihn, was das denn hatte sein sollen? Er schüttelte den Kopf und meinte, er hätte keine Ahnung, es wäre eine Katastrophe gewesen. Ich fragte ihn, warum denn die gleichen Spieler, die noch vor einer Woche in Bielefeld gewonnen hatten, innerhalb dieser kurzen Zeit das Fußballspielen verlernt hätten und er meinte, er wüßte es nicht, sie hätten es versucht und es wäre nichts gegangen. Er entschuldigte sich noch, meinte, er würde sich beschissen fühlen und trottete von dannen. Jetzt war unsere Laune zwar nicht besser, aber immerhin hatten wir einen ehrlichen Spieler gesehen, dem seine Leistung selbst peinlich gewesen war und der dafür vor uns einstand, anstatt uns einfach links liegen zu lassen. Sie sehen, wir freuen uns schon über Kleinigkeiten.

Um den Abend perfekt zu machen, fuhr Dirks Arbeitskollege, den wir dort getroffen hatten und der mit einem Kumpel dagewesen war, nachdem er aus dem Parkhaus beim Stadion gefahren war und vor Frust beschleunigte, auch noch in einen Blitz... An manchen Tagen geht eben alles schief, ich war schon froh, daß uns nichts dergleichen passiert ist. Und als wir während der Heimfahrt so über das Spiel nachdachten, kam uns allen ein Gedanke, den wir schon so oft hatten: War das nicht alles wieder so typisch für den KSC? Zuhause verloren gegen den Vorletzten Gütersloh, eine Woche später ein Auswärtssieg bei der einzigen Mannschaft, die vor der Saison noch höher eingestuft worden war als wir selbst und dann wiederum eine Woche später eine 1:4-Klatsche gegen ein Team, das sich in einer dicken Krise befand. Aber mir war schon lange bewußt, auf was ich mich eingelassen hatten, als ich nämlich zum ersten Mal ins Stadion gegangen war und die Älteren genau DAVON erzählen hörte – es ist nämlich völlig egal, wer nun gerade für uns spielt, ob wir gut oder schlecht dastehen, ob wir uns in den '70er oder '90er Jahren befinden, ob wir in der Bundesliga oder der Zweiten Liga spielen, dieses Phänomen gab es schon immer und wir haben es als geschichtsgegebene Tatsache akzeptiert.

Wie immer war ich zum Heimspiel gegen Unterhaching viel zu früh da und konnte mich auf unserem Stammplatz breitmachen, als es ganz hundserbärmlich zu schneien begann, so stark, daß man teilweise nicht mehr aufs Spielfeld sehen konnte und ich mir, nachdem die Flocken aufgrund des viel zu hohen Dachs der Gegentribüne auch uns bedeckten, sogar wünschte, sie würden das Spiel absagen. Binnen kürzester Zeit war der Rasen weiß, meine Freunde trudelten schneebedeckt ein und das Spiel fand doch statt; na ja, von Spiel konnte man bei diesen Bodenverhältnissen kaum sprechen, aber das war mir ziemlich egal, denn Unterhaching lag vor uns in der Tabelle und wir mußten (wie schon gegen Fürth) zusehen, daß wir drei Punkte gutmachen konnten. Einer torlosen ersten Halbzeit folgte kurz nach Wiederbeginn ein eigentlich harmloser Schuß unseres schwerfälligen Neuzugangs für Abwehr und Mittelfeld, Michael Molata, dessen Richtung der Hachinger Libero äußerst gewinnbringend für uns veränderte, so daß der Ball im Tor einschlug und wir uns mit diesem Schneesieg wieder ein wenig an die Tabellenspitze heranpirschen konnten, zumal wir noch ein weiteres Heimspiel gegen Hannover anstehen hatten, zugleich das erste Spiel der Rückrunde. Der KSC war sich seiner Chance durchaus bewußt, rannte, kämpfte und spielte wunderbar, machte ein richtig gutes Heimspiel gegen staunend zuschauende Hannoveraner, deren Torwart Sievers (uralt, aber gut) alles zunichte machte, was uns schon den Torschrei auf die Lippen getrieben hatte. „Wenn es eine Gerechtigkeit gibt, dann gewinnen wir dieses Spiel", so haben sicher schon viele während eines Spiels ihrer Mannschaft gedacht, die die klar bessere war und einfach nicht traf und an diesem Tag schaute die Gerechtigkeit im Wildpark zu und lächelte in Blau und Weiß, als der Schiedsrichter in der letzten Spielminute einen Elfmeter für uns gab! Rainer Krieg, der nach furiosem Saisonstart mittlerweile Ladehemmung bekommen hatte (dafür hatten dann zum Glück andere getroffen), legte sich den Ball zurecht und der Elfmeter spielte sich zwar in normaler Geschwindigkeit, aber dennoch irgendwie in Zeitlupe und in für mich völliger Stille ab: Der Schuß zielte ins vom Schützen aus gesehene linke untere Eck, der Ball flog darauf zu und der Torwart auch! In solchen Millisekunden bleibt die Welt einen Moment stehen, ebenso wie mein Herz, das dann einen oder zwei Schläge aussetzt, weil es auch zuschauen möchte, der Torwart lag in der Ecke, der Ball auch und er rutschte ihm über die Fäuste ins Tor und wir hatten gewonnen! Mein Herzschlag setzte rasend schnell wieder ein und wenig später versank alles in Jubel und lautem Inferno übereinanderfallender Körper... 1:0, wieder drei Punkte geholt und auf Platz Sechs nur noch ebensoviele Punkte hinter Tabellenführer Ulm. Und wo fand das letzte Spiel vor Weihnachten statt? Beim Tabellenführer Ulm! Es war High Noon.

Natürlich war auch dies wieder ein Spiel (Aufsteiger und Sensations-Tabellenführer gegen Bundesliga-Absteiger und im Aufwind befindlichen Favoriten, zudem ein Derby Schwaben gegen Baden), welches Montags im Fernsehen gezeigt wurde und Dirk aufgrund vorweihnachtlichem Arbeitstrubel in Karlsruhe hielt, während Achim und ich am späten Nachmittag gen Ulm fuhren. Etwas zu schnell fuhr ich am Eichelberg nach einer Trinkpause (Bier für Achim, keines für mich) aus dem Rasthof heraus, beschleunigte mit meiner kleinen Rakete (ein Peugeot 106, allerdings in der Waffenschein-Version als S16 mit 118 PS und dem wie erwähnten „Rauf geht's"-Blau) auf 140, sah das Schild für Tempo 100, ging vom Gas, wurde langsamer und als ich bei etwa 120 angekommen war, erhellte einer dieser verdammten Blitze das Wageninnere und wir sahen uns nur an und ich meinte, daß dies hoffentlich kein Omen für das Spiel sein würde... Kalt war's, wie drei Tage vor Weihnachten auch nicht anders zu erwarten und wir standen schräg hinter dem Tor mit sicherlich 2.000 anderen KSC-Fans, neben uns der Fanclub Baden-Sauerland (!), die wir zum ersten Mal in Leverkusen beim 1:6 getroffen hatten und deren Mitglieder teilweise aus Lüdenscheid kommen (wenn ich mich richtig erinnere). Zuvor hatten wir ein beheiztes Zelt gestürmt, weil wir was zu Essen brauchten und festgestellt, daß sich nur KSC-Fans darin aufhielten; dies bemerkten auch immer wieder Ulmer Fans, die reingehen wollten, in die Runde schauten und sich gleich wieder verzogen, so war das auch in Ordnung. Als das Spiel lief, war die Stimmung gut bei uns, denn der KSC spielte gut mit, die Ulmer allerdings auch, hier und da gab es die Derby-üblichen Regelverstöße sowie passenden Hohngesänge gegen Schwaben (die ich zu gerne hier abgedruckt hätte) und als unser Franzose Zitelli einen Gegenspieler ausgetanzt und den Ball an die Unterkante der Latte gedonnert hatte, waren wir zum ersten Mal beim Jubeln, nur leider sprang das Leder auf die Linie und nicht etwa dahinter, so daß wir uns den Torjubel für wenig später aufheben mußten, als unser Kapitän Guido Buchwald eine Flanke mit einem grandiosen Kopfball verwertete und der Ball genau in dem Tor zappelte, hinter dem wir standen. Wir brüllten wie die Verrückten, zogen und zerrten aneinander, wie immer eben, wenn einem die Welt zu Füßen liegt und das war genau jetzt der Fall. Leider hielt der Zaun unseren Jubel nicht aus, denn er wurde von einigen hitzigen KSC-Fans eingerissen, die sich eigentlich dranhängen bzw. hinaufklettern wollten und flugs zog Polizei auf, die sich neben die Ordner eines privaten Sicherheitsdienstes stellten und während der zweiten Halbzeit versuchten, in den Block zu gelangen. Dies wurde aus deren Sicht notwendig, als Fährmann in der 53. Minute das 2:0 für uns erzielte und wir wirklich alle ausflippten, es war auch wirklich zu gut. Die Sicherheitskräfte wollten also zu uns hinein und wurden mit Schlägen und Wurfgeschossen von den Untenstehenden wieder hinausgetrieben, woraufhin sie recht ratlos in unseren Block schauten und man konnte ihnen ansehen, daß sie im Jahr zuvor noch in der Amateurliga gespielt hatten und es schon eine ganz andere Sache ist, ob da fünf Leute aus Ditzingen oder sechs aus Wattenscheid oder Uerdigen stehen oder 2.000 aus Karlsruhe, die aus der Bundesliga oder dem UEFA-Cup eben ganz andere Größenordnungen gewöhnt sind. Klar, dies war nicht die feine Karlsruher Art, auch nicht das Werfen von Wunderkerzen, die die Polizisten zu grotesk aussehenden Stepptänzen zwangen, um den Dingern auszuweichen, aber die Stimmung war extrem aufgeheizt, wir spürten das selbst, denn in Sachen Wortwahl unterschieden wir uns nicht von allen anderen (geworfen haben wir aber nichts), es ging hier um wahnsinnig viel, es ging gegen Schwaben, das Fernsehen war live dabei, all das führte zu emotionalen Explosionen bei uns allen, insbesondere als Buchwald in der 70. Minute auch noch das 3:0 für uns erzielte. Wohlgemerkt, hier spielten wir beim Tabellenführer, der erst ein Spiel der bis dato 18 verloren hatte und zuhause noch ungeschlagen war (auch wenn da der eine oder andere Schiedsrichter tatkräftig mitgeholfen hatte, so gegen Cottbus oder TeBe), aber es galt, eine Rechnung zu begleichen, denn auch im ersten Spiel bei uns waren die Ulmer klar bevorzugt worden, ich erinnere an ein klares, nicht gegebenes Tor für uns, einen klaren Elfmeter, den wir nicht und einen weniger klaren, den die Ulmer in der letzten Minute bekamen und so das Spiel noch gewannen. Und als wir so in Gedanken schwelgten, sangen und brüllten, fiel in der 73. Minute der 1:3-Anschlußtreffer für Ulm und siehe da, plötzlich bemerkte man auch, daß sich noch 14.000 Ulmer im Stadion befanden, denn jetzt wurde es lauter. Lauter und hektischer, denn leider sah unser bester Verteidiger Mladinic nach einem recht dummen Foul die gelb-rote Karte und wir konnten die letzten 15 Minuten mit einem Mann weniger zu Ende spielen. Der Schiedsrichter erinnerte sich zudem an die Tradition, Ulm bei Heimspielen zu helfen und gab völlig unverständlich einen Freistoß fünf Meter vor unserem Tor, was dazu führte, daß viele bei uns einen Tobsuchtsanfall bekamen und mit allem warfen, was sich finden ließ, der Zaun wurde noch weiter eingerissen und im Fernsehen wurde (wie ich beim Abspielen des auf Video aufgenommenen Spiels am nächsten Tag feststellen konnte) unser Block eingeblendet und die Moderatoren meinten *„Im KSC-Block geht jetzt der Punk ab"* und waren froh, daß sie weit weg von uns auf der Haupttribüne sitzen konnten. Ich war auch stocksauer, denn so ein Freistoß aus ganz kurzer Entfernung wurde uns letzte Saison schon einmal zum Verhängnis, als wir zuhause gegen Kaiserslautern auch so ein Ding gepfiffen bekamen und der Ball aus kürzester Distanz hoch bei uns im Tor einschlug, das 0:1 bedeutete und das Spiel in eine Richtung kippte, die wir nicht mehr korrigieren konnten. Jetzt führten wir 3:1, aber ein 3:2 würde uns wieder zum Zittern bringen, wir hatten einen Mann weniger auf dem Platz, es war zum Heulen. Alle unsere Spieler versammelten sich auf der Torlinie und warteten auf den Schuß und ich konzentrierte all meinen Frust und meine Wut auf den Ulmer Schützen, verfluchte ihn und den DFB und den Schiedsrichter, und die Gerechtigkeit sah von oben herab, zog sich ihren blau-weißen Schal fester um den Hals und lächelte uns zu. Der Schuß ging in die Mauer, es blieb beim 3:1. Und weil sie gerade dabei war, gönnte uns die Gerechtigkeit einen Ausgleich für all die Aufregungen der vergangenen Minuten mit dem Platzverweis und dem lächerlichen Freistoß kurz vor dem Tor, denn Fährmann schloß einen Konter mit dem 4:1 für uns ab und auch ein Ulmer Spieler durfte das Feld nach einem Foul vorzeitig verlassen, so daß jetzt quantitativ wieder Gleichstand herrschte. Qualitativ war bei 4:1 klar, wo der Hammer hing, aber wir hatten noch immer nicht genug und die Ulmer auch nicht, denn sie griffen weiter an und kassierten in der letzten Minute noch einen herrlichen Konter und es stand 5:1! 5:1 auswärts beim Tabellenführer, das war ein Weihnachtsgeschenk, wie es schöner nicht sein konnte und auch meine 118 Pferde freuten sich, denn als wir vom mittlerweile schneebedeckten Parkplatz fahren wollten, vollführten sie einen grandiosen Wheelie und wir drifteten mit durchdrehenden Rädern und tiefen, hinterlassenen Spuren im Schnee wie ein kleiner Schneepflug an erschrockenen Schwaben vorbei Richtung Baden!

Wir hatten einen Lauf gehabt, nur leider war jetzt Winterpause – der Blick auf die Tabelle allerdings ließ jetzt auch die letzten Zweifler aufhorchen: Ulm blieb Erster mit 37 Punkten, Fürth folgte mit ebenfalls 37, danach Unterhaching und Bielefeld mit 36 und dann kamen wir mit 34 vor TeBe mit 33 und einem Spiel weniger. Dies ist die Spitzengruppe, aus der die ersten drei Mannschaften aufsteigen und man kann sich leicht ausrechnen, wie diese ausgesehen hätte, wenn wir in Ulm nicht gewonnen hätten. Ein weiterer Pluspunkt eröffnete sich so ganz nebenbei, denn durch den 5:1-Sieg konnten wir auch unser Torverhältnis auf 35:25 hochschrauben und so ebenfalls mit den anderen Teams gleichziehen.

In dieser vermaledeiten Pause von über zwei Monaten, schauten wir wie jedes Jahr neidisch nach England, Frankreich, Spanien und Italien, denn im Gegensatz zu den verwöhnten und ständig ob der Dauerbelastung jammernden deutschen Spieler gibt es in den genannten Ländern keine solche Pause; da wird dann über Weihnachten und vielleicht noch eine Woche in den Januar hinein pausiert und dann geht es weiter, in England wird sogar an den Weihnachtsfeiertagen gespielt (man bedenke: Dort haben sie neben Liga und englischem Pokal auch noch einen speziellen Liga-Pokal). Bei uns hingegen ist es mit schöner Regelmäßigkeit so, daß man in der propagierten Winterpause herrlich hätte spielen können, aber wenn dann der Ball wieder rollen soll, eben dieser Winter erst so richtig zuschlägt, jede Menge Spiele ausfallen und in einen aufgrund der Pause eh schon engen Spielplan gestopft werden müssen, besonders wenn im Sommer eine WM oder EM stattfindet und die Saison früher enden muß, damit auch der Nationalmannschaft noch Zeit zur Vorbereitung bleibt. In diesem Zusammenhang freue ich mich sehr über die Neuregelung bzw. Aufstockung der Champions-League und der Europapokale, denn aufgrund dessen mußte man beim DFB und den Vereinen zähneknirschend (so ist es recht) die Winterpause 1999/2000 auf nur noch vier Wochen reduzieren. Irgendwann, ich bin mir da ganz sicher, wird man sie ganz abschaffen und die Spieler werden es auch überleben.

Es gab einige Veränderungen im KSC-Kader, mit Marc Arnold wurde (schon vor dem Ulm-Spiel) ein kleiner, wendiger (schwäbischer) Mittelfeldakteur von Hertha BSC geholt, weil dieser dort aufgrund der Verpflichtung von Dariusz Wosz nicht mehr zum Zug kam; Arnold soll unseren Spielmacher Rolf-Christel Guie-Mien entlasten und für mehr Offensivdruck sorgen, eine Tatsache, die durch die weiteren Veränderungen in der Mannschaft plötzlich eminent wichtig geworden ist: Zunächst wurde Stürmer Gilewicz in die Schweiz verkauft, der Pole war unzufrieden, weil er nie eine richtige Chance bekommen hatte und ich konnte ihn sogar verstehen, denn so gut wie ein Meißner ist er allemal, meiner Meinung sogar besser. Mit Stumpf (der wieder nach Österreich zurückging, wo sein schwerfälliges Stehgeigerspiel sicher nicht so auffällt wie bei uns) ging noch ein Stürmer und dann explodierte eines Tages die Bombe: Auch David Zitelli war weg! Hierzu muß ich ein wenig ausholen: Zitelli wurde im Januar 1998 vom damaligen Trainer Schäfer verpflichtet, war in Straßburg Zweiter der Torschützenliste der ersten französischen Liga gewesen und hatte im UEFA-Cup gegen Glasgow, Liverpool und Mailand getroffen und somit ein Bombenstürmer. Leider aber verletzte er sich in der Vorbereitung auf die Rückrunde und konnte erst wieder eingreifen, als mit Jörg Berger ein neuer Trainer da war. Sein erstes Spiel von Beginn an war das vorletzte des KSC gegen Stuttgart und er löste seine Aufgabe gut, bereitete auch ein Tor vor. In Rostock dann haben sie alle versagt, der KSC stieg bekanntermaßen doch noch ab und Zitelli wurde von Berger besonders in die Kritik genommen, was ich aufgrund der allgemeinen Mannschaftsleistung nicht verstehen konnte, es waren am Ende nämlich alle schlecht, nicht nur er. Zitelli verkündete, er könne mit Berger nicht zusammenarbeiten und wolle zudem nicht in der Zweiten Liga spielen und suche sich einen neuen Verein. Diesen fand er aufgrund seiner mehrmonatigen Verletzungspause aber nicht und hielt sich, zwischenzeitlich von Berger aus dem Kader gestrichen, durch Waldläufe fit. Dann wurde Berger gefeuert und Rainer Ulrich holte Zitelli in die Mannschaft zurück und dieser erklärte, er wolle nunmehr alles dafür tun, daß der KSC wieder aufsteigt. Anscheinend hatte er aber immer noch einen Wechsel im Hinterkopf und so trat sein alter Verein Racing Straßburg an ihn heran, bot (wie zu lesen war) ein wesentlich höheres Gehalt, Handgeld und Job im Trainerstab nach Beendigung der Karriere. Zitelli erklärte dem Trainer und dem Präsidium, daß er nun doch nicht mehr für den KSC spielen werde und wurde verkauft. Somit hatten wir in der Winterpause mit Gilewicz, Stumpf und Zitelli drei von fünf Stürmern verkauft, ohne für Ersatz zu sorgen. Wie dann bekannt wurde, existierte ein Papier, das Zitelli erlaubte, für eine bestimmte Ablösesumme den Verein zu wechseln und als Rainer Ulrich davon erfuhr, ließ er ihn ziehen. Ulrich äußerte sich danach zurecht ungehalten über die mangelnde Kommunikation innerhalb des Vereins, der nun mit nur noch zwei Stürmern dastand. Der Fehler lag meiner Meinung nach einmal mehr bei Management (Manager Fuchs hatte nach dem Kauf des millionenschweren Flops Martin-Vazques verkündet, daß jeder, der an diesem zweifeln würde, keine Ahnung vom Fußball habe – Fuchs wurde später „kaltgestellt" und wechselte jetzt nach Wolfsburg) und Präsidium, die sich gegenseitig den Schwarzen Peter zuschoben, nur um damit ihre absolute Unfähigkeit zur internen Kommunikation unter Beweis gestellt zu haben. Meiner Meinung nach aber hätte auch Coach Ulrich reagieren müssen: Als Gilewicz und Stumpf verkauft waren, hatten wir noch drei Stürmer, schon da hätte man einen neuen kaufen müssen, denn auch drei Stürmer sind nicht gerade optimal, beide Positionen sollten schon doppelt besetzt sein, wie ich finde. Aber wer hört schon auf mich?

Keiner, und daher haben wir jetzt nur noch zwei Stürmer, die sich quasi von alleine aufstellen, da die Transferliste längst geschlossen ist und wir niemanden mehr kaufen können. Hier stellt sich mir aber dennoch die Frage, warum man Gilewicz hat gehen lassen, er hatte noch Vertrag und hätte bleiben müssen, wenn der Verein das so gewollt hätte – es spielen nun mal nur elf und der Kader ist zumeist fast doppelt so groß und da gibt es immer wieder unzufriedene Spieler, aber muß man die gleich alle verkaufen? Verkaufen die Dortmunder oder die Bayern, bei denen man fast jeden Tag irgendeinen unzufriedenen Spieler hört, denn auch gleich jeden, dem es nicht paßt, daß er nicht spielt? Ich muß ehrlich sagen, daß ich Gilewicz gesagt hätte, daß er sich im Training anstrengen solle und er in der Rückrunde seine Chance bekommen würde, denn es war eh klar, daß man sich von Stumpf trennen würde und dann wären es noch vier Stürmer gewesen und so viele sollten es schon sein. Dieser Verkauf hat sich nun nach dem Abgang Zitellis als klassischer Bumerang erwiesen, Ablösesumme kassiert und keine Möglichkeit, diese zu reinvestieren. Der KSC ist eben in vielerlei Hinsicht ein äußerst professionell geführter Verein.

Hinzu kam, daß sich unser Regisseur Guie-Mien in der Winterpause operieren lassen mußte und das geplante Zusammenspiel mit Marc Arnold nicht ein einziges Mal geprobt werden konnte, er auch im ersten Spiel gegen Mainz ausfallen würde und unser Verteidiger Mladinic ebenfalls (aufgrund der gelb-roten Karte aus Ulm) zuschauen mußte. Die Vorzeichen waren nicht die besten, zumal sich die Mannschaft im Trainingslager auf Zypern einmal mehr von ihrer gewohnten Seite gezeigt hatte: Zuerst den bulgarischen Tabellenführer Sofia 3:0 abgefertigt und dann ein paar Tage später gegen die viertklassige Mannschaft von Darmstadt 2:3 verloren – klar, da haben bei uns jede Menge Amateure gespielt, aber Darmstadt ist letztes Jahr aus der Liga, in der unsere Amateure spielen, abgestiegen...

Wie auch immer, nach drei fußballosen Wochen im Februar (und in Frankreich und Italien und England und überall spielen sie schon seit Wochen, aber das hatten wir ja schon...) ging's endlich wieder los, wenn auch nur in der Bundesliga und als ich an jenem Samstag „Ran" sah, dachte ich allen Ernstes daran, daß jetzt bestimmt gleich das KSC-Spiel kommen würde... es kam natürlich nicht, denn die Zweite Liga begann erst eine Woche später und läuft nur im DSF, also schaute ich mir die Bundesliga wie gewohnt zwar mit Interesse, aber ohne die alte Begeisterung an und wartete sehnsüchtig auf den Tag, an dem auch wir wieder ins Geschehen eingreifen und das Ziel Wiederaufstieg in Angriff nehmen würden. Die einmal mehr an allen möglichen Bus- und Bahnhaltestellen angebrachten Plakate „Gemeinsam starten wir durch" steigerten die Vorfreude auf diesen Tag noch, denn wir waren alle heiß und die Mannschaft sicherlich auch.

Am Tag des ersten Spiels habe ich noch von einer neuen, 20 x 8 Meter großen Riesenfahne gelesen, die über unserem Fanblock ausgebreitet werden würde und das steigerte die Vorfreude noch um ein Vielfaches; die Sonne scheint, als ich diese Zeilen eintippe, der Himmel paßt sich mit seinem schönen Blau unseren Farben an und die Vorzeichen für ein gut besuchtes Spiel (man rechnet mit 20.000 Zuschauern, wir spielen wohlgemerkt in der Zweiten Liga, gell Duisburg, Rostock und Stuttgart...) stehen günstig, bald ist es soweit und ich kann endlich wieder den gewohnten Weg ins Stadion nehmen, seit Mitte Dezember zum ersten Mal, seit zehn Wochen...

Die Rückrunde 1998/99

Kennen sie das Gefühl, wenn man sich wahnsinnig auf etwas freut, man schon Tage im voraus immer wieder an ein Ereignis denkt und man dann so enttäuscht wird, daß man sich am liebsten tagelang unter einer Decke verkriechen oder auf einen Sandsack einschlagen möchte? So geht es mir im Moment. Die so sehnsüchtig erwartete Heimpremiere des KSC im Jahre 1999 ging daneben. Und wie. Schon nach den ersten Minuten schwante mir Böses, denn außer hilflosem Gestolper war von uns nicht viel zu sehen, Krampf ohne Ende, keine Bewegung, keine Ideen, keine Leidenschaft und keine Einstellung. Langer Rede, kurzer Sinn: Nach massig ausgelassenen Großchancen konnten die Mainzer dann doch noch eine verwerten, weil die unnötigste, überflüssigste und berufverfehlendste Gestalt, die je ein Fußballtrikot anziehen und dafür auch noch Geld verdienen durfte, in unseren Reihen steht: Wenn sie im Kapitel unserer (damals noch) Bundesligaspiele nachsehen, dann dürfte ihnen der Name Raphael Krauß ein Begriff sein, der leider auch noch in der Zweiten Liga für uns spielt und auch dieser Klasse nicht genügt. Nachdem er bereits in der ersten Hälfte teils groteske Kunststücke vollführt hatte, die stets mit einem Ballverlust einhergingen, stand er bei einem langen Ball auf den Flügel zum einen vollkommen falsch und zum anderen rutschte er auch noch aus, so daß das 0:1 die logische Folge war. Mit Schäfer, Berger und jetzt Ulrich hatten wir drei Trainer in kurzer Zeit und Krauß hat(te) bei jedem seinen Platz in der Mannschaft bzw. bekam immer und immer wieder eine Chance, was ich absolut nicht verstehen kann. Meine Meinung über diesen Spieler läßt sich ganz kurz zusammenfassen: Nach 13 Jahren ohne verpaßtes Heimspiel und nach unzähligen Auswärtsspielen (und somit massenhaft erlebten Spielern) stelle ich fest, daß Raphael Krauß schlicht und ergreifend überhaupt keine Fähigkeiten zu irgendetwas hat, das mit Fußball zu tun hat, punktum! Und die Tatsache, daß er (im Gegensatz zu Spielern wie Gilewicz oder Scharinger, die nie eine richtige Chance bekommen haben), mit schöner Regelmäßigkeit in der Mannschaft auftaucht, ist mit nicht einem einzigen plausiblen Grund zu erklären. Zumindest mit keinem, der etwas mit Fußball zu tun hat... Ich muß ehrlich sagen, daß Krauß beinahe in jedem Spiel, das er für uns gemacht hat, hilflos und technisch vollkommen unbedarft durch die Gegend gelaufen ist und (und das ist eine Tatsache) für viele Gegentore verantwortlich zeichnet, zudem beim Spiel gegen Mainz stets gewartet hat, bis ein anderer KSC-Spieler zum Ball ging, auch wenn er den kürzeren Weg hatte. Diese hier geäußerte Meinung ist im übrigen die Meinung derjenigen, die bei Wind und Wetter der Mannschaft hinterherfahren, um sie zu unterstützen, die Meinung, die in unserem Fanblock zu hunderten geäußert wird und dies schon seit vielen Monaten! Und solange solche Leute im Verbund mit Spielern wie etwa Marc Kienle (seit er bei uns spielt, weiß ich, warum er in Duisburg in der Ersten Liga nur auf der Bank gesessen hat) oder Michael Molata bei uns spielen, solange werden wir in dieser verdammten Zweiten Liga spielen und niemals aufsteigen. Muß ich da noch erwähnen, daß unser neuer Co-Regisseur Marc Arnold in seinem ersten Spiel nicht in der Lage war, einen Ball auf drei Meter Entfernung zum eigenen Mann zu spielen? Oder daß unser Mittelfeld neben Arnold mit Leuten wie Fährmann und Schwarz einfach nur bieder und belanglos und ohne jegliche Idee ganz einfach nicht stattgefunden hat? An folgendem Vergleich läßt sich die „Leistung" unserer Mannschaft gegen Mainz deutlich machen: Mit Lars Schmidt und Peter Neustädter spielen zwei Leute bei Mainz, die bei uns vor vielen Jahren mit Schimpf und Schande (zurecht) davongejagt wurden – diese beiden sind aber auch heute immer noch gut genug, um Klassen besser zu spielen wie das, was wir momentan zu bieten haben.

Danke KSC, danke für das brutale Einstampfen der überall vorhandenen Euphorie und Vorfreude auf die letzten 15 Spiele. Danke auch, daß ihr uns Fans gezeigt habt, wie dumm wir doch in unserer kindlichen Begeisterung für euch sind, denn mit Ausnahme unseres im Stich gelassenen Torwarts Jentzsch sowie unseres bis zuletzt kämpfenden und rackernden Urgesteins Gunther Metz sowie Routinier Buchwald waren wir euch nämlich anscheinend völlig egal. Welcome back!

Die Woche verging nur langsam und die Tristesse der Niederlage wurde noch dadurch getoppt, daß der KSC unserer lokalen Fernsehstation TV Baden negative Berichterstattung vorwarf und ihr verbot, zukünftig Interviews zu machen und in den Innenraum des Stadions zu gehen. Die Nerven liegen blank und wir alle schütteln mittlerweile nur noch den Kopf: Sind wir wirklich so tief gesunken?

Wir sind und wir sinken sogar noch weiter... Diese traurige Feststellung mußte ich nach dem nächsten Spiel in St. Pauli machen. Dieses sollte bis Mitte Mai (!) das letzte Spiel ohne unsere direkte Teilnahme im Stadion sein (unsere Planungen sehen nämlich die Reisen nach Oberhausen, Düsseldorf, Stuttgart, Fürth und Unterhaching vor) und ich bin im nachhinein verdammt froh, daß ich meinen Frust nicht noch auf einer 640 km langen Heimreise durch die Gegend tragen mußte. Stattdessen betrug mein Heimweg nur rund 190 km, die ich von einem erneuten Verwandtenbesuch kurz vor Saarbrücken zurücklegte, als das Endergebnis im Radio vermeldet wurde. Zuvor hatte ich noch wie ein Verrückter alle 10 Sekunden in den Videotext geschaut und war mit dem Halbzeitergebnis von 0:0 gen Karlsruhe aufgebrochen. Auf der Autobahn bzw. im Radio bekam ich dann mal wieder genau mit, daß wir in der Zweiten Liga spielten, denn ich bekam gar nichts mit... Nirgendwo war eine Reportage zu hören und so mußte ich mit einem trockenen „St. Pauli schlägt den Karlsruher SC 1:0" Vorlieb nehmen. Als ich das Wörtchen „schlägt" hörte, lief ich rot an, doch dann blieb ich überraschenderweise sehr ruhig, ein kurzer Schlag aufs Lenkrad war meine ganze Reaktion. Die Fernsehbilder zeigten mir dann einen Pfostenschuß unseres Amateurs Kritzer (bei welchem uns die Glücksgöttin Fortuna lächelnd den Mittelfinger entgegenstreckte) und eine Viertelstunde vor dem Ende einen Freistoß von Pauli-Stürmer Marin, der genau ins Dreieck paßte (und bei dem die verdammte Fortuna liebevoll nachhalf, daß er auch wirklich genau hineinpaßte) und uns ein 0:1 bescherte. Mir war es ziemlich egal, daß die Mannschaft dieses Mal wohl unverdient verloren hatte, denn das leidige Sturmproblem (nach unserem Winterschlußverkauf sind bekanntlich nur noch zwei Stürmer übrig, die beide nichts treffen, egal ob sie beide spielen, oder man sie gegeneinander auswechselt) kam wieder zum Tragen: Keiner von beiden wurde auch nur namentlich erwähnt, unsere wenigen Chancen kurz vor Schluß wurden von anderen Mannschaftsteilen vergeben.

Hier stehen wir also, mittlerweile nur noch auf Platz 6 und während die Mannschaften auf den Aufstiegsplätzen nun schon 42, 41 und 39 Punkte haben, stehen wir immer noch bei unseren mickrigen 34 von kurz vor Weihnachten und haben zudem mit Ulm und TeBe noch zwei weitere Mannschaften mit 38 und 37 Punkten vor uns. Zu diesem Zeitpunkt ist für mich klar, daß wir den Aufstieg nicht mehr schaffen, unsere Mannschaft hat keine Perspektive, ist zu schwankend in ihrer Leistung (mittlerweile schwankt es nur noch nach unten...) und zudem (ganz wichtig): Haben sie schon mal einen Club gesehen, der ohne Sturm aufgestiegen ist?

In der Woche vor unserem nächsten Heimspiel gegen Energie „Bei uns schneit es auch Ende April" (siehe entsprechendes Kapitel über das '97er Pokalspiel) Cottbus trat Finanzminister Lafontaine zurück. Ob er wohl das Training des KSC am selben Tag gesehen hat? Ich war mit Achim zusammen beim Abschlußtraining und danach waren wir noch deprimierter. Die Flanken waren zum großen Teil miserabel und außer unserem Torhüter Jentzsch sowie den beiden Routiniers Buchwald und Metz scheint dies eigentlich niemand so recht interessiert zu haben, die Trainer Ulrich und Bogdan waren ebenso still wie der Rest der Truppe. Und während überall in den Medien darüber spekuliert wird, wer nun neuer Finanzminister wird, interessiert mich eigentlich nur, ob Rolf-Christel Guie-Mien endlich wieder spielen konnte und das Training nur als schlechte Generalprobe vor einer gelungenen Aufführung zu sehen war...

Das Spiel bestätigte dann einmal mehr Achims Grundsatz, daß man kerngesund sein müsse, um im Wildpark das Gesehene unbeschadet zu überstehen: Der KSC begann engagiert und kämpferisch, Chancen waren dennoch Mangelware; Cottbus hielt dagegen und als deren Stürmer Heidrich mit dem Rücken zum Tor stehend einen flachen Paß bekam, drehte er sich um und schoß den Ball einfach ins Eck (daß unser ansonsten bärenstarker Verteidiger Mladinic staunend dabeistand, trug mit zur allgemeinen Enttäuschung bei). Wir lagen also schon wieder zurück... Als unser Neuzugang Arnold dann einen 30m-Freistoß an die Latte des Cottbusser Tores schoß, mußte ich feststellen, daß die Gerechtigkeit heute leider nicht anwesend war; was ich nicht wußte, war, daß dafür die Glücksgöttin Fortuna zusah und als sie unsere verzweifelt-erfolglosen Bemühungen erkannte, bekam sie, im Gegensatz zum St. Pauli-Spiel die Woche davor, Mitleid und half uns ein wenig: Eine Flanke von Krieg kam kurz vor dem Halbzeitpfiff in den Strafraum des Gegners, wo sich leider weit und breit keiner unserer Spieler aufhielt. Dafür hechtete ein Cottbusser Abwehrspieler in die Flanke hinein und beförderte den Ball mit einem genialen Flugkopfball ins eigene Tor! Fortuna wandte sich ab und lächelte zufrieden. Die zweite Halbzeit begann und sah unseren seit vielen Wochen erfolglosen Goalgetter Krieg nach einem langen Paß den Ball herrlich verwandeln – wir hatten das Spiel gedreht. Wie es dann so kommt (besonders bei uns), machte Cottbus unheimlich Druck auf den Ausgleich und wir standen mit allem, was laufen konnte, hintendrin und schlugen die Bälle heraus, etwas, das in der Vergangenheit nur selten gutgegangen war. Fünf Minuten vor Schluß kam dann trotz unserer Versammlung in der eigenen Hälfte ein Cottbusser Spieler völlig frei zum Kopfball und setzte den Ball zum niederschmetternden 2:2 ins Netz. Es war zum Verrücktwerden, ich bekam mal wieder einen Anfall und hieß unsere Spieler alles, was mir einfiel und die drückende Stille der enttäuschten Hoffnungen lag wie so oft in letzter Zeit über dem Spielfeld und den Rängen. In diesem Moment sah Fortuna wieder von ihrem göttlichen Thron herunter, schüttelte den Kopf über soviel Unfähigkeit und Pech unserer Mannschaft und zeigte auf den Schiedsrichter... Drei Minuten vor Schluß kam unser eingewechselter Stürmer Meißner im Strafraum bei einem Zweikampf zu Fall und der Schiedsrichter entschied auf Strafstoß! Verrückt, völlig verrückt: Rückstand, Eigentor, Führung, Ausgleich in der 85. Minute und jetzt ein Elfmeter in der 87., zudem mußte einer der wild protestierenden gegnerischen Spieler mit einer Roten Karte vom Feld. Danny Schwarz verwandelte sicher zum 3:2 und wir lagen uns mit zitternden Händen und flatternden Nerven in den Armen (Danke Fortuna!), die Haare mit Bier geduscht, welches uns von unseren ständigen Mitbesuchern Oliver, Diana und Michael zuteil wurde, aber was soll's, Hauptsache gewonnen, zudem soll Bier sehr gesund für die Kopfhaut sein und wen das stört, der darf eben nicht im Fanblock stehen. Und als wir glücklich nach dem Spiel unser Bier tranken, fiel mir etwas ein, das mir ein zutiefst schlechtes Gewissen machte: Ich trug wie gewohnt mein schottisches Trikot und meinen Wildparkpower-Schal, alles wie sonst auch. Gegen Mainz allerdings, im ersten Heimspiel, hatte ich das Trikot nicht angezogen, weiß der Teufel warum, und wir hatten verloren. Ich nahm mir felsenfest vor, nie mehr zu vergessen, es zu den Heimspielen anzuziehen. Auswärts war es eh Pflichtsache.

Bielefeld, der Inhaber des wichtigen dritten Platzes, spielte zeitgleich nur 0:0 zuhause gegen St. Pauli, so daß wir wieder auf drei Punkte an einen Aufstiegsplatz herangekommen waren (TeBe und Ulm lagen mit nur einem Punkt vor uns), zudem haben wir im Hinterkopf, daß Bielefeld und TeBe noch bei uns antreten müssen... Doch das ist Zukunftsmusik, unsere Fahrt nach Oberhausen am nächsten Sonntag steht bevor und wir freuen uns wie die Verrückten auf unsere erste Auswärtsfahrt im neuen Jahr, der noch viele weitere folgen sollen.

Das Wochenende begann am Freitag genau so, wie wir alle es nicht wollten: Bielefeld gewann souverän sein Auswärtsspiel in Cottbus und TeBe seines nach 0:2-Rückstand noch 3:2 in Uerdingen (wobei der Siegtreffer drei Minuten vor Schluß fiel...). Ulm spielte zuhause unentschieden (wobei der Ausgleichstreffer für Ulm zwei Minuten vor Schluß fiel... VERDAMMT!), so daß Bielefeld mit nun 43 Punkten und TeBe mit 41 schon weit vor unseren 37 lagen, die wir Sonntags in Oberhausen nun unbedingt aufstocken mußten, um nicht wieder aus dem Rennen zu sein.

Zuvor aber tat ich etwas, was ich noch nie in meinem Leben getan hatte: Ich sah mir ein Bundesligaspiel an, obwohl der KSC gar nicht spielte! Zum einen natürlich, weil wir gar nicht mehr in der Bundesliga sind und zum anderen, weil wir an jenem Samstag zum Kiss-Konzert in die Stuttgarter Schleyerhalle wollten und Marco (bekanntlich Vater des kleinsten KSC-Fans der Welt, ja okay, Gladbach-Fans auch...) die Gelegenheit nutzen wollte, als Fan von Bor. Mönchengladbach das zufällig an diesem Tag stattfindende Spiel in Stuttgart zu sehen. Leider war er dann aber verhindert und ich beschloß, zusammen mit meinem Kumpel Guido, der auch aufs Konzert mitging und sich aus Fußball nichts machte, das Spiel trotzdem zu sehen. Meine Sympathien waren schnell verteilt: Zum einen sah ich auf dem Weg ins Stadion unserer verhaßten Derbygegner natürlich prompt einen Stand, wo sie einen „Karlsruh', Karlsruh', wir scheißen euch zu"-Schal verkauften und warf dem Verkäufer einige nicht druckreife Bemerkungen im Vorbeigehen an den Kopf und zum anderen hat man als Badener niemals auch nur irgendwelche Sympathien für Schwaben (eher noch für Pfälzer und das will was heißen) und daher setzten wir uns in die Gladbacher Fankurve. Als die Stuttgarter gegen den Tabellenletzten Gladbach Mitte der zweiten Halbzeit 2:0 führten, erklärte ich Guido, dem Fußball-Laien, gerade, daß dies bei einem eventuellen Anschlußtor auch ein sehr gefährliches Resultat sein konnte, als keine zehn Sekunden nach dieser Erklärung das 2:1 fiel. Zu unserem Entzücken schafften die Gladbacher sogar noch den Ausgleich und das auch noch in der Nachspielzeit und als wir nach dem Spiel an unzähligen enttäuschten Schwaben-Fans vorbeiliefen, war unsere Laune fürs Konzert bestens (denn auch Guido mag die Schwaben nicht, sie sehen also, daß dies eine grundsätzliche Geschichte ist, die nicht unbedingt etwas mit Fußball zu tun hat). Allmählich aber schob sich bei mir unser Trip nach Oberhausen am nächsten Tag wieder in den Vordergrund...

Dazu begrüßte uns am Sonntag morgen das beinahe schon übliche Auswärtswetter, denn nachdem es eine Woche lang sonnig gewesen war, trübte es sich rechtzeitig ein, die Temperaturen fielen und es sah nach Regen aus. Dazu hatten wir dann die Auswärtssiege unserer Konkurrenz im Hinterkopf und die Tatsache, daß wir gar nichts aufholen, sondern mit einem eigenen Sieg nur den Abstand gleichhalten konnten, man konnte also nicht gerade sagen, daß wir vor Optimismus sprühten, als wir losfuhren. Na ja, durch einige Bierchen, die sich Achim und ich einverleibten, kam unsere Zuversicht wieder ein wenig stärker zum Zug, während sich diese bei unserem Apfelsaftschorle trinkenden Fahrer Dirk nicht einstellte. Eine gute und eine schlechte Nachricht gab es dann für uns bei unserer Ankunft: Zunächst stellten wir fest, daß es wirklich ein Kinderspiel war, das Oberhausener Stadion zu finden (das war die gute Nachricht) und danach registrierten wir den heftigen Regen, der eingesetzt hatte und dem wir uns nun aussetzen durften... Im Stadion angelangt, ließ man uns dankenswerterweise in Verlängerung der Tribüne in einen überdachten Stehplatzblock, so daß sich rund 300 KSC-Fans dort versammelten und wir wie immer kräftig sangen und brüllten. Beim Anblick des „Stadions" blieb einem auch nichts anderes übrig: Einen Oberhausener Fanblock konnte man nur mit viel Fantasie erkennen (diese Zahl Fans im Fanblock bei Heimspielen haben wir in jedem Auswärtsspiel...), dazu bestätigte sich die nach unserem Abstieg geäußerte Feststellung, daß wir in der Zweiten Liga zwar viele Stunden unterwegs sein, dann aber feststellen würden, daß sich das jeweilige gegnerische Stadion wie ein Dorfsportplatz mit Tribüne ausnehmen würde, so daß wir uns fragten, ob wir nicht vielleicht vier Stunden lang im Kreis gefahren und irgendwo bei einem Karlsruher Amateurclub gelandet waren, aber das hatten wir ja schon...

Es regnete also in Strömen, es war kalt, es wehte ein unangenehmer Wind, wir standen an einem Sonntag, den man aufgrund des Wetters besser im Bett verbracht hätte, in einem Dorfstadion (nichts für ungut, RWO) 380 km weit weg von zuhause und nach zwei Minuten kassierten wir das erste Tor. Um es mit MOTÖRHEAD zu halten: Another perfect day... Der auf der Linie stehende Krieg und unser Torwart Jentzsch stellten sich nach einem Eckball wie Anfänger an

Zu früh gefreut
Wir verloren 0:2 in Oberhausen

Foto: Privat

und der Ball flutschte durch beide hindurch ins Netz. Na ja, schließlich lagen wir bis jetzt in jedem der drei vorhergegangenen Spiele dieses Jahres zurück (von denen wir zwei verloren hatten...), das war also nichts wirklich Neues. Eher schon das 0:2 nach 15 Minuten, als sich unser Youngster Kritzer einen haarsträubenden Fehler leistete. Ich war nicht einmal sauer oder wütend, denn wir hatten im gesamten Spiel nicht eine einzige Torchance und noch Glück, daß es nach 90 Minuten immer noch 0:2 stand. Wieder verloren, das dritte von vier Spielen nach der Winterpause, zum dritten Mal „zu Null" und dabei in einer Art und Weise, die mich nur nüchtern feststellen läßt, daß das Team, welches da in Oberhausen auf dem Platz stand, tot war. Tot und völlig ohne Herz, da war kein Funke, kein Feuer, gar nichts. Es sah fast so aus, als ob eine Mannschaft voller Stars großzügigerweise ein Freundschaftsspiel auf dem Land austrägt und entsprechend lustlos auftritt, nur daß wir eben gar keine Mannschaft voller Stars mehr haben (wir hatten an diesem Tag nichteinmal mehr eine Mannschaft) und es sich auch nicht um ein Freundschaftsspiel handelte, auch wenn unsere Spieler entsprechend durch die Gegend trabten. Zum Glück gab es keinen Ärger im Block, wir vertrieben uns die Zeit mit dem Zusammenknüllen der vor dem Spiel verteilten großen blauen und weißen Blätter und warfen sie auf Kommando Richtung Spielfeld und auf die Tribüne neben uns – war ein schönes Bild, wenn gleichzeitig unzählige große Papierbündel durch die Gegend flogen. Wir trotteten nach dem Spiel durch den Regen zum Mannschaftsbus, doch dieser war von Polizei bewacht, so daß wir uns unsere Kritik sparten und zum Wagen gingen, um uns auf eine lange Heimfahrt zu machen. Zuvor wollte ich noch eine Flasche Bier im Regen trinken, doch diese rutschte mir durch die nasse Hand und fiel zu Boden, welch ein Spaß. Ein kurzes Rechenbeispiel an unsere Kicker: 35,- DM Benzingeld pro Person, 14,- DM Eintritt plus Bratwurst im Stadion, diverse Kleinigkeiten an Autobahn-Tankstellen, die bei rund 800 km Wegstrecke so anfallen sowie Essen auf der Rückfahrt (eine feine Currywurst mit Pommes an unserem Stammrasthof Alsbach, 95 km vor Karlsruhe, einmal mehr das Beste an einem verdammten Tag), das summiert sich auf 70,- DM, ganz zu schweigen von der Tatsache, daß der Sonntag komplett dafür draufgegangen ist, wir naß und durchgefroren waren. Klar, keiner zwingt uns zu solchen Fahrten, diese „Rechnung" soll so manchem Fußballer, der sich mit viel Gehalt für wenig Leistung nach solch einem Spiel in einen der modernsten Mannschaftsbusse deutscher Fußballmannschaften setzt und sicher und mit allem Luxus wieder nach Hause gebracht wird, aber einmal aufzeigen, was ein solcher Tag für einen Fan bedeutet – für Fans, die auch noch ein Transparent „Eine Stadt, ein Verein, eine Liebe" ausbreiten und die dann von ihrer eigenen Mannschaft die Höchststrafe erhalten. Wenn diese Fans einmal nicht mehr mitmachen, dann spielen auch wir bald vor einer Kulisse wie den trostlosen 4.125 Zuschauern in Oberhausen und haben auswärts dann eben keine 300, sondern nur noch 30 Leute dabei (das Dumme an dieser Sache wäre nur, daß ich ganz bestimmt einer der 30 wäre…).

Auf der Rückfahrt überholten wir dann auch noch den Mannschaftsbus des neuen Tabellenführers Fürth (die in Düsseldorf 0:0 gespielt hatten) und dachten darüber nach, diesen in den Graben zu drängen, damit wenigstens eine der vor uns liegenden Mannschaften aus dem Verkehr gezogen würde. Da dies natürlich nicht in die Realität umzusetzen war, halfen wir uns mit Musik von J.B.O., bei deren Cover-Version von „Könige" wir lauthals „Das alles und noch viel meeeehr, würd' ich machen, wenn ich Trainer von Karlsruh' wär" sangen und unseren dann gezogenen Konsequenzen wie Straftraining, Waldlauf und Einzelstandpauken nachträumten.

Solche Auswüchse makaberen Humors bringt man als Fan so auf, um Tage wie diesen zu verarbeiten.

Zumindest hatte sich das Aufstiegsgerede jetzt erledigt, denn mit 37 Punkten lagen wir sechs hinter Bielefeld auf Platz 3 sowie acht hinter den beiden führenden Fürth und Unterhaching zurück (letzere hatten an diesem Wochenende verloren, hier hätten wir also aufholen können) und mit dieser unserer Truppe würde ganz bestimmt alles funktionieren, nur der Aufstieg nicht. Trainer Ulrich bestätigte meine Gedanken über das Team zwei Tage später, als er meinte, die Mannschaft hätte kein Herz und keinen Charakter und wir alle waren froh um das eine Wochenende Pause, an welchem die deutsche Nationalmannschaft versuchte, sich in Nordirland und gegen Finnland vier Tage später für die EM

2000 zu qualifizieren, was mir angesichts der Tatsache, daß ich die fußballerische Armut schon vor meiner Haustür hatte und dazu nicht auch noch die Nationalelf benötigte, trotz Beobachtung der Spiele aber ziemlich egal war.

Zwischenzeitlich hatten wir zwei Spieler aus Costa Rica für die neue Saison verpflichtet und ich las von Lobeshymnen über den einen der beiden bei einem 10:0-Testspielsieg gegen Öschelbronn. Ich weiß nicht mal, wo Öschelbronn liegt.

Ostern stand vor der Tür und die passenden Eier legten uns Bielefeld und Unterhaching mit ihren gewonnenen Heimspielen bereits am Gründonnerstag ins Nest, wobei Hachings Gegner St. Pauli das Kunststück fertigbrachte, in der 89. Minute den 1:1-Ausgleich zu erzielen und in der 90. Minute 1:2 zu verlieren. Ich habe sie stillschweigend dafür verflucht. Somit waren's schon elf Punkte auf Haching und neun auf Bielefeld, so daß wir mit unserem Spiel am Ostermontag (dank DSF konnten sie mir Ostern wenigstens nicht verderben, denn das eigentlich für Gründonnerstag geplante Heimspiel des KSC wurde auf Ostermontag verschoben, damit es live im Fernsehen gezeigt werden konnte) lediglich den Abstand von sechs Punkten aufrechterhalten konnten. Witziges am Rande: Das dritte Spiel an diesem Gründonnerstag fand zwischen TeBe und den Stuttgarter Kickers statt: Bei den vier Punkte vor uns liegenden Berlinern hatte zwischenzeitlich unser Ex-Coach Winnie Schäfer einen neuen Job gefunden und Luftblasen von wegen TeBe in fünf Jahren in der Champions League (klar, und ich bin der Weihnachtsmann...) stiegen auf, ebenso wie die Namen unserer ehemaligen Stars Häßler (unzufrieden in Dortmund, so ist's recht) und Dundee (unzufrieden in Liverpool, so ist's recht Teil 2), die der Coach im Falle des Aufstiegs holen wolle. Und dann beginnt das Spiel und Schäfer hatte sich noch nicht mal hingesetzt, da hatten seine Berliner schon das erste Tor gefangen! Schlußendlich verloren sie ihr Heimspiel 0:2, Schäfer zeigte sich im TV-Interview recht dünnhäutig und die Champions League konnte ihr Zittern vor TeBe und ihren Zuschauermassen von 3.000 im Schnitt bei Heimspielen bzw. 16 (oder doch 21?) Handverlesenen bei Auswärtsspielen wieder einstellen.

Ostern kam und ging und am Ende stand nur noch Fortuna Köln im Weg, um mir das Fest der vielen Köstlichkeiten noch nachträglich zu vergällen. Die Kölner hatten wie wir drei ihrer vier Spiele dieses Jahres verloren, peinlicherweise das letzte zuhause gegen den Tabellenletzten Wattenscheid. Ein richtiges Topspiel also. Als die Kölner Spieler sich auf dem heiligen Rasen des Wildparks einfanden, wurde unser alter UEFA-Cup-Spieler Rainer Schütterle frenetisch gefeiert (er spielt mittlerweile in Köln); er ließ sich auch nicht lumpen und kam zu unserem Fanblock gelaufen, um dort die Welle mit uns allen zu machen. Dieser Rainer Schütterle ist ein Phänomen: Als er noch bei uns spielte, regte sich beinahe jeder über seine flapsige Spielweise auf, aber wenn es drauf ankam, war er da (die von 1989 bis 1994 in 155 Spielen für uns erzielten 35

Treffer sprechen da eine deutliche Sprache). Als er weg war und es bei uns nicht lief (was oft genug vorkam), brandeten immer wieder (auch heute noch) die klagenden „Rainer, Rainer Schütterle"-Sprechchöre auf, auch wenn diese nicht von allen so todernst gemeint waren/sind und viele beim Singen ein Grinsen auf dem Gesicht haben (so wie der Verfasser dieser Zeilen, der sich dann stets darüber amüsiert, wie sehr sich andere Zuschauer darüber ärgern). Nachdenklich stimmen sollte es unsere Spieler allerdings, daß dieser Rainer Schütterle alleine mehr Gesänge und Sprechchöre abbekam als unsere gesamte Mannschaft, als diese zum Warmmachen auf den Rasen lief und wissen sie was? Er hat das auch verdient, so wie jeder, der damals in unserer grandiosen Kämpfertruppe von '93/94 stand!

Wir begannen das Spiel sehr engagiert und einsatzfreudig (also genau so, wie wir in Oberhausen nicht begonnen hatten) und nach ungefähr 59 Eckbällen gingen wir auch hochverdient in Führung. Diese konnten wir in der zweiten Halbzeit auf 2:0 ausbauen, wobei Rainer Krieg gegen seinen letztjährigen Club beide Treffer erzielte. Wir hatten alles im Griff, die Kölner waren mit sich selbst und ihren Fehlern und ihrer Harmlosigkeit beschäftigt. Alles im Griff? Das kann es beim KSC nicht geben, denn wenn dieser Fall eintritt, nehmen wir stets den Gang heraus und lehnen uns auf dem Rasen zurück, gönnerhaft dem Gegner ein herzliches „Los, spielt doch auch mal mit!" zurufend. Und um zu beweisen, daß dieser Spruch auch ehrlich gemeint ist, lassen wir uns meist auch noch ein Gegentor verpassen – dieses Mal war es etwa eine Viertelstunde vor dem Ende, als wir nach zahlreichen Bittgängen endlich unseren Treffer kassiert hatten. So routiniert das auch jedes Mal abläuft, ich rege mich jedes Mal aufs Neue darüber auf und so fluchte ich nach Herzenslust vor mich hin, vor meinem geistigen Auge schon einen lächerlichen und unnötigen Ausgleich (vielleicht in der letzten Minute) fallen sehend. In der letzten Minute passierte dann auch tatsächlich etwas, nur war es ein Elfmeter für uns (so wie gegen Cottbus im letzten Heimspiel) und ein Platzverweis für Köln (auch wie gegen Cottbus). Rainer Krieg machte sein drittes Tor und die Zeit war beinahe abgelaufen, es stand 3:1 und wir hatten wieder alles im Griff. Hier sind wir dann allerdings wieder bei obigen Zeilen angelangt, denn dieses „Alles im Griff" ist wie bereits erwähnt kein akzeptabler Zustand für unsere Mannschaft, schließlich wollen wir als faire Sportsmänner immer auch noch für die nötige Spannung sorgen und daher kassierten wir in der 92. Minute das 3:2. Das konnte echt nicht wahr sein, ich spürte, wie die Wut in mir aufstieg wie ein Vulkan und als ich gerade so richtig loslegen wollte, fiel das 4:2. Es war unglaublich. Der Ball segelte wenige Sekunden nach dem Anspiel in den Kölner Strafraum und ein schwarzer Verteidiger der Fortuna (Hans mit Vornamen, fragen sie mich nicht nach dem Nachnamen, Hans ist schon bemerkenswert genug und besitzt beinahe die Klasse von Rolf-Christel) kam vor unserem Goalgetter Krieg ans Leder, gönnte diesem seinen

Hattrick nicht und schoß den Ball daher selbst ins (eigene) Tor. 4:2 also jetzt und dann war endlich Schluß, wer weiß, am Ende wäre es noch 6:4 ausgegangen. Bis zur 89. Minute 2:1 und dann noch drei Tore, eines Tages in vielleicht 20 Jahren falle ich bei so einem Spielverlauf und bei all dieser Aufregung einfach um und schaue mir den Rest vom Fußballhimmel aus an. Soviel zum Thema Spannung.

Unser Rückstand betrug immer noch sechs Punkte auf Platz 3, jetzt aber auch auf Platz 2, denn Fürth hatte sein Heimspiel gegen den Letzten Uerdingen nicht gewonnen und zarte Aufstiegsträume begannen wieder zu reifen. Nicht bei mir allerdings, denn dieses zarte Pflänzchen hatten wir auch nach dem Heimsieg gegen Cottbus eine Woche und 400 km lang gehegt und gepflegt, bevor es von unseren Spielern durch das Katastrophenspiel von Oberhausen wieder niedergetrampelt wurde (Oberhausen verlor sein nächstes Heimspiel im übrigen gegen den 1. FC Köln, die 10 Punkte hinter uns lagen, mit 0:4, eine wahre Heimmacht, gegen die wir da lustlos die Segel gestrichen hatten). Da als nächstes wieder ein Auswärtsspiel anstand, noch dazu bei einer Mannschaft (Düsseldorf), der als Vorletzter das Wasser bis zum Hals stand, machte ich mir gar keine Hoffnungen irgendwelcher Art. Das bringt bei einer Mannschaft wie der unsrigen eh nichts.

Na ja, wenn ich ehrlich bin, ist die Hoffnung ein recht hartnäckiger Zeitgenosse, einer, der sich nur schwer zurückdrängen läßt, schon gar nicht, nachdem die anderen Mannschaften, die vorne lagen, an diesem Wochenende gespielt hatten: Tabellenführer Haching verlor beim Viertletzten Cottbus, der Zweitplazierte Fürth kassierte in Stuttgart in der letzten Minute noch den Ausgleich, Bielefeld spielte nur Unentschieden in Köln, TeBe verlor beim Drittletzten Gütersloh und Ulm spielte nur Unentschieden in Mainz. Somit konnten wir mit einem Sieg auf Platz 4 vorstoßen und den Rückstand auf die punktgleichen Teams auf Platz 2 + 3 auf mickrige vier Punkte verkürzen. Sagen sie selbst, ist es da nicht verständlich, wenn man die Hoffnung widerstandslos die Gedanken beherrschen läßt? Ich sollte verdammt sein, aber ich fing schon wieder mit dem Rechnen an...

Die Fahrt nach Düsseldorf war bereits seit langem in unserem Kalender vorgemerkt, schließlich befindet sich dort die längste Theke der Welt, es gibt feines Altbier und überhaupt – viele andere hatten dieselbe Idee und so wurde von seiten der KSC-Fans ein Sonderzug organisiert. Als besondere Überraschung war uns allen auch der Spieltag Samstag erschienen, denn dieser Tag ist traditionell für die Bundesliga vorgesehen, während die Zweite Liga die Masse ihrer Spiele Sonntags austrägt, was bei Auswärtsfahrten immer von Nachteil ist, da die meisten Tags darauf wieder arbeiten müssen, während man bei Samstagsspielen immer noch den Sonntag als Erholungstag im Rücken hat. Die Überraschung mit dem Samstag entpuppte sich dann, wie sollte es anders sein, als Geschenk mit heißer Luft, denn das DSF meldete sich plötzlich, wollte das Spiel übertragen und Peng! war der schöne Samstag Geschichte und der verhaßte Montag stand auf dem Programm. Damit hatte sich unsere Fahrt erledigt und auch der Sonderzug, für den bereits Tickets verkauft worden waren mußte nun wieder storniert werden, was zu großen Verstimmungen bei den KSC-Fans und sogar zu einem Protest von seiten des KSC aufgrund der kurzfristigen Verlegung führte. Protest? Das gibt es in der vom Fernsehen dominierten Fußballwelt nur noch auf dem Papier, sprich: er wurde natürlich mit nachsichtigem Lächeln abgelehnt (was für ein Triumph für das DSF, früher konnte man von Übertragungen unserer UEFA-Cup-Spiele nur träumen und jetzt konnte man uns als gefallenem Engel grinsend und mit dem Scheckbuch wedelnd die Bedingungen diktieren) und wir saßen Montags vor dem Fernseher.

Bei Achim trafen wir uns, die wir eigentlich im Stadion sein wollten und als wir gerade das Anspiel gesehen hatten, vielleicht 30 Sekunden vergangen waren, spielten sich die Düsseldorfer durch unsere Abwehr wie durch leblose Slalomstangen, ein Querpaß legte den Ball parallel zur Torlinie und ein Düsseldorfer Spieler brachte das Kunststück fertig, den Ball aus vielleicht einem Meter Entfernung an den Fuß unseres verzweifelt grätschenden Verteidigers Kritzer zu schießen. Dafür sprang er dann mit einer genialen, Kung-Fu-ähnlichen Sprungtechnik genau gegen den Pfosten und blieb in unserem Tor liegen, was der Sprecher mit *„Das grenzt beinahe an Selbstverstümmelung"* kommentierte. Während wir uns noch über die Schlafmützigkeit unserer Abwehr aufregten, die den Ball hoch aus dem Strafraum nach vorne geschlagen hatte (man könnte auch sagen, sie hatte ihn nach vorne gebolzt), landete eben dieser Ball bei Dirks speziellem Freund Stefan Meißner, der aufgrund einer mißglückten Düsseldorfer Abseitsfalle plötzlich aus spitzem Winkel alleine aufs Tor zulief. Wir standen alle drei gleichzeitig aus unseren Sesseln auf, bereit, über einen genialen Gegenschlag nach 40 Sekunden zu jubeln, als Meißner den Ball in präziser Millimeterarbeit am langen Eck vorbeischoß. Es war zum Mäusemelken. Dirk fluchte wie gewohnt über seinen „Freund" Meißner und wir rauften uns die Haare ob dieser Großchancen auf beiden Seiten.

Eine Minute war gespielt und der Rest war Schweigen. Was unsere Mannschaft in den folgenden 89 Minuten zusammenspielte, war eine Katastrophe, Bälle wurden einfach zum Gegner gespielt, unbedrängt hinters Tor geflankt, verstolpert, es war grausam (unser Coach meinte hinterher, daß man bei so einem Spiel 50 Jahre älter werden würde). Düsseldorf (Vorletzter wohlgemerkt) rannte und kämpfte und wir (mit der Chance, auf Platz 4 zu kommen) standen dumm daneben und ließen sie gewähren. WIR saßen dumm vor dem Fernseher und wußten schon gar nicht mehr, was wir noch über unsere Mannschaft und ihre Hilflosig- und Lustlosigkeit sagen sollten. Düsseldorf vergab im Spiel zig 100%-ige Torchancen, während wir kaum über die Mittellinie kamen und immer wieder dankbar der Glücksgöttin Fortuna huldigten, die die Düsseldorfer zwar im

Namen, wir aber in unseren Reihen hatten. Mittlerweile schrieben wir die 80. Minute, der DSF-Reporter erzählte gerade etwas von *„KSC-Ganzkörperlähmung"*, da wurde es Fortuna (der Glücksgöttin wohlgemerkt) zu bunt: Der eingewechselte Jozinovic schlug unsere einzige (!) brauchbare Flanke des ganzen Spiels in den Düsseldorfer Strafraum, Meißner hielt aus kürzester Distanz den Kopf hin und mit einer grandiosen, vom Skispringen entliehenen Telemark-Landung (d.h. mit einem Bein einknickend), köpfte er den Ball ins Tor und plötzlich führten wir 1:0. Wir brüllten das ganze Haus und wohl auch die Nachbarschaft zusammen, fielen uns um den Hals und lachten aus vollem Hals über diese herrliche Ungerechtigkeit, die der klar besseren Mannschaft den Rückstand und uns den Sieg bringen sollte. Wir machten sogar noch ein Tor, das wegen angeblicher Abseitsstellung nicht gegeben, dafür aber in der nachfolgenden DSF-News-Sendung als reguläres Tor zu unserem 2:0-Sieg angepriesen wurde (so läuft das, wenn Anfänger Fernsehen machen), aber wenig später war Schluß, wir hatten mit einer erbärmlichen Leistung die so wichtigen drei Punkte geholt und Meißner hatte uns unseren Spott über ihn fressen lassen, so wie Arno Glesius dies früher immer getan hatte – er traf, wenn man am meisten über ihn schimpfte. Und wissen sie was? Ich hatte tierisch gute Laune, wir hatten gewonnen und nur das zählte, das Katastrophenspiel unserer Mannschaft interessierte bereits einen Tag später keinen mehr (mich interessierte es schon nach dem Schlußpfiff nicht mehr), das Team wußte selbst, was es für einen Mist zusammengespielt hatte und würde sicherlich in der Woche vor dem nächsten Spiel daran arbeiten. Platz 4 stand nun unter dem Strich und ein Heimspiel gegen Uerdingen (nach unserem Sieg an Düsseldorf vorbeigezogen und neuer Vorletzter) stand bevor.

Einen Tag vor dem Spiel stellte ich bei einer routinemäßigen Überprüfung des Luftdrucks fest, daß ich einen schleichenden Platten im rechten Hinterreifen hatte, er verlor extrem viel Luft und es war eigentlich ratsam, den Wagen übers Wochenende stehen zu lassen. Dann dachte ich aber daran, daß die Kombination blauer Wagen und blaues Trikot (das schottische, sie erinnern sich) zu Heimsiegen gegen Cottbus und Fortuna Köln geführt hatten. Ich MUSSTE mit meinem Wagen zum Spiel fahren, ganz gleich, ob der Hinterreifen Luft verlor, oder ich sollte verdammt sein, wenn wir Punkte gegen den Vorletzten lassen sollten, nur weil ich die erfolgreiche Kombination Wagen/Trikot unterbrochen hatte, die uns die letzten beiden Heimspiele siegreich beenden ließ und das wegen einer Lappalie in Form eines möglichen Plattens. Aberglaube? Gegenfrage: Hatten wir damit zweimal gewonnen oder nicht? Sehen sie.

Die miserable Leistung in Düsseldorf hätte uns alle aufmerken lassen sollen, aber wir dachten nur an Platz 4 und die lediglich noch vier Punkte Rückstand auf die Plätze 2 und 3 (und ich dachte noch an die Kombination Wagen/Trikot) und es bedurfte schon der Tatsache, daß es rund eine halbe Stunde dauerte, bis wir überhaupt den ersten Schuß aufs Tor abgaben, um mich grübeln zu lassen. Kurz darauf verstolperte Buchwald einen Ball, ein Uerdinger lief alleine auf unser Tor zu und versenkte den Ball. Der Rest ist schnell erzählt, auch in der zweiten Halbzeit spielten wir schlecht, konfus, ideenlos, was auch immer, wir schlossen nahtlos an die Leistung von Düsseldorf an und wir verloren das Spiel, zuhause gegen den Vorletzten, der trotz dieses Sieges immer noch Vorletzter blieb. So wie wir schon gegen Gütersloh unser Heimspiel verloren hatten, die auch Vorletzter gewesen waren, als sie bei uns antraten und ihren bis dato einzigen Auswärtssieg feiern durften. Die Uerdinger feierten mit ihren vielleicht 25 Fans, die verloren in der Gästekurve standen und ich dachte, daß wir es weit gebracht hatten, vom UEFA-Cup mit Spielen gegen Rom oder Bordeaux hin zu der Tatsache, daß nun eine Handvoll Fans des Vorletzten Uerdingen in der menschenleeren Gästekurve standen und ihren Sieg in der einstigen Festung Wildpark mit einer Laola-Welle feierten. Wie war das noch mit der siegbringenden Kombination Wagen/Trikot? Na ja, wenigstens hatte ich keinen Platten, als wir wieder am Parkplatz ankamen… Am selben Tag hatte ich in einer Sonntagszeitung ein Interview mit unserem früheren Spieler Manni Bender gelesen, der unsere Situation mit den Worten *„Was da in den letzten zwei, drei Jahren kaputtgemacht worden ist, ist furchtbar"* treffender nicht hätte kommentieren können.

Es war unsere vierte Heimniederlage, wir fielen von Platz 4 auf Platz 7 zurück und wissen sie was? Wir hatten durch diese überflüssigste aller Niederlagen nicht einen einzigen Punkt auf Platz 3 verloren, lagen noch immer nur vier Punkte hinter einem Aufstiegsplatz, weil Fürth sich in der letzten Minute gegen TeBe (die uns zusammen mit Ulm und Aufsteiger Hannover an diesem Wochenende überholten) ein Eigentor leistete und sein Heimspiel verlor. Man konnte also sagen, daß wir in unserer totalen geistigen und spielerischen Umnachtung auch noch Glück gehabt hatten. Auf der anderen Seite hätten wir mit einem Unentschieden bis auf drei Punkte (und somit ein Spiel) herankommen können, mit einem Unentschieden zuhause gegen den Vorletzten wohlgemerkt. Wäre das wirklich zuviel verlangt gewesen? Bei einem Sieg wären wir sogar bis auf einen Punkt… aber was soll all die Rechnerei, wir rechnen und rechnen und rechnen, jede Woche aufs Neue und jedesmal, wenn wir den einen, den großen und wichtigen Schritt machen können, versagt die Mannschaft in schöner Regelmäßigkeit und dafür, für dieses Zerstören und wieder Auflebenlassen und wieder Zerstören unserer Aufstiegsträume hasse ich sie, die Meißners, Fährmanns, Molatas, Kienles, Arnolds und wie sie alle heißen. Aber was beklage ich mich, Leute wie ich sind selbst schuld an ihrer emotionalen Achterbahnfahrt, denn was machen wir eine Woche später? Wir setzen uns ins Auto und fahren zum nächsten Auswärtsspiel. Wir sind eben alle Masochisten.

An jenem Wochenende feierte meine Tante im Saarland Geburtstag. Zum Glück an einem Samstag, denn so konnte ich noch rechtzeitig Samstag nachts

Unser Torgarant in der Zweiten Liga - Rainer Krieg, der Apparat

Foto: GES-Sportfoto

wieder die rund 200 km nach Hause fahren und mich am Sonntag morgen daran machen, Achim und Dirk einzusammeln und nach Stuttgart zu fahren. So war meine Mutter zufrieden (sie war bei der Feier bis fast zum Ende dabei) und ich auch, denn ich konnte das Spiel sehen. Na ja, ich hätte es auf jeden Fall gesehen, denn meine Verwandtschaft weiß natürlich um mein Faible (oder sollte ich Wahn sagen?) für den KSC und notfalls hätte ich meine Mutter hingebracht, wäre zurückgefahren und nach dem Spiel wieder hin, um sie wieder abzuholen, ist alles schon dagewesen und kein Problem. Die Sonne schien, als wir in die verbotene Stadt (Stuttgart) aufbrachen und als wir uns dann im Stadion einfanden (sofern man zu einem Platz mit einem Fassungsvermögen von 10.500 überhaupt Stadion sagen kann), stellten wir zufrieden fest, daß mehr als die Hälfte der 7.000 Zuschauer aus KSC-Fans bestand. Ein wenig verwunderlich fand ich, daß all unsere Singerei quasi mit dem Auftauchen unserer Spieler zum Warmmachen für einige Zeit verstummte und mit Metz und Reich nur zwei Spieler überhaupt namentlich gefeiert wurden (außer unserem Keeper Simon Jentzsch, der aber eine Weile vor den anderen auf den Platz kam). Diese beiden gehören zum langjährigen Stammpersonal beim KSC und haben die goldenen UEFA-Cup-Zeiten mitgemacht, somit haben sie sich die Ovationen auch verdient, auch wenn ihr Stern aufgrund des Alters langsam verblaßt und sie nur noch zur Reserve zählen. Mit Rainer Scharinger erhielt dann noch einer seinen (Anfeuerungs-) Lohn, der ihn sich mit stets guten Leistungen (leider nie von

Beginn an) verdient hatte. Zudem ist er unter (zu) vielen Schwaben der einzige Karlsruher im Team, schlimm genug (ich weigere mich, Krauß dazuzuzählen). Mit dem Anstimmen des Badnerlieds (im unheiligen Schwabenland immer Pflicht) wurden die Blocks hinter dem Tor sowie der unsrige um die Eckfahne herum auf der Geraden in Blau und Weiß getaucht, da zuvor massig großformatiges blaues und weißes kartonähnliches Papier verteilt worden war und ich wünschte mir einmal mehr, unsere Spieler würden auf dem Platz eine ähnliche Begeisterung und Kreativität entwickeln wie wir auf den Rängen. Wie gewohnt, wurde in unserem Block die obligatorische Rauchbombe gezündet und ich konnte eine Weile nichts sehen, doch wenn ich gewußt hätte, wie das Spiel beginnen sollte, hätte ich auch gegen eine weitere Rauchbombe nichst einzuwenden gehabt: Nach fünf Minuten köpfte unser Verteidiger Mladinic nämlich eine Stuttgarter Hereingabe unhaltbar ins Tor (in UNSERES wohlgemerkt!) und wir lagen zurück. In solchen Momenten frage ich mich dann stets wieder aufs Neue, was zum Teufel ich eigentlich im Stadion verloren habe, warum ich in diesem speziellen Fall extra nachts aus Saarbrücken nach Hause gefahren war, warum ich überhaupt KSC-Fan bin und was ich denn verbrochen hatte, stets aufs Neue dafür bestraft zu werden?!

Ein schweifender Blick in die Runde sagte mir dann aber, daß nicht nur ich, sondern noch etwa 4.000 andere KSC-Fans mit ihrer Begeisterung und jetzt langen Gesichtern die Dummen waren. Sehr beruhigend. Hinzu kam, daß wir wieder mal grottenschlecht spielten, unser dunkelhäutiger Regisseur Guie-Mien fabrizierte einen Fehlpaß nach dem anderen, unsere Abwehr schwamm und unser Sturm war aufgrund des nicht vorhandenen Mittelfelds wirkungslos. Immerhin wuchtete Molata nach einer halben Stunde unsere einzige Chance zum 1:1 ins Netz und wir waren aufgrund der eigentlich schwachen Leistung wieder ein wenig versöhnt. Bis kurz vor der Halbzeit, denn da kam wieder ein Ball in unseren Strafraum und getreu dem Motto „Eben hab' ich das Ding ins eigene Tor geköpft, also ziehe ich jetzt den Kopf ein" duckte sich Mladinic und ein hinter ihm stehender Stuttgarter machte das 2:1. Die Halbzeit kam wie gerufen und endlich Rainer Scharinger in die Mannschaft. Und wie so oft, wenn er mitspielte, drehte sich das Spiel, wir wurden besser und überlegen, spielten eigentlich nur aufs Stuttgarter Tor und Rainer Krieg machte 20 Minuten vor Schluß das verdiente 2:2. Dabei blieb's dann trotz unserer Überlegenheit und die Tatsache, daß Bielefeld, Haching und TeBe ihre Spiele gewonnen bzw. Hannover Unentschieden gespielt hatten, machte die Sache nicht besser; jetzt lagen wir schon neun Punkte hinter Platz 1 und sieben hinter Platz 2 zurück, die Drittplatzierten Fürther hingegen spielten erst einen Tag später und hatten 47 Punkte. Wir hatten jetzt 44 und wünschten uns im Verbund mit Ulm, Hannover (je auch 44) und TeBe (47) nichts sehnlicher als eine Niederlage der Franken, denn somit hättcn wir einen Punkt aufgeholt und lägen nur noch drei Punkte (und somit nur noch ein Spiel) hinter dem Aufstiegsplatz 3 zurück. Kompliziert? Tja, Fußball ist eben doch nicht so einfach, wie man denkt.

Ein wenig böse wurde ich dann, als ich im Internet auf der DSF-Sportsworld-Seite den Spielbericht las, in dem zur zweiten Halbzeit geschrieben stand, daß der KSC *„ein wenig offensiver"* gespielt hätte, dabei aber spielerisch *„nicht über-zeugt"* hätte. Ich schickte dem DSF eine hämische E-Mail, fragte, ob überhaupt jemand von ihnen im Stadion gewesen wäre, dann hätte dieser nämlich festge-stellt, daß die zweite Halbzeit fast ausschließlich in Richtung des Kickers-Tores gespielt wurde und wünschte ihnen weiterhin gute Besserung, weiteres Schmälern jeglicher KSC-Leistung (ich meine, wenn wir schon mal gut spielten, und sei es auch nur eine Halbzeit lang, sollte das auch erwähnt werden) und Hochjubeln ihres 1.FC Köln, an dem sie sicher noch einige Jahre ihre Freude in der Zweiten Liga haben würden. Schlußendlich fragte ich auch noch, ob sie schon bemerkt hätten, daß man in Zweitligakreisen DSF mit „Der Schleichende Fantod" (Montagsspiele) übersetzen würde. Danach ging es mir besser. Noch besser ging es mir allerdings, als ich eine Antwort erhielt und das DSF zugab, wirklich niemanden im Stadion gehabt zu haben, der den Internet-Bericht geschrieben hatte, man diesen aufgrund meines massiven Einwandes aber abgeändert hätte. Hallo DSF, wenn ihr zukünftig Hilfe in Sachen KSC-Spielbe-richte benötigt, meldet euch einfach, gar kein Problem!

Ich sah mir das Spiel der Fürther in Gütersloh an und konzentrierte all meine negative Energie auf die Franken, damit sie nur ja dieses Spiel verlieren würden. Leider spielten die abstiegsbedrohten Gütersloher so schlecht, daß ich mich zum einen fragte, wie zur Hölle wir gegen diese Truppe nur zuhause hatten ver-lieren können und zum anderen dachte ich mir, daß ich bei dieser Leistung auch mit einem Unentschieden zufrieden gewesen wäre. Es wurde nichts mit dem Unentschieden, denn die Gütersloher brachten es fertig, die technisch weit besseren Fürther mit ihrem Armuts-Gekicke einzulullen und ihnen dann wenige Minuten vor Schluß noch einen Glücksschuß zu verpassen, der das 1:0 und den Sieg brachte und mich einmal mehr der Gerechtigkeit danken ließ, denn schließlich hatten sie uns ja auch drei Punkte abgenommen, also war das gegen einen unserer Konkurrenten nur recht und billig. Fürth blieb also bei seinen 47 Punkten, was zur Folge hatte, daß der Abstand von Aufstiegsplatz 3 zu Platz 7 nur drei Punkte betrug, wir also mit dem Unentschieden in Stuttgart nicht nur einen Punkt geholt, sondern von vier auf drei Punte herangekommen und somit ein ganzes Spiel aufgeholt hatten. Das nächste Spiel sollte uns zuhause gegen den Viertplazierten TeBe führen, bei denen ja bekanntlich „unser" Winnie Schä-fer mittlerweile als Trainer fungierte. Die ganze Woche über gab ich mich mei-nen Wunschträumen hin, holte schon mal vorsichtshalber die Karten für das eine Woche später stattfindende Auswärtsspiel in Fürth (das zu einem Endspiel werden konnte), bestellte auch gleich noch Karten für das letzte Saisonspiel in

Unterhaching und ging auch sonst allen möglichen Leuten mit meinen ständigen Rechnereien auf die Nerven. Ob wir wohl mal wieder ein Heimspiel gewinnen würden, noch dazu gegen einen direkten Konkurrenten?

Das Thema „Winnie Schäfer kehrt zu seiner alten Liebe zurück" beherrschte die Schlagzeilen die Woche über und ließ mich viele sentimentale Gedanken an die gute und längst vergangene Zeit verlieren, als wir uns in der Bundesliga etabliert hatten und niemand zu der Zeit auch nur im Traum daran gedacht hatte, daß der so vollmundig ausgerufene „KSC 2000" eben diesen zur Jahrtausendwende in der Zweiten Liga sehen würde. Ein wenig Schmunzeln konnte ich da schon über die Zeitungsnotiz, daß 60 KSC-Fans eine CD mit Gesängen aufgenommen hatten, denn die Begründung sprach mir aus der Seele: *„Ein Übel wurde in der mangelnden Stimmgewalt und der Ideenarmut der sogenannten 'Dundee-Generation' ausgemacht, also der Fans, die in den Zeiten des größten Erfolges zum Verein gestoßen sind."* Tja, diese Fans sind denn auch leider diejenigen, die sich zwar bei den Heimspielen im Fanblock breitmachen, die man aber auswärts kaum sieht – da trifft man immer wieder die gleichen Gesichter, die richtigen Fans, die alten Trikots, den Fangeist der alten Zeit, der sich durch die Zweitliga- und L-Block-Zeiten der '80er Jahre hindurch zusammen mit der Mannschaft (und Winnie Schäfer) entwickelt hat und den die Jüngeren ganz einfach nicht nachvollziehen können. Klar, keiner kann was für sein Geburtsjahr, dafür aber müssen diese Leute auch die Argumentation von Leuten wie mir akzeptieren, weil sie nicht wissen (können), wie es damals war, zudem ist es überall dieselbe Geschichte: Wenn's dauerhaft bei einem Verein nicht läuft (in unserem Falle Verbleiben in der Zweiten Liga), nimmt die Zuschauerzahl ab und viele der Jüngeren bleiben dann weg, weil es eben nicht mehr „in" ist, ins Stadion zu gehen.

Ich war am Spieltag kaum zu etwas zu gebrauchen und im Büro war das Spiel Gesprächsthema Nr. 1. Na ja, zumindest, wenn ich dabei war. Ich ging früher, um nur ja rechtzeitig da zu sein und konnte beim Eintreffen auf unserem Stammplatz im Fanblock D1 schon die aufgeregten Gespräche über Winnie Schäfer hören. Das versprach interessant zu werden und nervös war ich eh schon den ganzen Tag, das Spiel konnte beginnen! Zunächst mal zeigte sich unser ehemaliger Trainer erst kurz vor dem Spiel und wurde mit Sprechchören gefeiert, die er mit einem kurzen Winken würdigte. Das Spiel bot einmal mehr unser grandioses Mittelfeld mit Namen wie Schwarz, Kienle, Arnold oder Bäumer und somit die Tatsache, daß dieser Mannschaftsteil einmal mehr kaum vorhanden war. Arnold machte der Nr.10 durch überhastetes und fehlerhaftes Spiel keine Ehre und als er am eigenen Strafraum den Ball verändelte und unser Torwart Jentzsch so gerade noch ein Unglück (sprich Gegentor) verhindern konnte, kamen die ersten Sprechchöre nach Rainer Scharinger auf. Dieser allseits geschätzte und stets gute Leistungen abliefernde Regisseur unserer Amateur-Mannschaft (Scharinger ist 31 und hat nie eine echte Chance bekommen, wir können alle froh sein, daß er als Karlsruher sehr am KSC und der Gegend hängt und immer wieder seinen Vertrag verlängert hat) kam dann leider erst nach rund 65 Minuten ins Spiel und riß dieses sofort an sich. Auf einmal kamen die Flanken dahin, wo auch wirklich ein Spieler von uns stand und alle suchten seine Ideen. Aber wie es nunmal so ist, es gibt Spiele, da fühlt man als Fan einfach, daß an so einem Abend nichts geht, daß man einfach kein Tor erzielt und so ging es mir von Anfang des Spiels an. Sicher, wir hatten sehr gute Chancen und auch Pech, daß ein Berliner Spieler einmal auf der Torlinie klärte, aber irgendwie waren beide Teams gleichwertig (wobei ich nicht gleich gut, sondern eher gleich bemüht meine) und so war das 0:0 am Ende okay. Okay? Ja, wenn wir gegen den Vorletzten Uerdingen das letzte Heimspiel gewonnen hätten statt es zu verlieren (die Uerdinger verloren danach zweimal 0:4, das sagt alles, finden sie nicht?), dann wäre der eine Punkt in Ordnung und wir punktgleich mit dem Drittplazierten gewesen, so aber hatten wir die 1.265. Chance zum Aufschließen zur Spitze vergeben (mein Kumpel Stephan meinte zu der ganzen Misere sehr treffend: „Immer wenn sie den letzten Schritt zum Aufstiegsplatz machen können, schaffen sie es nicht. Ich komme mir vor, als ob ich mich zum x-ten Mal nach einem Geldbeutel bücke und jedesmal, wenn ich zugreifen will, wird er an einer Schnur zurückgezogen. Das regt mich total auf!").

Der Punkt war also zu wenig und so sahen es auch die Fans, denn als die Mannschaft zu unserem Block gelaufen war, um sich für (tolle!) Unterstützung zu bedanken, wurde sie mit lauten „Und SO wollt ihr aufsteigen?"-Gesängen empfangen und machte gleich wieder kehrt. Noch während sie auf dem Feld war, schlugen die Gesänge in laute Rufe nach unserem Ex-Trainer um, der in der Kurve mit den wenigen Berliner Fans feierte (12 oder doch 21? Egal, DIE feierten, so wie die 14 (oder doch 17?) Uerdinger zwei Wochen zuvor und WIR standen zu tausenden dumm da und schauten zu). Als er die Sprechchöre hörte, kam er übers Feld gelaufen, direkt zu unserem Block, winkte, klatschte uns Beifall und verbeugte sich sogar. Ich stand regungslos da, nahm diesen Moment wie in Zeitlupe in mich auf und muß sagen, daß es ein sehr ergreifender Moment war: Hier stand der Mann, dem wir alle Erfolge zu verdanken hatten, genau wie früher, als er nach den Spielen gefeiert wurde, nur war er jetzt nicht mehr unser Trainer. Er hat Fehler gemacht in den letzten zwei Jahren seines Daseins, er hätte zurücktreten sollen, er hat all dies selbst zugegeben und genau das hat ihm bei mir, Befürworter seines Rauswurfs, wenn auch nicht der Art und Weise, wie dieser erfolgte, wieder Kredit zurückgegeben. Und als er vor unserem Block stand und die „Winnie Schäfer, Du bist der beste Mann"-Sprechchöre laut durchs Stadion hallten, da wurde ich sehr traurig und dachte an die tollen Spiele, die wir einst hatten und die dieser Mann uns mit seinem Händchen für neue Spieler, die die zu Bayern München abgewanderten ersetzten, beschert hatte. Ich dachte noch lange nach dem Spiel über diese Szene nach, die mir sehr viel tiefer unter die Haut gegangen war, als ich gedacht hätte und ich wünschte mir so sehr, die Zeit noch einmal zurückdrehen zu können, aber dieser Wunsch blieb unerfüllt... Wer weiß, vielleicht werden wir Winnie Schäfer irgendwann mal wieder bei seiner „alten Liebe" als Trainer wiedersehen? Ich glaube, ich hätte nicht mal was dagegen...

Die Rollen in der Tabelle waren jetzt verteilt, denn Fürth und TeBe teilten sich mit 48 Punkten Platz 3 und 4, Ulm folgte mit 47 Punkten und Hannover und wir mit 45. Unser nächstes Spiel sollte uns nach Fürth führen, also zu der Mannschaft, die den letzten Aufstiegsplatz hielt. Da wir eh schon drei Punkte zurücklagen, war die Ausgangslage klar: Alles andere als ein Sieg würde das Ende bedeuten, ein Schlag mit dem Holzhammer auf die Hoffnung, die ja bekanntlich zuletzt stirbt und in unserem Falle immerhin noch zuckte. Einen solchen Schlag würde sie nicht überleben.

Zusammen mit 1.500 anderen KSC-Fans machten wir uns an einem wunderschönen Sonntag auf den Weg nach Fürth, verfuhren uns ganz erbärmlich (ich weiß heute noch nicht, wie die auf der Karte ganz einfach aussehende Wegstrecke ab Nürnberg plötzlich ganz anders ausschaute und wir irgendwo in der Pampa landeten, von wo aus uns einige nette Franken wieder auf Kurs bringen mußten – ob das an den diversen geleerten kalten Bieren lag, die unseren Fahrer Achim alleine mit der Situation ließen?) und kamen dann doch irgendwie am Stadion an. Die auf den Tickets angebrachten Magnetstreifen und die davon wegzeigenden Pfeile ließen auf ein ganz modernes Einlaßsystem schließen und ich war gespannt, wie man im Playmobil-Stadion (Kult) den neuesten Stand der Technik anwenden würde. Nun, die Technik entpuppte sich lediglich als ganz normaler Riß mitten in der Karte, die ein Ordner vornahm. Soviel zur Technik und den Magnetstreifen.

Witzigerweise sahen wir nur wenige Stufen unter uns den KSC-Pfarrer wieder (siehe Spiel in Leverkusen letzte Saison), natürlich wieder in Mönchskutte und mit KSC-Käppi und wir wünschten uns sehnlichst, daß er dieses Mal einen besseren Draht zum Fußball-Gott entwickeln und uns ein weiteres 1:6 (wie damals in Leverkusen) erspart bleiben würde. Das Spiel begann und wir konnten feststellen, daß unsere Mannschaft mit dem Elan und dem Biß loslegte, den wir uns alle bei den Heimspielen insbesondere gegen untenstehende Teams gewünscht hätten, es gab einige gelbe Karten, viele Zweikämpfe und nach etwa 13 Minuten einen Kopfball von Bäumer, der nicht direkt aufs Tor, sondern erst einmal nach oben ging und uns allen ein lautes Stöhnen entrang. Der Ball schien dies gehört zu haben und uns Allwissenden hinter dem anderen Tor beweisen zu wollen, wie wenig wir doch von Physik verstanden, denn so hoch wie er in die Luft gestiegen war, so steil senkte er sich in einer genialen Bogenlampe auch wieder nach unten, genau hinter den Fürther Torwart ins Dreieck und wir lagen vorne! Diese Führung hatten wir uns verdient und in meinem Wahn begann ich schon, mir auszumalen, wie die Tabelle nach unserem Sieg aussehen würde (phantastisch) und ich mußte mich mit einem stummen Schrei selbst zur Ordnung rufen. Auch die zweite Halbzeit sah uns gut weiterspielen und einen herrlichen Konter mit Stefan Meißner abschließen, wenn auch leider nicht ins Fürther Tor, hinter dem wir standen, sondern maßgenau an die Latte, wie von Meißner gewohnt. Besser machte es Danny Schwarz, der ein Solo in Richtung Strafraum hinlegte, in diesen eindrang und einen Fürther Abwehrspieler stolpern ließ. Im Fallen hatte dieser dann einen glorreichen Moment, denn er klatschte den Ball mit der Hand weg und es gab Elfmeter für uns. Wer sonst als unser Torjäger Rainer Krieg legte sich den Ball zurecht und ich dachte mit Schrecken daran, daß alle Elfmeter, die ich Freitag und Samstag zuvor im Fernsehen gesehen hatte, verschossen worden waren, in Düsseldorf, Freiburg (beide gehalten) und Duisburg (an die Latte) waren die Fahrkarten geschossen worden und vor mir drehte sich Dirk mit irrem Blick um und ballte die Fäuste in wilder Vorfreude. Krieg lief an, der Fürther Torwart flog nach links und der Ball schlug lässig rechts ein und wir flippten aus, 2:0 beim direkten Konkurrenten und nur noch sieben Minuten zu spielen. Die Tabelle nahm konkrete Formen in meinem Kopf an und als ich gerade mit meinen Berechnungen zuende war (und die Tatsache vergessen hatte, daß wir es immer und überall spannend machen wollten), kassierten wir den Anschlußtreffer. 1:2 nur noch und ich fragte mich, warum es nicht ein einziges Mal möglich war, ohne Streß und strapazierte Nerven einen Vorsprung nach Hause zu bringen. Ich nahm mir vor, mich wieder vor den Mannschaftsbus zu setzen, wenn unser schöner Vorsprung nach 85 Minuten, in denen wir das Spiel kontrolliert hatten, noch vor die Hunde gehen sollte; unsere Abwehr schwamm auf einmal wieder erbärmlich und ein Fürther stand plötzlich völlig frei vor unserem Kasten und schoß den Ball aus zehn Metern ebenso hoch übers Tor – dieser eine Moment kostete mich wieder Monate meines Lebens auf einmal. Dann war endlich Feierabend und wir hatten die drei Punkte gemacht, die wir so sehnsüchtig erhofft hatten; wir liefen nach unten zum Zaun und klatschten unsere Spieler ab und ich brüllte jeden, der vorbeikam an, daß es jetzt verdammt nochmal losgehen würde und sah einige erschrockene Spielergesichter vor mir – ob sie nun vor mir und meiner wilden Begeisterung erschraken (andere Fans neben mir ließen sich anstecken und fingen auch mit dem Brüllen an) oder vor ihrer eigenen guten Leistung erschrocken waren, ließ sich leider nicht herausfinden, aber das war ja auch egal.

Haching (hatte 0:3 in Uerdingen verloren) führte nun mit 55 Punkten vor Bielefeld mit 54 und TeBe mit 49, danach dann Fürth mit 48, wir mit 48 und Ulm mit 48, dann Hannover mit 46. TeBe hatte sich mit einem Heim-Unentschieden gegen Bielefeld den dritten Platz geholt, aber dennoch: Von den ersten sieben Mannschaften der Tabelle hatte nur eine gewonnen und das waren wir! Zudem betrug der Rückstand nur noch einen Punkt, so dicht dran waren wir in der ganzen Saison noch nicht. Jetzt zuckte die Hoffnung nicht mehr nur, jetzt war sie plötzlich aufgestanden, trug einen blau-weißen Schal und machte uns Mut für die letzten fünf

Spiele. Verloren zuhause gegen die Abstiegskandidaten Gütersloh und Uerdingen, dafür dann in Bielefeld, Ulm und jetzt in Fürth auswärts gewonnen: Diese Mannschaft ist total verrückt und wir alle brauchen das, weil wir ebenso verrückt sind, auch wenn mich das eines Tages meine letzten Nerven kostet.

Am folgenden Dienstag dann holte sich die Gerechtigkeit ihren Tribut für die von ihrer Schwester Glück vergebens gewährte Gunst des Klassenerhalts des letzten Jahres: In der Bundesliga schlug der Viertletzte Werder Bremen in einem Nachholspiel Schalke mit 1:0. Was das mit uns zu tun hatte? Nun, ganz einfach: Mit diesem Sieg war Bor. Mönchengladbach abgestiegen, genau die Gladbacher, wegen denen wir letzte Saison am letzten Spieltag ins Gras gebissen hatten und auch wenn ich keinem den Abstieg wünsche: Ich verspürte ein tiefes Gefühl der Befriedigung, das ganze Jahr über immer wieder Berichte über Gladbach und frustrierte Fans, kaum auszuhalten, mit welcher Theatralik und welchem Pathos da berichtet wurde – über UNS hatte sich damals keiner derjenigen, die uns in erfolgreichen UEFA-Cup-Tagen noch geherzt hatten, irgendwelche Gedanken gemacht, UNSERE Fans wurden kaum oder auch nur nach dem letzten Spieltag gezeigt und auch hier überwog die Berichterstattung über den Gladbacher Jubel und die Tatsache, daß dieser seit Jahren schwach spielende (ja, ihr Gladbacher Fans, vergleicht doch mal die Tabellenplätze der letzten Jahre) Traditionsverein und somit lediglich ein Name den Klassenerhalt geschafft hatte. Nun können die Gladbacher nichts für die Berichterstattung, das ist mir klar, aber keiner kann mir meine Befriedigung verübeln und ich kann glaubhaft versichern, daß es fast allen KSC-Fans so geht: Jetzt sind all diejenigen, die gelacht und gefeiert hatten, während unsereiner bittere Tränen des Abstiegs vergoß, doch noch von ihrem Dusel der letzten Saison eingeholt worden, jetzt hat sie's doch erwischt und das ist gut so. Jetzt könnt ihr euch auch über Montagsspiele ärgern, über leere Stadien, schlechte Stimmung, eben all das, um das ihr letztes Jahr rumgekommen seid und von dem ihr geglaubt hattet, ihr würdet es eben deshalb nie erleben. Verbitterung? Ja, ich bin verbittert, denn wir hatten eine gute Mannschaft, die lediglich eine einzige Saison versaut hatte, nach Jahren im ersten Tabellendrittel nur einmal nicht zu sich gefunden hatte und die sofort mit dem Abstieg und somit gleichbedeutend mit dem Zerfall von allem, was zwölf Jahre zum Aufbau gebraucht hatte, bestraft wurde. Wären wir um dieses Jahr bzw. den Abstieg herumgekommen, hätten wir die Mannschaft an den versagenden Positionen verändert, Geld und Reputation waren genug vorhanden, und dann hätten wir alle Chancen gehabt, wieder oben mitzuspielen – zumindest wären wir nicht die meiste Zeit der Saison Letzter gewesen so wie die Gladbacher in dieser Saison, die sich meiner Meinung nach des Klassenerhalts als nicht würdig erwiesen haben. So, das mußte sein. Und wenn sie jetzt meinen, daß ich einen Gladbach-Verfolgungswahn habe, dann würde ich sagen, daß sie recht haben. Sorry Marco.

Hinweg mit den Gedanken an Bundesliga-Absteiger, hin zu denen, die sich mit dem Aufstieg befassen. Nachdem wir am Jahrestag unseres letztjährigen Abstiegs, dem 09.05.99 (genau an diesem 09.05. sind wir 1998 abgestiegen) beim Dritten in Fürth gewonnen hatten, wartete nun eine ganz spezielle Aufgabe auf uns: Wattenscheid. Diese hatten uns mal, als sie noch in der Bundesliga spielten, 1994 als feststehender Absteiger die Qualifikation zum UEFA-Cup versaut, indem sie eine indiskutabel spielende KSC-Mannschaft mit all denjenigen, die in dieser Saison so für Furore gesorgt hatten, mit sage und schreibe 5:1 ablederte. Ich war damals sogar alleine mit dem Auto nach Wattenscheid gefahren, weil ich das abermalige Erreichen des UEFA-Cups miterleben wollte und stellte dann fest, wie lang und teuer 400 km alleine doch sein können.

Hinweg auch mit diesen Gedanken, Wattenscheid war gerade im Begriff, auch aus der Zweiten Liga abzusteigen, war Drittletzter und genau das Kaliber, gegen das wir so gerne zuhause Punkte für den Wiederaufstieg verschenken. Immerhin hatten wir schon gegen Gütersloh zuhause verloren (die seitdem kein einziges Spiel mehr auswärts gewonnen hatten) und uns auch gegen Uerdingen blamiert. Beide stehen auf einem Abstiegsplatz und daher schrillten meine Alarmglocken ganz bedenklich. Um sie wieder abzustellen, versuchte ich, ganz abergläubisch, meinen Teil zu einer Veränderung beizutragen: Ich wechselte die Hosen. Nachdem die Kombination Wagen/Trikot (siehe weiter oben) ihre Magie verloren hatte, kramte ich meine alte schwarze Jogginghose wieder aus dem Schrank, die ich früher immer getragen hatte, als wir noch eine Macht zuhause waren und betrachtete die Jeans, die ich sonst trug, als lediglich auswärtstauglich, immerhin hatten wir aus den letzten drei Auswärtsspielen zwei Siege und ein Unentschieden geholt. So verändert wartete ich mit 15.499 anderen auf den Anpfiff und stellte nach einer halben Stunde zwar das ehrliche aber erfolglose Bemühen unserer Mannschaft fest. Zum Glück aber gibt es Rainer Krieg, denn der beförderte eine scharfe Hereingabe von Danny Schwarz über die Linie und erzielte damit seinen 18. Treffer. So gingen wir in die Halbzeit und als wir in der zweiten Hälfte einen seltenen Angriff spielten und Rolf-Christel Guie-Mien im Strafraum zu Boden ging, erhob ich schon die Hand zum Abwinken, als der Schiedsrichter seine erhob und mit einem Pfiff auf den Elfmeterpunkt zeigte. Da man Geschenke annehmen sollte, legte sich Rainer Krieg den Ball zurecht und verwandelte ebenso sicher wie eine Woche zuvor in Fürth, auch da zum 2:0. Dort bekamen wir kurz vor Schluß noch ein Tor und zitterten uns die letzten Minuten zum Sieg und auch heute sollten wir es nicht leicht haben: Nach unserem 2:0 zog unsere Mannschaft nämlich kollektiv den Stecker heraus und lehnte sich in der bekannten Art und Weise in der eigenen Hälfte zurück, dem Gegner wieder einmal ein herzliches „Spielt doch auch mal mit" zurufend – schon mal dagewesen, aber immer wieder aufs neue aktuell. Man könnte auch sagen, sie bettelten um ein Gegentor und das bekamen sie dann auch rund

13 Minuten vor dem Ende. Jetzt war es zappenduster, genauso wie in Fürth schwamm unser Team um die Wette, stand gegen den Drittletzten der Tabelle mit allen Mann hinten und verteidigte den knappen Vorsprung. Ich regte mich gar nicht laut auf, dieses Mal lief alles in völliger Stille bei mir ab, ich ärgerte mich dermaßen über die sich stets wiederholende Schlafmützigkeit und Überheblichkeit unserer Mannschaft, daß ich gar nichts mehr sagen oder schreien konnte, ich stand nur da, sah ungefähr alle zehn Sekunden auf die Uhr und hoffte, daß es bald zu Ende sein würde und wir dann die drei Punkte noch haben würden. Neben mir stand ein Mädchen, und als sich unsere Blicke trafen und ich nur stumm und grimmig den aufgeregten Kopf schüttelte, meinte sie: „Du hast Dich schon in Fürth so aufgeregt die letzten Minuten und heute schon wieder. Schlimm, oder?" Wieder eines dieser Deja-Vu-Erlebnisse, ich fragte mich in diesen Sekunden, wieso zum Henker ich auswärts immer denjenigen Personen auffallen mußte, die dann unter 15.500 Zuschauern beim nächsten Heimspiel direkt neben mir stehen mußten?! Der Schlußpfiff nach 94 Minuten ließ mich dann alles vergessen, der Ärger verpuffte wie eine Seifenblase und die Tabelle erschien: TeBe hatte in Köln verloren und dies bedeutete, daß wir zum ersten Mal in der ganzen Saison auf Platz 3, dem so wichtigen letzten Aufstiegsplatz lagen, punktgleich mit Ulm auf Platz 4 mit einem glorreichen Tor Vorsprung. Ich schaute immer wieder auf die Anzeigetafel, feierte noch mit der Mannschaft per Laola und wünschte mir inständig, daß diese Tabelle auch vier Wochen später so aussehen mochte, denn dann war die Saison zuende. Neben der Tatsache, nun auf einem Aufstiegsplatz zu stehen, erhielt ich noch eine andere Erkenntnis aus diesem Spiel: Von nun an waren schwarze Jogginghosen als Heim-Outfit notwendig. Wenn man damit drei Punkte machen kann, ist einem die Optik egal.

Das erste, was ich Montags im Büro bewerkstelligte, war die Ankündigung eines freien Tages am Freitag darauf, denn da wollten wir unbedingt 1.000 km an einem Tag zurücklegen – nach Gütersloh zum nächsten Auswärtsspiel. Ich glaube, bemerkt zu haben, daß sich das belustigte Kopfschütteln im Büro angesichts des nunmehr erreichten und zu verteidigenden Aufstiegsplatzes in Grenzen hielt. Recht so!

Der Saison-Endspurt: Gütersloh – „1.000 Kilometer für zwei Chancen"

Die Fahrt nach Gütersloh war dann ein Paradebeispiel dafür, was Fans auf sich nehmen, um ihrem Club zu folgen und ihn zu unterstützen und ich bin sicher, viele, die an jenem Tag dortgewesen sind, haben ähnliche Eindrücke. Das Spiel fand Freitag vor Pfingsten statt, d.h., wir hatten zum einen den Pfingstreiseverkehr auf den Autobahnen und zum anderen die Tatsache zu akzeptieren, daß Achim erst gegen 13.30 Uhr und Dirk gegen 14.00 Uhr von der Arbeit kommen würden. Kurz nach 14.00 Uhr, ich hatte beide von der Arbeit abgeholt, Christian, ein Kollege Dirks und auch schon bei der einen oder anderen Fahrt bei uns dabei, war ebenfalls an Bord, hörten wir, daß es quasi direkt vor unserer Haustür einen 16 km langen Stau auf der A5 gab. So fuhren wir, um ein wenig abzukürzen über die Landstraße zur nächsten Ausfahrt Bruchsal und benötigten in Karlsdorf (kurz vor der Autobahnauffahrt) eine halbe Stunde, um durch den Ort zu kommen. Der Stau setzte sich auf der Autobahn fort, so daß wir nach einer Stunde Fahrtzeit kaum vom Fleck gekommen waren. Wenig später hörten wir, daß es auf allen vier möglichen Fahrtstrecken weitere Staus gab. Wir entschieden uns für diejenige, deren Stau erst bei Köln beginnen sollte und quälten uns durch Massen von LKW's, Pfingsturlaubern, Pendlern, Baustellen und Tempolimits, kurz: Es war eine Katastrophen-Fahrt, wir kamen kaum voran, der Verkehr war zumeist so dicht, daß wir nie richtig Gas geben konnten und sogar kurz davor waren, wieder umzukehren, weil wir die Anstoßzeit von 19.00 Uhr nicht mehr erreichen konnten. Verrückt wie wir aber nunmal sind, fuhren wir doch durch, schließlich waren wir Dritter und wir wollten unbedingt unseren Teil dazu beitragen, diesen Platz zu behalten – ich bewegte mich stets am Rande des Führerscheinentzugs (am Rande!) und gegen 19.20 Uhr kamen wir an einem riesigen Feld und dem darauf befindlichen Parkplatz an. Wir hörten schon die Gesänge, mußten noch ein weiteres gigantisch großes Feld Richtung Stadion überqueren und die Ordner begrüßten uns mit den Worten: „Ihr hättet euch keine Karten kaufen brauchen, wenn das Spiel schon fast eine halbe Stunde läuft. Wir hätten euch auch so reingelassen." Dumm gelaufen, daß wir die Karten schon in Karlsruhe gekauft hatten, aber bisher waren wir noch nie zu spät zu einem Spiel gekommen – einmal ist immer das erste Mal, aber wir waren froh, überhaupt noch einigermaßen rechtzeitig gekommen zu sein und da dieser Trip eh teuer genug war, kam es auf das entrichtete Eintrittsgeld auch nicht mehr an (zumal Chrsitian erst nach der Mitfahrmöglichkeit fragte, als wir unsere Tickets schon hatten und daher wenigstens er umsonst reinkam). Wir gingen in unsere Kurve und ich fragte sogleich nach dem Spielstand, denn eine Anzeigetafel ist bei den meisten Zweitligisten ein seltener Luxus, auch in Gütersloh gab es keine. 0:0 stand's und dem Vernehmen nach hatten wir auch nichts verpaßt. Nichts von unserer Mannschaft zumindest, die laut Augenzeugenberichten in der ersten halben Stunde eh keine Torchance gehabt hatte. Uns schwante nichts Gutes... Die Viertelstunde, die wir sahen, bestätigte die Schilderungen und auch die zweite Halbzeit sah unsere Mannschaft erschreckend teilnahmslos auf dem Rasen herumlaufen und wieder einmal die häßliche, lust- und herzlose Verliererfratze tragend. Sollte dies der Lohn für unsere Plackerei auf der Autobahn sein und für diejenigen, die noch nach uns angerannt und noch später kamen als wir?

Es dauerte bis zur 68. Minute, bis wir überhaupt den ersten Schuß aufs Tor abgaben und daß dieser auch noch von unserem 38jährigen Libero Buchwald kam, der mit gebrochener Hand (!) spielte, sprach Bände. Zu diesem Zeitpunkt lagen wir bereits 0:1 zurück, denn eine mit viel Herz und Einsatz um ihre Existenz in der Zweiten Liga kämpfende Gütersloher Mannschaft hatte gegen eine ohne Herz und ohne Einsatz anscheinend gegen den Aufstieg spielende KSC-Truppe verdient getroffen und mich wieder einmal an meinem Verstand zweifeln lassen. Was tat ich nur hier? Diese Frage sollte sich mir noch zweimal stellen: Einmal als Meißner (wer auch sonst) völlig freistehend eine flache Hereingabe am leeren Tor vorbeischoß und zum anderen als wir zehn Minuten vor dem Ende das 0:2 kassierten.

Eine andere Frage stellte sich an jenem Abend auch noch: Was zum Teufel tat unser neben Guie-Mien bester Mittelfeldspieler Scharinger bei uns im Fanblock? Im Trainingsanzug und mit KSC-Schal stand er einige Stufen unter uns und wir dachten, er sei sicher verletzt. Falsch gedacht, andere Fans klärten uns auf, daß er sich extra einen Tag Urlaub genommen hatte (Scharinger spielt bei den Amateuren und arbeitet nebenher) und fit sei. Als dann noch unser Fehleinkauf Arnold aufs Feld kam (der dieselbe Position wie Scharinger spielt, nur leider nie auch nur ansatzweise etwas zuwege bringt – dies hat mittlerweile jeder bemerkt, nur unser Trainer nicht) und den Ball im Mittelfeld verstolperte und sich daraus das 0:2 entwickelte, schlug die Stimmung im Block um, aus Enttäuschung wurde Wut und als das Spiel zuende war (wir hatten tatsächlich 40 Minuten in der zweiten Halbzeit benötigt, um überhaupt einen Eckball zu erreichen) und einige Spieler zu uns liefen, wurden sie beschimpft und mit Bechern beworfen.

Wir waren wieder einmal restlos bedient und weigerten uns, nun so einfach den Heimweg anzutreten, also machten wir vier uns auf den Weg zur Rückseite der Haupttribüne, um der Mannschaft so nahe wie möglich zu kommen und irgendjemand die Meinung zu sagen. Vor einem Stahlzaun stehend, sahen wir vereinzelte Spieler auftauchen und in die andere Richtung laufen, genau so, wie wir uns das vorgestellt hatten. Als wir Scharinger entdeckten, riefen wir nach ihm und er kam zu uns und sah so enttäuscht aus wie wir. Wir fragten ihn, ob er verletzt sei und er verneinte. Als wir ihn fragten, warum er bei uns im Block gestanden hatte, meinte er, er habe nicht alleine auf der Tribüne sitzen wollen und wäre daher lieber zu uns gekommen. Tribüne, das bedeutete, er war gar nicht im Kader und wir verstanden die Welt nicht mehr. Er meinte, er könne und dürfe dazu leider nichts sagen. WIR konnten, und ich glaube, wir sprachen ihm mit unserer Kritik aus der Seele. Er gab uns die Hand, wünschte uns zerknirscht eine gute Heimfahrt und ging. Pressesprecher Saal kam dann noch zu uns und schüttelte nur den Kopf. Er nickte zu all dem, was wir in Sachen mangelnde Einstellung und seelenloses Spiel zu sagen hatten und meinte, daß der Verein allen, die so weit gefahren waren, eigentlich eine Wiedergutmachung schuldig wäre (daß diese nie kam, spricht für sich). Auch er wünschte uns einen guten Heimweg und als ich unseren Spieler Fährmann etwa einen Meter von uns weg stehend an der Tribünenwand lehnend stehen sah und er in meine Richtung sah, mußte ich einfach mein Herz ausschütten, der Wortlaut ist mir noch genau im Gedächtnis: „Was hatten wir mal eine tolle Mannschaft," rief ich in seine Richtung, „Da gaben die Spieler einem Fan immer das Gefühl, alles gegeben zu haben, da waren richtige Typen drin, die wenigstens rannten und kämpften, auch wenn es sonst nicht lief. Und was haben wir heute? Einen Haufen Mitläufer ohne Herz und ohne Seele. Das ist so enttäuschend." Ich höre es noch genau, wie er leise meinte: „Ich kann Dich verstehen." Ein Pressevertreter fragte uns nach unserer Meinung und notierte eifrig mit, unsere Namen schrieb er auch noch auf und so wurde in der Karlsruher Sonntagszeitung Boulevard Baden Christian mit dem Satz zitiert, den er an dieser Stelle zu Protokoll gab und der gleichzeitig die Überschrift über dieses Kapitel bildet: „1.000 Kilometer für zwei Chancen". Unser Coach Ulrich kam auch noch vorbei, allerdings nicht zu uns, sondern zur Pressekonferenz, die hinter uns in einem Zelt stattfand. Als er zurückkam und wieder an uns vorbei mußte, fragte ich ihn, warum um Himmels Willen Scharinger denn nicht gespielt hatte und nicht zum Kader gehörte, während eine Pfeife wie Arnold erneut eine 15-minütige Chance erhalten hatte. Er ließ uns stehen. Danke Coach, wir fahren gerne 1.000 km an einem verkehrsreichen Tag durch die Gegend, kein Problem. Stellen Sie sich einfach vor, wir wären gar nicht da.

Dies war eines der enttäuschendsten Spiele seit dem verlorenen Pokalfinale. Wir hatten vier Spiele vor Schluß der Runde endlich den begehrten Aufstiegsplatz erreicht, einige hundert Fans machten sich an einem der verkehrsreichsten Wochenenden des Jahres auf eine fast 500 km lange Fahrt, um die Mannschaft zu unterstützen und diese hat einfach keine Lust. Sicher, keiner wird gezwungen, solche Strapazen auf sich zu nehmen, aber sind es nicht gerade diese Leute, die solch weite Wege fahren, von denen der Fußball lebt? Leute, denen das Geld, die Zeit und die Anstrengungen egal sind, die nur ihre Mannschaft unterstützen wollen? Und ist es nicht recht und billig, wenn diese Leute dann wenigstens das Bemühen sehen wollen, etwas zu bewegen? Einmal abgesehen davon, daß auch die Spieler eigentlich wissen sollten, daß es galt, an jenem Abend den erstmals in der Saison erreichten Aufstiegsplatz zu verteidigen, um den Wiederaufstieg in Deutschlands höchste Spielklasse zu erreichen, wo es auch wesentlich mehr Geld zu verdienen gibt. Die Logik des einmal mehr totalen Versagens unserer Mannschaft erschließt sich mir einfach nicht. Vielleicht hätte man die Spieler statt im teuren Mannschaftsbus auf verschiedene Wagen der mitgereisten Fans verteilen sollen, damit sie auch einmal am eigenen Leib verspüren, wie hoch der Preis ist, den man als treuer Anhänger aufbringt, um dabeizusein; Achim war an diesem Freitag morgen um 4.00 Uhr aufgestanden, um so früh mit der Arbeit beginnen zu können, daß er gegen 13.30 Uhr zu mir ins Auto steigen konnte und es sollte etwa 3.30 Uhr morgens werden, bis wir wieder zuhause waren. Sicher, kein Spieler verliert mit Absicht, aber dieses zumeist von jugendlichen Heimspielbesuchern im Bemühen der ständigen Verteidigung des Teams bemühte Floskel relativiert sich, wenn man zehn Stunden für ein peinliches 0:2 ohne jegliche Chance beim Tabellenviertletzten auf der Autobahn verbringt. Fansein bedeutet eben NICHT NUR das Anfeuern um jeden Preis – Fansein bedeutet auch Kritik zu üben. Dafür stehen wir dann im Gegensatz zu all den Dauerjublern auch beim nächsten Mal wieder am anderen Ende Deutschlands irgendwo in einer Kurve und glauben an das Bessere im Fußballer. Meine Karte für das letzte Saisonspiel in Unterhaching habe ich im übrigen auch schon, vielleicht steht ja dann doch noch etwas für uns auf dem Spiel. Sie meinen, diese Tatsache steht im Widerspruch zu all meiner Kritik und Enttäuschung und ich sollte einfach mal wegbleiben? Sie haben recht, aber ich bin ein hoffnungsloser Fall und kann nichts dagegen tun...

Und die anderen Teams taten Sonntags darauf nichts, um mich von meinem Wahn abzubringen, denn sie scheiterten. Alle! Ich vollführte einen ungelenken Tanz vor dem Fernseher, als ich die Ergebnisse per Videotext abrief: Die mit uns punktgleichen Ulmer verloren beim Vorletzten Uerdingen (der mit mehreren A-Jugendlichen angetreten war), Fürth verlor zuhause gegen Köln und Hannover kassierte in Stuttgart in der letzten Minute den Ausgleich und konnte uns daher nicht überholen. Was hatten wir mit unserem Katastrophenspiel also verloren? Nichts, wir waren punkt- und torgleich mit Ulm immer noch Dritter. Ist das nicht verrückt? Im Fernsehen meinte ein Reporter, man könne das Gefühl bekommen, daß nach Bielefeld und Unterhaching gar keine dritte Mannschaft mehr aufsteigen wolle, so wie sie alle gespielt hatten.

Ich war ziemlich aufgeregt am nächsten Spieltag und dachte mit fortschreitender Arbeitszeit im Büro nur noch an das Spiel und die Chance, die wir wieder einmal (wenn auch völlig unverdient) durch die Dummheit der hinter uns liegenden anderen Mannschaften erhalten hatten. Zuvor las ich im Kicker noch eine Überschrift, die mich am Verstand unseres Trainers zweifeln ließ: *„Meine Mannschaft war sensationell"* stand da zu lesen und im Text dann der Hinweis, daß viele unserer Spieler ja schließlich vor einiger Zeit noch in der Regionalliga gespielt hätten und man in Karlsruhe viel zu schnell mit Kritik bei der Hand wäre. Ah ja, dachte ich, dann hat er wohl vergessen, daß nur Kritzer aus der Regionalliga kam, Guie-Mien und Bäumer zählten schon in der letztjährigen Erstliga-Saison zum spielenden Personal. Die „Rauf geht's"-Plakate hat er wohl auch übersehen, die die Stadt auch noch in der Winterpause überfluteten und sicher hat er verdrängt, daß wir mit einem riesigen Etat drauflosgeklotzt haben, der höher liegt, als bei manchem Erstligisten. Vielleicht ist es ihm auch nicht mehr bewußt, daß die Neuzugänge als „junge, hungrige Spieler von der Bundesliga-Ersatzbank" angekündigt wurden, die „es allen zeigen wollten, daß sie zu Unrecht nicht zum Zuge kamen" und die vereinsseitig abgelassenen markigen Sprüche hat er sicher auch nie gehört (remember „Wir sind das Bayern München der Zweiten Liga"?). Na ja, dachte ich, was soll's, die anderen sind auch nicht besser als wir, sonst hätten sie uns schon längst überholt, also sollte man seine Enttäuschung (muß ich nochmals an die famose Reise nach Gütersloh erinnern, in deren Zusammenhang die genannte Überschrift wie Hohn auf unserer Benzinrechnung steht?) hinunterschlucken und das Team nochmal anfeuern, so wie sich das gehört.

18.000 Zuschauer fanden sich im Wildpark ein und der KSC fand in den ersten fünf Minuten nicht recht ins Spiel, während Tabellenführer Bielefeld locker aufspielte und das Spiel kontrollierte. Hilfreich war dabei sicher, daß deren Abwehrspieler Meißner sich beim ersten Eckball gegen unseren Stürmer Meißner (nicht verwandt) durchsetzte und uns gleich ein Ding verpaßte, es war zum Davonlaufen. Danach wachten die unsrigen auf, jetzt stimmten Einsatz und Kampfeswille, der Druck aufs Bielefelder Tor nahm zu und nach einer halben Stunde plazierte Rolf-Christel Guie-Mien einen 20-Meter-Schuß genau ins untere Eck und wir hatten ausgeglichen. Endlich! Die zweite Hälfte begann wieder ein wenig fahrig, bevor wir den Druck der ersten Halbzeit wieder aufnahmen und ich unsere Führung witterte, denn Bielefeld tat nicht mehr als nötig. Dafür tat Meißner (UNSER Meißner, natürlich…) viel mehr als nötig und holzte (man kann es nicht anders sagen) nach einem Ballverlust einen Bielefelder am Mittelkreis (gibt es so viel Dummheit wirklich auf einmal? Nein, antworten sie nicht, es ist zu frustrierend) um und sah die Rote Karte. Eine feine Sache, wir mußten unbedingt gewinnen und dezimierten uns selbst. Was sich dann aber nach diesem Platzverweis abspielte, übertraf alles, was ich je mit ansehen mußte. Es spielte sich nämlich gar nichts mehr ab! Wir standen mit allen verbliebenen zehn Mann in der eigenen Hälfte, vor Angst und Unsicherheit erstarrt, während die Bielefelder den Ball an der Mittellinie völlig ungestört hin und her schoben und gar keine Lust hatten, nach vorne zu spielen. Warum sollten sie auch, schließlich brauchten sie noch einen einzigen Punkt, um ganz sicher aufgestiegen zu sein und den hatten sie ja. WIR hingegen brauchten deren drei, um vorne dabeizubleiben und daher machte mich die Passivität unserer Mannschaft rasend. Nicht nur mich im übrigen, denn das ganze Stadion pfiff aus Leibeskräften und Achim meinte: „Unsere Holzköpfe meinen bestimmt noch, wir würden die Bielefelder auspfeifen.", womit er den Nagel auf den Kopf traf, denn alles regte sich über UNSERE Truppe auf, die jegliche Aktivitäten einstellte und völlig passiv und feige auf den Schlußpfiff wartete. Ich dachte darüber nach, daß

Scharinger wieder nicht zum Einsatz gekommen war und wir lediglich mit einem offensiven Mittelfeldspieler begonnen hatten, obwohl wir unbedingt hätten gewinnen müssen und ich begann erneut, am Verstand unseres Trainers zu zweifeln. Als ich dann noch in Betracht zog, daß mit Meißner ja ein Stürmer vom Platz gestellt worden war (einer von zweien, die wir nach den glorreichen WSV-Aktionen in der Winterpause noch im Kader hatten) und nicht einmal dies zur Hinzunahme von Scharinger (und somit einer Offensivkraft) geführt hatte, begann ich sogar, an der Qualifikation des Trainers zu zweifeln und schüttelte verzweifelt den Kopf. Rund um mich herum begannen einige frustrierte Fans auch prompt „Ulrich raus" zu rufen und sie sprachen mir in jenem Moment aus der Seele, obwohl ich mich an solchen Chören noch nie beteiligt habe, weil sie mir bei aller Zustimmung irgendwie zuwider sind. Passend schien mir auch zu sein, daß der Coach, sonst stets neben der Bank stehend und Anweisungen gebend, sich in dieser grausigen Schlußphase hingesetzt hatte und mir irgendwie zufrieden über die Umsetzung seiner taktischen Marschroute erschien (ich hörte ihn schon „Mit zehn Mann muß man gegen den Tabellenführer auch mal mit einem Unentschieden zufrieden sein" sagen – wieviele Mannschaften haben gerade mit einem Spieler weniger schon Spiele umgebogen, diese Beispiele gibt es zuhauf und nicht zuletzt wir hatten in der letzten Saison beim 3:1 gegen Bielefeld (gegen die wir nun vor Angst erstarrt waren) genau DIES vorgemacht! Leider fehlt unserem jetzigen Team dazu aber ein wichtiger Punkt: Charakter). Durch meine Überlegungen hindurch ertönte der Schlußpfiff, der sogleich vom gellenden Pfeifkonzert der Zuschauer übertönt wurde und als die Spieler verstohlen in unsere Richtung (in Richtung Fanblock also) schauten, sahen sie so viele gestreckte Mittelfinger, daß sie erst gar nicht in unsere Richtung gelaufen kamen. Ich sah wie immer nach links, in die Kurve der Gästefans und nachdem wir zuvor schon acht Leute aus Uerdingen und sieben von TeBe peinliche aber berechtigte Laolas hatten fabrizieren sehen, so durften wir aufgrund unserer Heimstärke jetzt auch noch den Bielefeldern zusehen, die den direkten Wiederaufstieg feierten, der bei uns so vollmundig als Ziel ausgegeben worden war. In diesem Moment kam mir ein Gedanke, der mir noch nie gekommen war und auf den ich auch nicht stolz bin: Ich stellte fest, wie wenig ich mich mit der Mannschaft identifizierte! Mit der Mannschaft, nicht mit dem Verein wohlgemerkt, denn KSC-Fan bleibe ich für immer, ganz egal, wo uns die Reise noch hinführt. Ich meine damit einfach diese Fährmanns, Schwarz's, Kienles, Molatas, Meißners und wie sie alle heißen – ich würde diese Typen nicht einmal auf der Straße erkennen, wenn ich sie sehen würde, eben WEIL es keine Typen sind, die man sich merken könnte. Einen Edgar Schmitt, einen Manni Bender, einen Srecko Bogdan, einen Michael Harforth oder einen Burkhard Reich oder Gunther Metz erkenne ich sofort, sowohl auf dem Spielfeld als auch außerhalb. Bestätigt wird dieses nicht gerade wünschenswerte Gefühl dann auch stets damit, daß außer unserem Keeper Jentzsch lediglich die Alteingesessenen Reich und Metz gefeiert werden, weil sie Typen sind, weil sie was geleistet haben für den Verein und weil sie immer alles geben. Nicht einmal unser erfolgreichste Torschütze Krieg bekommt Sprechchöre zu hören, nur Jentzsch, Metz und Reich. Sagt das nicht mehr als tausend Worte, um mal mit der Werbung zu gehen?

Nach dieser taktischen Meisterleistung mit einem Unentschieden gegen ein Team, das in der zweiten Halbzeit eigentlich gar nichts von uns wollte, waren wir zwar wieder auf Platz 3, dies aber nur mit einem mickrigen Pünktchen (und einem Spiel) Vorsprung, eine Tatsache, die sich bereits am Tag darauf (da spielte Ulm zuhause) ändern würde, da wettete ich meinen Kopf. Und mein Geld, denn ich hatte (zusammen mit meiner mittlerweile Ex-Kollegin und guten Freundin Moni, sie wissen schon, die einzige Person, die mich am schwärzesten Tag meiner KSC-Geschichte anrief) bei Intertops u.a. auf unsere Konkurrenz gesetzt – eine Wette, bei der ich nicht verlieren konnte, denn sollten die Ulmer gewinnen, hatten wir unser Geld richtig plaziert und sollten sie dies nicht tun, wäre zwar unser Geld weg, dafür aber die Ulmer nicht am KSC vorbeigezogen. Ich behielt beides, Kopf und Geld, denn Ulm nutzte seine Chance zuhause und gewann 3:2 (ich kenne da welche, die dezimieren sich selbst, verbringen den Rest der Spielzeit mit ängstlichem Herumstehen in der eigenen Hälfte und sind mit einem Punkt zufrieden, wo es deren drei gebraucht hätte). Jetzt war es passiert, dieses Mal hatte die Konkurrenz nicht geschlafen, unsere Passivität genutzt und uns überholt – jetzt lagen wir zwei Spieltage vor Schluß der Saison mit zwei Punkten Rückstand auf Platz 4 und ich konnte mir beim besten Willen nicht vorstellen, wie wir das mit unserer traurigen Truppe (und nur noch einem Stürmer) noch umbiegen sollten. Als Zugabe spielten am Sonntag darauf mit Hannover und TeBe zwei andere Konkurrenten direkt gegeneinander, was bedeutete, daß uns der Sieger dieses Spieles ebenfalls überholen würde. Hallo Trainer, tolle Idee, mit nur einem offensiven Mittelfeldspieler zuhause zu spielen, mein Kompliment zu diesem meisterlichen Schachzug, der uns einen grandiosen Punkt und den Verlust des Aufstiegsplatzes gebracht hat. Ich höre ihn schon wieder sagen: „Mit zehn Mann muß man gegen den Tabellenführer auch mal mit einem Punkt zufrieden sein." Mit Platz 5 auch, gar kein Problem, ich will ja nicht größenwahnsinnig werden und die „Rauf geht's"- und Wiederaufstiegs-Sprüche einfordern, die vor der Saison und in der Winterpause gemacht wurden. Wahrscheinlich habe ich mir die eh nur eingebildet.

„Ich muß der Mannschaft ein Kompliment machen", so sprach unser Coach nach dem Spiel und daß er mit dem einen Punkt leben könne (ich wußte es) und daher sind wir auch damit zufrieden, daß wir ein weiteres Jahr in der Zweitklassigkeit verbringen dürfen, mit fantastischen Gegnern wie Mainz oder Fortuna Köln, mit prächtigen 2.000er-Kulissen und der Tatsache, daß die nächste Sai-

son mit Mannschaften wie Gladbach, 1.FC Köln, Bochum, Aachen oder Nürnberg sicher nicht einfacher werden wird. Schluß jetzt mit dem Gemecker, schließlich meinte unser Trainer auch noch: „Die Zuschauer, ja gut, die haben nicht den Sachverstand." Endlich hat's mal jemand gesagt. Wir haben alle keine Ahnung. Was rege ich mich auf?

Auch der Trikotsponsor des KSC gehört zu den Ahnungslosen (so wie die 18.000 Zuschauer im Stadion, die Presse, eben alle außer Trainer und Mannschaft), denn dieser war dermaßen erzürnt über die defensive Angsthasen-Taktik, daß er seinen Rückzug ankündigte, wenn Ulrich Trainer bleibt. Ich saß vor dem Fernseher und grinste von einem Ohr bis zum anderen. Jetzt war Feuer unterm Dach und unsere Angsthasen freuten sich sicher schon aufs nächste Spiel, wieder zuhause, wieder mit tausenden von Zuschauern ohne Sachverstand im Rücken. Rauf geht's!

Runter ging's erstmal an diesem Wochenende für den dritten Absteiger aus der Bundesliga, der an diesem, dem letzten, Spieltag mit dem 1.FC Nürnberg nach einer dramatischen Schlußphase auf den verschiedenen Plätzen ermittelt wurde. Die Nürnberger fielen von Platz 12 auf Platz 16, weil Frankfurt in der vorletzten Minute noch ein Tor zum 5:1 gegen Kaiserslautern schoß und die Franken in der letzten Minute nach einem Pfostenschuß das Kunststück fertigbrachten, den Nachschuß nicht ins leere Tor, sondern auf den zurückeilenden Torwart zu schießen. Kleine Anmerkung am Rande: Letztes Jahr (wie in der traurigen ersten Hälfte dieses Buches nachzulesen) stiegen wir am letzten Spieltag punktgleich aufgrund des schlechteren Torverhältnisses gegenüber Gladbach ab. Gladbach war nun in dieser Saison abgestiegen und deren damaliger Trainer Friedel Rausch folgte nun mit Nürnberg, genauso wie wir damals auch punktgleich, auch aufgrund des schlechteren Torverhältnisses und auch am letzten Spieltag. Der Fußball schreibt immer wieder verblüffende Geschichten.

Wo ich gerade dabei bin: Trainer bei den in letzter Minute geretteten Frankfurtern ist Jörg Berger; dieser hat somit von fünf Retten-Sie-den-Verein-vordem-Abstieg-Missionen vier erfolgreich mit dem Klassenerhalt beendet. Das einzige Mal, wo es nicht geklappt hat, war bei uns. Irgendwie typisch KSC.

Im Büro hatte ich die üblichen (allerdings nicht spöttisch gemeinten) Fragen in Bezug auf die Chancen zum Wiederaufstieg zu beantworten und ich war nach der Katastrophen-Schlußphase gegen Bielefeld nicht gerade euphorisch gestimmt. Mir fehlte der Glaube an diese Mannschaft, mit der ich irgendwie nicht zurecht kam, aber wer braucht schon Glaube, wenn er verrückt ist? Mein Verstand meldete sich in diesen Momenten des Pessimismus immer wieder und rechnete mir vor, daß Gladbach letzte Saison auch kaum mehr eine Chance gehabt hatte und wir dann dafür gesorgt hatten, daß sie drinblieben und dieses Jahr war Frankfurt auch kaum noch zu retten und dann hatten sie es doch noch geschafft, weil ein anderer gepatzt hatte. Warum sollte dies nicht bei uns möglich sein? Na ja, vielleicht weil wir der KSC und somit mit normalen Gedanken nicht faßbar sind? Oder vielleicht gerade deswegen?!

Aufgrund der EM-Qualifikation war ein Wochenende Pause und ein Besuch bei meiner Verwandtschaft im Saarland stand an. Wir fuhren wie immer an der Ausfahrt Kaiserslautern-Ost vorbei und ich ertappte mich dabei, daß ich mir von ganzem Herzen wünschte, in der nächsten Saison mit Achim und Dirk wieder hierher fahren und unseren KSC hier spielen zu sehen... Ich nahm meine ganze Energie zusammen und schickte sie in dieser winzigen Sekunde nach oben gen Himmel. Vielleicht hörte ja jemand zu und hatte Mitleid mit diesem Verrückten, der nach dem Abstieg gelitten hatte wie ein Hund und den selbst peinlichste Darbietungen seiner Mannschaft nach 1.000 km Fahrt nicht von seinem Wahn abbringen konnten. Wir hatten es vielleicht nicht verdient, aber hatten es denn die anderen? All diese Pfeifen, die vom Aufstieg redeten und dann nicht mal an uns vorbeikamen, obwohl wir ihnen alle Möglichkeiten dazu ließen? Wenn es schon keiner verdient hatte, dann sollten wenigstens WIR diejenigen sein, die es traf, schließlich hatten Ulm, TeBe und Hannover schon letztes Jahr einen Aufstieg (den vom Amateur- ins Profilager) gefeiert, während wir abgestiegen und in Tränen versunken waren, da war es meiner Meinung nach nur fair, wenn wir auch mal einen Aufstieg feiern durften, oder? Ich sehnte mich nach dem nächsten Heimspiel und der nächsten letzten Chance, unserem Traum wieder ein wenig näher zu kommen, auch wenn dies nur mit fremder Hilfe

Legenden sterben nie - Edgar Schmitt beim Jahrhundertspiel gegen Valencia '93

Foto: GES-Sportfoto

(TeBe mit unserem alten Trainer Schäfer, die spielten nämlich zuhause gegen Ulm und hatten auch ihre letzte Chance) möglich war. Die Würfel sollten fallen und irgendjemand schüttelte bereits den Becher und holte zum letzten und entscheidenden Wurf aus – ich betete, daß unser Logo oben lag, wenn sie auf den Tisch fielen...

Am Tag nach dem 6:1-Sieg der Nationalmannschaft in der EM-Qualifikation gegen Moldawien (mit Kahn, Scholl und Nowottny standen drei ehemalige KSC-Spieler auf dem Platz, die aus unserer Jugend gekommen waren, bei uns für Furore gesorgt hatten und dann vom Großkapital aus München und Leverkusen weggekauft worden waren...) fand das Abschiedsspiel für Euro-Eddy in Bitburg statt. Nach dem Fiasko mit der weiten Reise nach Gütersloh sowie dem Trip ins Saarland an diesem Wochenende (zweimal hin und zurück) bin ich nicht hingefahren, sondern frage mich bis heute, warum man solch ein Spiel nicht in Karlsruhe hatte durchführen können?! Ich wollte Euro-Eddy's Abschied angemessen begehen, indem ich mir das »100 Jahre KSC«-Video ansah, auf welchem unsere legendären UEFA-Cup-Spiele der Saison 93/94 verewigt waren und mußte nach kurzer Zeit abschalten. Ich konnte es nicht. Ich konnte mich nicht selbst quälen mit einer wunderbaren Vergangenheit, einem Team, das keiner kannte und das sich landesweit in die Herzen der Fußballfans gespielt hatte und dann in die Gegenwart schauen, die nichts als Frust, Enttäuschung und die Erkenntnis bereithielt, daß alles kaputtgegangen war. Alles. Danke Eddy für Deine tollen Tore, für Deine Einsatzbereitschaft und die tollste Zeit, die der KSC und seine Fans je erleben durften, Häßler hin oder her. Ich werde immer an diese Jahre zurückdenken. Eddy's All Stars mit Leuten wie Kirjakow, Häßler, Völler oder Bernd Schuster schlug unsere aktuelle Mannschaft 8:5 und Eddy machte wie gegen Valencia vier Tore – klar, eine gute Show, aber irgendwie auch beruhigend: Eddy und einige andere alte Kämpfer würden auch mit 60 noch besser sein, als das, was wir jeweils an aktuellen Spielern zu bieten hatten. War eben unsere beste Mannschaft damals.

Im Kicker am Donnerstag vor dem Spiel gegen Köln war eine Art Aufstiegs-Test aller Teams zu lesen, die noch Chancen auf Platz drei hatten und beim Kapitel „Fans" standen bei uns folgende Sätze, die zugleich das Programm der nächsten beiden Spiele bereithielten: *„Die KSC-Fans sind sehr kritisch, aber auch schnell euphorisch. Gegen Bielefeld wurde die eigene Mannschaft ausgepfiffen, als sie defensiv spielte, sollte der KSC aber gegen Köln in Führung gehen, wird der Wildpark brennen. Und sollte dann noch Ulm bei TeBe verlieren, werden tausende zum letzten Spiel nach Unterhaching pilgern."*

Unsere im letzten Jahr eingeführte Sitte des Feierns des Saisonabschlusses ließ ich dieses Jahr aus, denn als abergläubischer Mensch dachte ich an die Abstiegssaison und einige bedenkliche Parallelen waren am entstehen: Letztes Jahr war das vorletzte Spiel auch zuhause, wir schlugen Stuttgart, lagen auf dem

Platz, den wir am Ende benötigt hätten und stiegen dann am letzten Spieltag doch ab. Sollten wir Köln schlagen und auch noch Dritter sein (sollten wir nicht gewinnen, hätte ich eh keine Lust zum Feiern), dann wäre alles wie letztes Jahr, denn wir hätten erneut ein Spiel vor Schluß das erreicht, was wir wollten und konnten es noch in den Sand setzen. Ich wollte meinen Teil dazu beitragen, daß es nicht so kam und kündigte für nach dem Spiel meine sofortige Rückfahrt nach Hause an. Verdammter Aberglaube!

Die äußeren Voraussetzungen stimmten, das konnte man feststellen, wenn man einen Blick ins mit 25.000 Fans gefüllte Stadion warf, die Sonne schien und mit Burkhard Reich und Gunther Metz wurden zwei Spieler verabschiedet, die als letzte noch von unserer unsterblichen UEFA-Cup-Mannschaft '93/94 übriggeblieben waren. Als sie in einem Cabrio eine langsame Ehrenrunde durchs Stadion drehten und direkt vor uns Transparente mit „Danke Burkhard" bzw. „Danke Gunther" entrollt wurden, stiegen nicht nur den Spielern (wie am anderen Tag zu lesen war) sondern auch mir die Tränen in die Augen: Hier gingen die letzten beiden (Reich nach Leipzig, Metz beendete seine Karriere aufgrund Knieproblemen) „Alten", die unsere größte Zeit mitgemacht hatten und mit ihnen die letzte Erinnerung an eine Zeit, die ich immer im Herzen tragen werde. Der Blick auf den im Vergleich sehr tristen Zweitliga-Alltag fiel mir danach nicht leicht, aber die Stimmung war wie immer sehr gut und die Mannschaft schien endlich begriffen zu haben, was die Stunde geschlagen hatte, denn sie legte los wie die Feuerwehr. Nach drei Minuten standen drei unserer Spieler frei vor dem Kölner Tor und zielten daneben, kurz darauf war ein Heber über den Torwart leider auch übers Tor gegangen und wiederum nur kurze Zeit später lief Krieg alleine auf den Kölner Torwart zu und schoß ihn an. Ich war schon wieder auf hundertachtzig, als Jens Bäumer den Abpraller volley nahm und ins Netz hämmerte. Es hörte auch danach mit den Angriffen nicht auf. Die Kölner spielten gut nach vorne, das nächste Tor war aber wieder uns vorbehalten: Guie-Mien war am Flügel durch, gab den Ball nach innen und dabei in den Rücken der Abwehr und Danny Schwarz drosch das Leder direkt mit einem herrlichen Weitschuß ins Tor. 2:0, es lief wie geschmiert, die Stimmung war fantastisch und TeBe gegen Ulm stand zur Halbzeit 0:0. Dies bedeutete, daß wir zur Halbzeit auf Platz 3 lagen, punktgleich mit Ulm und einem Tor Vorsprung. Dies bedeutete angesichts der leichten Ulmer Heimaufgabe am letzten Spieltag gegen Fürth aber auch, daß wir noch mindestens einen Treffer nachlegen mußten und Guie-Mien erledigte das nach herrlichem Dribbling mit einem gezielten Weitschuß zum 3:0. Jetzt lagen wir schon zwei Tore besser als Ulm, die zudem schon seit einem halben Jahr kein Auswärtsspiel mehr gewonnen hatten (warum sollten sie das ausgerechnet heute tun?), meine Freude steigerte sich ins Unermeßliche und ich dachte an die Fahrt nach Unterhaching, die viele tausend von uns am nächsten Donnerstag machen würden, um Platz 3 zu verteidigen. „Ulm führt" drang es dann durch den Block und noch ehe ich so richtig begriffen hatte, daß wir nun nicht mehr auf Platz 3 lagen und unser Sieg eigentlich wertlos war, ging die nächste Nachricht durch unsere dichtgedrängten Reihen: „Ulm führt 2:0". Dies war ein Schlag mitten hinein in meine zarten Aufstiegsträume, denn das war gleichbedeutend mit der Aufstiegsvorentscheidung, verdammte Berliner, dafür würden sie mit einem weiteren Jahr in der Zweiten Liga bezahlen, da konnten sie noch so viel Geld haben, das Dumme war nur, daß wir auch bezahlen mußten und unser Preis ebenso hoch war. Irgendwie schien auch die Mannschaft zu spüren, daß es in Berlin nicht so lief, wie es hätte laufen sollen, denn die Luft war auf dem Feld ebenso raus wie auf den Rängen. Da störte es auch nicht weiter, daß unser Keeper Jentzsch bei einem Freistoß der Kölner im Strafraum einen völligen Anfall von Realitätsverlust bekam, sich in die Mauer (!) stellte, einen Feldspieler ins Tor beförderte (!!) und sich nach dem Antippen des Balles dem Kölner Schützen entgegenwarf, etwa 15 Meter (!!!) vor dem Tor, eine Aktion, die jeder Feldspieler hätte erledigen können. Unser Tor war so gut wie leer und der Kölner hatte auch keine Mühe, den Ball an der Mauer und unserem verrückt gewordenen Torwart vorbei ins Tor zu schießen. 3:1, aber dies war nach dem Ulmer Vorsprung eh nicht mehr wichtig, oder sollte uns dieses eine Tor am Ende vielleicht fehlen?!

Am Ende hielten wir unser 3:1 nach einem der besten Heimspiele der Saison, Ulm gewann 2:0 bei TeBe und Hannover gewann 1:0 in Fürth. Ulm behielt somit Platz 3 mit 57 Punkten, dann kamen wir mit 55 und Hannover mit 54. Zwei mickrige Punkte fehlten uns also vor dem letzten Spiel, das uns zum Tabellenzweiten und Aufsteiger Unterhaching führen sollte, während Ulm ein Heimspiel gegen Fürth hatte – diese hatten die letzten Spiele allesamt verloren, sich damit aus der Spitzengruppe verabschiedet und warteten seit zehn Spieltagen auf einen Sieg. Eine tolle Mannschaft, auf die wir im letzten Spiel bauen mußten. Zwischenzeitlich meldete sich unser Trainer Ulrich in der Presse und man konnte nachlesen, daß er sich der Tatsache, daß er in der Kritik stand, durchaus bewußt wäre, aber bisher noch keiner dieser Kritiker ihm das ins Gesicht gesagt hätte. Falsch! In Gütersloh habe ich genau DAS getan und er ging einfach wortlos vorbei.

Meine Enttäuschung war und ist riesengroß, denn ich glaube nicht, daß wir in Haching gewinnen und Ulm zuhause dies gegen Fürth nicht schafft (sollten sie Unentschieden spielen, müßten wir mit zwei Toren Vorsprung gewinnen) – ein weiteres Jahr (und vielleicht noch viele weitere) in der Zweiten Liga warteten auf uns, wieder gegen Cottbus, Fortuna Köln, Mainz und die großen Namen wie Gladbach, Nürnberg, Bochum (die von oben kamen) bzw. Offenbach, Waldhof oder Aachen (die von unten kamen), dazu kommt die Tatsache, daß dieser „zum Aufstieg verdammte KSC" (DSF) seine ganzen finanziellen Rücklagen aus Europapokaltagen für den großen Etat sowie die ganzen Abfindungen aufgebraucht und nichts mehr übrig hat, was man in gute neue Spieler investieren könnte. Es sah verdammt schlecht aus und ich konnte kaum etwas finden, das mich aufbauen konnte. Eher Gegenteiliges: Wenn drei Teams aufsteigen, kann man fast sicher sein, daß wir als Vierter einlaufen, es ist einfach irgendwie typisch, wir scheinen fest für die Verliererseite gebucht zu sein.

Dies und vieles mehr besprachen wir nach dem Spiel und da Achim und Dirk berufsbedingt eh nicht nach Haching hätten fahren können, besprach ich mich mit unserem Gütersloh-Mitfahrer Christian, wir wogen das Für und Wider der Reise nach Haching ab (es gab kaum Für und verdammt viel Wider) und dreimal dürfen sie raten, wie wir uns entschieden: Wir entschlossen uns hinzufahren (das sollte sie nach der Lektüre dieses Buches nicht mehr überraschen) und um gleich Nägel mit Köpfen und einen Rückzug nach Einschalten des gesunden Menschenverstands unmöglich zu machen, meldeten wir uns nach dem Spiel am Stand der IG gleich noch für den Sonderzug an und bezahlten die Fahrkarten. Tja, warum macht man so etwas? Nun, letztes Jahr lag Gladbach drei Punkte hinter uns und überholte uns doch noch, dieses Jahr lag Nürnberg drei Punkte und fünf Tore vor Frankfurt und stieg doch noch ab, solche fußballerischen Wunder passieren immer mal wieder; zudem sprach noch für den Trip, daß wir zum einen sowieso Urlaub und zum anderen nichts mehr zu verlieren hatten – keiner erwartete mehr etwas von uns, nur von Ulm (einen Sieg und den Aufstieg nämlich), also dachten wir uns, wenn es das Wunder tatsächlich geben würde und WIR diesmal die Begünstigten sein sollten, wären wir auf jeden Fall dabei. Die Hoffnung war klein, ganz klein und ich war eher deprimiert als hoffnungsvoll, aber in einem ganz kleinen Eckchen hatte sie es sich nochmal bequem gemacht und lächelte mir zu: „Komm' schon, fahr' mit, die Hoffnung stirbt zuletzt…" Und da ich letztes Jahr schon den Abstieg alleine verarbeiten mußte, wollte ich dieses Mal von anderen Fans umgeben sein, mit denen ich zusammen trauern konnte, wenn es nötig war.

Montag nach dem Spiel war ich ziemlich mißmutig (um nicht zu sagen ungenießbar) und ging allen Leuten aus dem Weg, wann immer ich konnte, sprach fast nichts und das Gefühl der totalen Leere im Magen sorgte auch dafür, daß mein eigentlich stets vorhandenes Hungergefühl wie weggeblasen war. Letztes Jahr hatte ich nach dem Abstieg vier Kilo verloren und ich spürte schon, wie die Pfunde wieder purzelten. Wer braucht schon Zeitschriften, die einem sagen, wie man abnimmt – meine Diät heißt KSC…

Dienstag dann bemerkte ich, wie eine trotzige Stimme in mir immer lauter wurde: „Noch ist es nicht gelaufen. Erst nach den 90 Minuten am Donnerstag, aber nicht vorher – solange noch eine rechnerische Chance besteht, wird nicht getrauert!" Im anderen Ohr hatte ich die süße Stimme der Hoffnung, die mir lächelnd für das Spiel Mut machte und mich in meinem Entschluß bestärkte, nach Haching zu fahren. Also gut, dachte ich, dann wird der ganze Frust eben einfach verdrängt, zumindest bis Donnerstag nach dem letzten Spiel. Richtigen Hunger hatte ich aber trotzdem nicht.

Mittwoch kam unsere Chefsekretärin in mein Büro und meinte, da wäre Besuch für mich. Ich erwartete keinen, doch dann stand plötzlich Klein-Luca im Zimmer und sein Lachen und seine Freude ließen mich das ganze fußballerische Elend eine Zeitlang vergessen. Ich hoffe, daß wir, wenn er alt genug ist, um mit ins Stadion zu gehen, wieder in der Bundesliga spielen, sonst wird er es nicht leicht haben mit seinen zukünftigen Spielkameraden aus der Pfalz (wo Luca mit seinen Eltern Susanne und Marco wohnt, ohne aber Pfälzer zu sein), die ihm dann ständig eine lange Nase zeigen können. Der Hunger kehrte zurück – tragen sie mal einen beinahe 2jährigen eine Stunde lang bei brütender Hitze durch die Gegend…

Donnerstag vormittag lief ich wie ein Tiger im Käfig in der Wohung herum, wußte überhaupt nicht, was ich machen sollte, bis es endlich mittag war und ich in Richtung Bahnhof aufbrechen konnte. Zuvor steckte ich noch ein Feuerzeug ein, das damals in Ulm vor dem Spiel verteilt wurde – wir gewannen bekanntlich 5:1 und ich dachte, daß ich dieses Feuerzeug als Zeichen Ulmer Sieglosigkeit am besten mitnehmen sollte. Gesagt, getan, der Aberglaube ist eben ein ständiger Begleiter, wenn es um Fußball geht. Am Bahnhof traf ich Christian, wir tranken das erste Bier und als der Zug endlich abfuhr hatten wir mit Eddie (Eddiiiiieeeee) einen weiteren alten Kämpen getroffen, der sich uns anschloß. Die Stimmung im Zug war fantastisch, es wurde getrunken und gesungen, als ob wir es selbst in der Hand hätten, noch aufzusteigen und ich dachte einmal mehr darüber nach, wie sehr wir Fans es doch verdient hätten, wieder aufzusteigen. Beweise? Nun, 16.000 Zuschauer im Schnitt bei Heimspielen schafft so mancher Bundesligist nicht, im Zug waren rund 500 Mann und insgesamt waren es 2.000, die sich schlußendlich hinter dem einen Tor im Gästebereich in Haching einfanden und das, ich muß mich wiederholen, obwohl wir auf einen Ulmer Ausrutscher hoffen und selbst gewinnen mußten, unsere Chance also sehr klein war. Als der Zug in München-Ost hielt, enterten wir eine S-Bahn, die uns nach Haching bringen sollte und zwei verlorene Haching-Fans schoben erschrocken ihre Schals unter die Jacken, als sich 500 KSC-Fans auf die S-Bahn verteilten. Einmal am Stadion angekommen, wurden alle 2.000 Fans durch eine winzig kleine Öffnung einzeln (!) hineingelotst und wie wir später erfuhren, wurde zwischenzeitlich einfach der Eingang geschlossen und es gab diverse Auseinandersetzungen zwischen Fans und Polizei. Ich glaube, im beschaulichen Unterhaching hat man trotz aller liebevollen Hochstilisierung zum Kultverein noch nicht realisiert, was da nächstes Jahr in der Bundesliga bevorsteht, aber das sollte nicht unser Problem sein.

Das Spiel begann und es waren gerade mal 36 Sekunden gespielt, als wir durch Rolf-Christel Guie-Mien 1:0 in Führung gingen! In Ulm stand es logischerweise noch 0:0, was bedeutete, daß wir nur noch ein Tor erzielen mußten, um aufzusteigen. Das war ein Ding, ich traute meinen Augen und Ohren nicht, jetzt ging es wirklich nochmal ab! Als die Nachricht von einem Fürther Pfostenschuß durch unsere Reihen ging, rauften wir uns die Haare; als die Nachricht von der angeblichen Fürther Führung durch unsere Reihen ging, rasteten wir alle aus, ich blickte völlig wirr durch die Gegend und versuchte, meinen Hintermann (der über ein Handy alle Infos abrief) zur Bestätigung dieser Sensation zu bewegen, ich hing an seinem Gesicht, das wiederum am Handy bzw. an dessen LCD-Anzeige hing, ich flehte ihn an, aber er meinte, es stimme nicht. Es stimmte auch nicht, das Fürther Tor wurde wegen Abseits nicht gegeben. Es war zum Verrücktwerden, wir brauchten noch ein Tor, ein einziges Tor zum Aufstieg, ein ganzes Jahr hing plötzlich an einem einzigen Tor. Der Schiedsrichter erkannte das auch und weil er es uns so schwer wie möglich machen wollte (manche meinten, man wolle uns bewußt unten halten, was nicht beweisbar, aber bei manchem Referee, den wir in dieser Saison hatten und dessen jeweiliger „Leistung" durchaus möglich ist), zückte er in den ersten Minuten für jedes auch nur nach Foul aussehende Tackling Gelb gegen uns, während die wesentlich öfter foulenden Hachinger stets ungeschoren davonkamen. Ich hatte den Eindruck, schon schiefes Schauen würde für uns mit Gelb bestraft und weil Herrn Stampe (Bundesliga-Schiedsrichter im übrigen, welch ein Witz) das nicht genügte, zeigte er unserem Verteidiger Kritzer eine völlig lächerliche zweite Karte und wir spielten von nun an nur noch zu zehnt. Die Halbzeit kam und wir lagen vorne, während es in Ulm immer noch 0:0 stand und wir immer noch ein Tor brauchten, ein einziges Tor. Ich sah immer öfter in den leicht bewölkten Himmel und betete um den einen Treffer, der uns den Aufstieg bringen würde, ich wünschte es mir, wie ich mir selten etwas gewünscht hatte, ein einziges Tor, ich stellte mir immer wieder vor, wie der Ball im Netz einschlagen und wir uns alle freuen würden, ein einziges Tor nur… Unser Problem war unsere Unterzahl, wir konnten in der zweiten Hälfte den Druck auf das Hachinger Tor nicht so ausüben, wie es hätte sein sollen und wie wir das getan hatten, als wir noch die volle Mannschaftsstärke gehabt und vier oder fünf klare Chancen hatten. Nachdem wir letztes Jahr so unglücklich am letzten Spieltag abgestiegen waren, wäre es meiner Meinung nach nur gerecht gewesen, würden wir nun am letzten Spieltag aufsteigen, so redete ich mir das ein und sah immer wieder auf die Uhr. Ein Tor noch, ein einziges Tor, in Ulm stand es immer noch 0:0, ich wurde langsam nervös, denn es blieb nicht mehr viel Zeit. Es sollte bis 12 Minuten vor Schluß dauern, bis wir uns unserer Unterzahl beugen mußten und den Ausgleich kassierten – damit war alles vorbei. Ein Treffer mitten ins blau-weiße Herz der 2.000 mitgereisten Fans und der zahllosen, die sich in Karlsruhe in Kneipen vor den Fernsehgeräten versammelt hatten. Ich nahm den Ausgleich und das sofortige Ende unserer Aufstiegshoffnungen wie durch einen Schleier wahr, um mich herum wurde es völlig still, der Optimist und das naive, hoffende Kind in mir zogen sich völlig zurück und ließen mich in völligem Entsetzen allein. Ich dachte, daß das nicht sein könne, ich hatte mir doch so gewünscht, daß der Ball auf unserer Seite in dem Tor einschlagen würde, hinter dem wir alle standen, ich hatte mich so beim 1:0 gefreut und jetzt sollte es vorbei sein? Es war vorbei, wir hätten jetzt noch zwei Tore machen müssen und waren mit einem Spieler weniger auf dem Feld. Dies wußten alle und einige im Block ließen ihren Frust am Zaun hinter dem Tor aus, die obligatorischen Rauchbomben wurden gezündet, Polizei kam in den Block und die Unruhe blieb, als das Spiel beendet war und es einige Schlägereien und Pöbeleien mit der Polizei gab, die wie ich sehen konnte, auch Tränengas am Zaun eingesetzt hatte. Welch ein unschönes Ende für eine verlorene Saison.

Wir hatten es wieder nicht geschafft, waren wieder gescheitert am letzten Spieltag, genau wie letztes Jahr. Ich schaute auf 28 Spiele zurück, die ich von den 34 insgesamt gesehen hatte, alle Heimspiele und 11 der 17 Auswärtsspiele, alles umsonst. Wir machten uns auf einen langen, traurigen Heimweg, der Zug hatte, als er in Karlsruhe ankam, eine Stunde Verspätung und erreichte den Hauptbahnhof um halb vier Uhr morgens. Da ich wußte, daß keine S-Bahn mehr fuhr und mir ein Taxi zu teuer war, machte ich mich zu Fuß auf den Heimweg, enttäuscht und alleine. Um vier Uhr kam ich zuhause an.

Nicht besser ging es mir, als ich am nächsten Tag die Zusammenfassung der Spiele sah und mitansehen mußte, daß es ein Fürther Spieler aus fünf Metern freistehend vor dem leeren Tor nicht fertiggebracht hatte, den Ball im Ulmer Tor unterzubringen, sondern diesen an den Pfosten schoß (ich schlug mit beiden Fäusten bestimmt zehnmal auf den Sessel, in dem ich saß, um genau zu sein und stellte mir vor, was gewesen wäre, wenn der Ball reingegangen wäre. Wenn, wäre, hätte... VERDAMMT!). Kein Vorwurf allerdings an Fürth, für die es in Ulm um nichts mehr gegangen war und die nach fünf hintereinander verlorenen Spielen nichts verschenkten, sondern alles gaben und kämpften, als ob sie auch noch aufsteigen konnten. Würden alle Teams (hallo Bundesliga) immer so engagiert zur Sache gehen, auch wenn für sie nichts mehr auf dem Spiel stand, würde es noch mehr Spannung beim Fußball geben (und wir würden noch in der Bundesliga spielen, nicht wahr, Wolfsburg?).

Mein Blick fiel auf das Feuerzeug, das ich in Ulm bekommen hatte und das dafür sorgen sollte, daß Ulm wie damals sieglos bleiben sollte – es hatte funktioniert. Schade, daß ich keines hatte, das man bei einem Heimsieg des KSC in Karlsruhe verteilt hatte, dann hätten wir bestimmt das 2:0 gemacht und wären aufgestiegen...

Die Saison 1999/2000

„The Sun goes down" (THIN LIZZY)

Wenn Sie bis hierher durchgehalten haben, wissen Sie, daß ich unseren Trainer Ulrich nicht gerade als Ideallösung für den Trainerposten angesehen habe. Da diese Erkenntnis aber leider niemandem unserer Entscheidungsträger gekommen war, wurde auch die Saison 1999/2000 mit ihm begonnen und der daraus resultierende Fehlstart war noch katastrophaler als der der vergangenen Spielzeit. Nach vier Heimspielen, die uns bei einem Sieg (3:0 gegen Mönchengladbach – das habe ich sehr genossen, denn es hat mein Trauma beendet) und einem Unentschieden (gegen den bis dato sieglosen Tabellenletzten Offenbach – erinnert Sie das an etwas? Vielleicht an all die anderen Letzten, die immer bei uns punkten? Sie haben recht!) zwei peinliche Niederlagen gegen Absteiger Bochum (die dann von unseren Verantwortlichen prompt als Übermannschaft hingestellt wurden, die aus den folgenden sechs Spielen nur einen einzigen Punkt holte) und Angstgegner Mainz (gegen die wir schon letzte Saison beide Spiele verloren hatten) einbrachten, wurde Ulrich letztendlich doch entlassen und Sportdirektor Buchwald übernahm den Trainerposten, bis ein Nachfolger gefunden war (erwähnenswert war noch die Tatsache, daß wir nach dem Spiel in Mannheim, das 1:1 endete, einen rund 90minütigen Fußmarsch vom Stadion durch die ganze Stadt zurücklegen durften, da die S-Bahn, die uns zurück zum Sonderzug bringen sollte, defekt war – dieser Marsch wurde von einer kleinen Armee von mehreren hundert Fans angetreten, mitten auf den eigens dafür gesperrten Hauptstraßen, Schlachtgesänge hallten durch die leeren Straßen, zahlreiche Balkontüren öffneten sich und die Anwohner starrten unbehaglich auf die gewaltige, nicht endenwollende Masse an Fans, die von massiven Polizeikräften begleitet wurde. Ich kam mir vor wie ein Krimineller auf einer verbotenen Demonstration.)

Mit Interimscoach Buchwald testeten wir dann unseren Frostschutz an einem sibirisch kalten Montagabend in Nürnberg (der Frostschutz hielt, unsere Abwehr leider nicht, denn wir kassierten in der 92. Minute das 3:4 und die Frage, was zur Hölle wir eigentlich bei Minusgraden Montagabends in einem 260 km entfernten Stadion zu suchen hatten, tauchte zum ungefähr 1.297. Mal in unseren Gesichtern auf) und unsere schon hundertfach unter Beweis gestellte Leidensfähigkeit an einem verregneten Sonntag (der uns mit dem 1:2 gegen Aufsteiger Chemnitz eine weitere unterirdische Heimniederlage bescherte, den Knockout kassierten wir im übrigen zwei Minuten vor Schluß – es ist schon verblüffend, wie wenig lernfähig manch menschliche Individuen doch sind, insbesondere wenn sie unser Trikot tragen), was uns unter dem Strich Platz 13 mit nur einem Punkt Vorsprung auf einen Abstiegsplatz und die Erkenntnis einbrachte, daß es im Wildpark schon lange nicht mehr wild zugeht und der Blick auf die jubelnden Gästefans nach dem Spiel mittlerweile zur Gewohnheit geworden ist (unsere Ausbeute beläuft sich auf sagenhafte vier von 15 möglichen Punkten). Und während Burghausen oder Ditzingen schon am Horizont auftauchen, entdecken unsere Verantwortlichen stets neue positive Ansätze innerhalb der Mannschaft, der Kinderanteil im Fanblock steigt im gleichen Maße wie die Kritikfähigkeit abnimmt (nach der dritten Heimniederlage im fünften Spiel durften sich die Spieler auch noch Applaus abholen, in jedem anderen Stadion hätten die Beteiligten sehen müssen, daß sie Land gewinnen) und so langsam bekomme ich das Gefühl, es mit ferngelenkten Dauerjublern zu tun zu haben, die sich nach jedem Spiel fröhlich singend und klatschend immer weiter in Richtung Drittklassigkeit bewegen. Daß über all diesen grausamen Darbietungen der Zuschauerschnitt immer weiter sinkt und schon weit unter den kalkulierten 17.000 liegt, wird all die pubertären Mädels in ihren rotgelben Leibchen ebensowenig interessieren wie die Folgen, denn gegen die Prominenz aus der Regionalliga kommen die dann sowieso nicht mehr. Höchstens Bäumer spielt noch bei uns, dann können sie ihrer BRAVO-mäßigen Vergötterung wie bisher durch hysterisches Kreischen und böse Blicke Ausdruck verleihen, sollte man es wagen, ihn als einen derjenigen, die schon seit Monaten hinter ihrer Form herlaufen, zu kritisieren. Da ich allerdings auch sehr böse schauen kann, macht mir das eigentlich nichts aus.

Aber genug mit meinen leider recht negativen Gedanken, es galt, einen neuen Trainer zu finden. Wie immer in solchen Situationen machten Namen die Runde, Namen von Leuten, die als neuer Trainer gehandelt wurden, diese wechselten beinahe täglich und als bekannt wurde, daß Wunschkandidat Joachim Löw abgesagt hatte, befürchtete ich Schlimmes in Form eines unbekannten Nobodys (es geisterten gar schreckliche Visionen von arbeitslosen Schweizern und in der schweizerischen Zweiten Liga tätigen deutschen Ex-Profis durch die Gazetten, die ich für ebenso geeignet gehalten hätte wie irgendeinen zufällig am Stadion vorbeilaufenden Passanten), aber es kam anders: Am 25.10. wurde bekanntgegeben, daß man Löw mit der dritten Anfrage (und nach zwei Absagen) doch noch überzeugt hatte (wahrscheinlich hatte er unseren Katastrophen-Auftritt gegen Chemnitz gesehen und Mitleid mit einem einstmals guten Verein bekommen, der jetzt so mausetot daniederlag). Löw spielte Mitte der '80er mal für uns und begann seine Trainerlaufbahn beim VfB Stuttgart (wo auch sonst? Dieser Verein verfolgt uns), wo er die Schwaben zum Pokalsieg und bis ins Europapokalfinale geführt hatte (das sie dann zum Glück verloren haben, sonst wäre es gar nicht mehr zum Aushalten gewesen mit der eh schon rotgetränkten Berichterstattung in unserem regionalen Dritten Programm), bevor er gegen den Willen aller Beteiligten vom Präsidenten entlassen wurde, der den ehrlichen jungen Trainer nie haben wollte und sich stattdessen lieber unseren

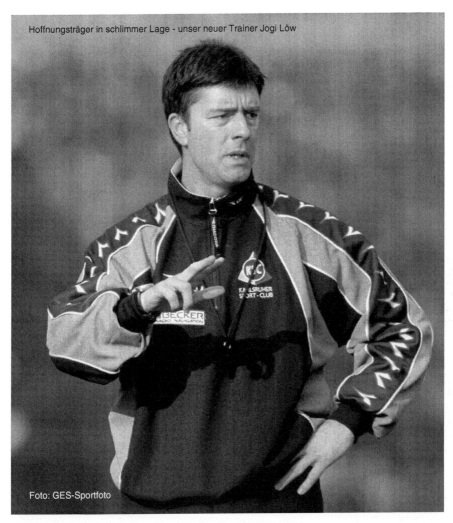

Hoffnungsträger in schlimmer Lage - unser neuer Trainer Jogi Löw

Foto: GES-Sportfoto

Ex-Coach Schäfer holte, der sie dann zu unser aller Freude nach unten statt nach oben führte (leider konnte er sein Werk nicht mit dem Abstieg krönen, denn er wurde entlassen). Danach zog es Löw in die Türkei zu Fenerbahce Istanbul und jetzt ist er bei uns gelandet.

Ich für meinen Teil hätte mir momentan keinen besseren und sympathischeren Trainer vorstellen können, aber es ist nun mal leider so, daß man aus beschränkten Handwerkern kein elegantes Spielerensemble zaubern kann (bei manchen würde ich mir wünschen, man würde ihnen neben fußballerischen Fähigkeiten und taktischem Verständnis auch ein Herz und die nötigen Emotionen einpflanzen) und daher brachten uns die beiden Auswärtsspiele in Hannover (1:1) und Cottbus (2:3) genau dorthin, wo ich uns vor diesen beiden Spielen hinprophezeit hatte: Auf einen Abstiegsplatz. Rund ein Drittel der Saison war vorüber und ich fürchtete, getreu dem Motto „Wir sind viel besser als die, die noch unten stehen, wir können gar nicht absteigen" würde sich ebensowenig jemand ernsthaft Gedanken über unsere derzeitige Situation machen wie damals in der Saison '97/98, an deren Ende wir letztendlich doch in den stets ignorierten Abgrund gefallen waren. Ein Interview mit Rainer Schütterle vor dem Cottbus-Spiel und seine Aussage *„Platz 5 bis 7"* wäre zur Winterpause möglich, unterstreicht dies und läßt mich nicht ruhiger schlafen, insbesondere wenn ich mir vor Augen halte, daß wir auch das erste Heimspiel unter unserem neuen Coach nicht gewinnen konnten (0:0 gegen Aachen) und ich mich zum wiederholten Male gefragt habe, was Leute wie Kienle, Fährmann oder Molata immer und immer wieder in der Mannschaft zu suchen haben – zusammen haben diese drei in ihrem ganzen Fußballerleben noch keine fünf Mann umspielt, zumindest kommt man zu dem Schluß, wenn man sie so über den Platz stolpern sieht, des kleinen Fußballer-Einmaleins nicht mächtig. Ich wünschte, Leute wie Gilewicz oder Scharinger (der jetzt wenigstens in der Ersten Liga Tore erzielt, nachdem wir ihn für die Zweite ja nicht haben wollten) hätten nur einen Bruchteil der Chancen zur Bewährung gehabt wie diese Pfeifen, die nichts aber auch gar nichts taugen. Aber das konnte man ja weiter vorne im Buch bereits nachlesen...

Erwähnenswert ist auch, daß vor dem Aachen-Spiel ein Laktat-Test bei unseren Spielern durchgeführt wurde, um zu sehen, wer fit ist und wer nicht. Was aber helfen die besten Laktatwerte des Universums, wenn man nicht in der Lage ist, einen Paß auf drei Meter zum eigenen Mann zu spielen? Ich kann mir nicht helfen, aber die momentane Situation ist zutiefst frustrierend, wir haben Spieler in unseren Reihen, die in keiner Mannschaft der Welt spielen würden und dann fragt man sich, weshalb es nicht besser wird... oder haben sie schon mal einen Felsbrocken fliegen sehen, nur weil man ihm Flügel anklebt? Eben.

Und damit nicht genug, stand nach der Aachen-Trostlosigkeit das Spiel bei St. Pauli an: Die einzige Mannschaft, die nach sechs Heimspielen noch keinen Sieg im eigenen Stadion erreicht und dabei nur drei Tore geschossen hatte. Raten Sie mal, gegen wen der erste Heimsieg gelandet wurde: Zuerst schaffte es Martin Braun (hatte die besten Laktatwerte im Test, erweckt bei mir aber immer den Eindruck, daß er auch bei der Trabrennwoche in Iffezheim mitlaufen könnte – ich nenne ihn seitdem nur noch Laktat) innerhalb von einer Minute erst ein grobes Foul und dann an der Mittellinie (!) ein sogenanntes Trikotvergehen zu begehen (sprich: er hielt seinen Gegenspieler fest), was eine gelb-rote Karte und zur Folge hatte, daß wir nach 12 Minuten nur noch zu zehnt spielten! Doch keine Angst, auch ein anderer meiner ganz speziellen Freunde hatte noch

seinen Auftritt, unser „Defensivspezialist" Molata nämlich (stand mal in irgend-
einer Zeitung – seitdem frage ich mich, ob es sich bei dem Verfasser womöglich
um einen nahen Verwandten von Molata gehandelt hat): Als ein Ball flach in
unseren Strafraum kam, stolperte er und es stand 0:1 (man sollte sich für ihn
wünschen, daß er vielleicht volltrunken gewesen wäre, aber da dies logischer-
weise nicht der Fall war, muß ich leider konstatieren, daß Molata zusammen mit
seinen fußballerischen Brüdern im Geiste, Kienle und Fährmann, beim einzigen
Club der Welt angestellt ist, bei dem man immer wieder zum Einsatz kommen
und ungestraft schlecht spielen darf). Mit einem Spieler weniger rannten wir
also mal wieder einem Rückstand hinterher (kein Problem, es war erst der 11. im
13. Spiel, wir sind das gewohnt) und als Meißner in der zweiten Halbzeit von
einem St. Pauli-Spieler übel gefoult wurde, stand er auf, schnappte sich den
Hamburger wie weiland Mr. Spock beim Genick und drückte ihn in bester Vul-
kaniermanier zu Boden, woraufhin beide das Spielfeld verlassen durften! Nach
dieser grandiosen Aktion hatten wir nur noch acht Feldspieler auf dem Platz,
schafften damit eine Viertelstunde vor dem Ende sogar den Ausgleich und
anstatt diesen mentalen Vorteil zu nutzen (über eine Stunde mit einem Mann
weniger gespielt und dennoch den Ausgleich erzielt), kassierten wir nach einem
Eckball das 1:2 sechs Minuten vor Schluß, als unsere Spieler eine Vollversamm-
lung im eigenen Strafraum abhielten und andächtig zuschauten, wie ein St. Pau-
lianer den Ball stoppen und einschießen konnte. In der letzten Minute fingen wir
dann auch noch das 1:3 (als es wieder mal einen peinlichen Stolperer zu
bestaunen gab, ich weiß gar nicht mehr von wem, ich versuche das zu verdrängen). Da ausnahmslos alle Teams punkteten, die unten stehen, befinden wir uns
jetzt auf dem vorletzten Platz und die Regionalliga winkt uns bereits hämisch zu,
bereit, uns in ihre trostlosen Arme zu nehmen.
  Folgender Gedanke kommt mir dabei: Von den damaligen drei Absteigern
schaffte Bielefeld gleich den Wiederaufstieg, Köln führt dieses Jahr die Tabelle
souverän an und wird wohl aufsteigen, während wir getreu dem Motto „Zwei
aus Drei" mal wieder diejenigen sind, die rein gar nichts zustande gebracht
haben und eher nochmal ab- denn aufsteigen. Und weil ich gerade so schön
beim Meckern bin: Bochum und Offenbach hatten in derselben Woche wie wir
neue Trainer präsentiert, Bochum hat seitdem 9 Punkte geholt, Offenbach 7 und
wir 2, seit Ende September haben wir kein Spiel mehr gewonnen, seit Ende
August kein Heimspiel mehr und sind so schlecht wie nie zuvor seit Gründung
der Bundesliga 1963 (in der Sport-Bild Nr. 48 fand sich denn auch prompt ein
Bericht, der die Überschrift: *KSC – Ein Klub wird zum Trauerfall"* trug und
wehmütige Erinnerungen an die noch gar nicht so lange zurückliegenden Euro-
papokal-Zeiten wachrief). Und wenn dann noch unser Kapitän Rainer Krieg (11
Tore in 12 Spielen) in einem Interview sagt, nicht alle Spieler würden sich mit
dem KSC identifizieren, dann würde ich ihn sehr gerne um die Namen dieser

Verständnis und Rundumschläge

Schäfer: Breitner nur ein Nestbeschmutzer des Fußballs

KSC-Führung stand am Telefon Rede und Antwort

Karlsruhe. Das Interesse am Karlsruher SC ist riesengroß. Eine Stunde lang liefen gestern die BNN-Telefone heiß. Roland Schmider, Carlheinz Rühl, Winfried Schäfer und Michael Harforth standen unseren Lesern Rede und Antwort und leisteten Schwers ─ ─ ─
„Strippe". In erster Linie ───
KSC-„Macher" von Stadion
Anrecht auf ermäßigte Karte
kontaktiert. Trainer Schäf
schaftskapitän Harforth g
„sportlich" und „privat" Au
fentlichen nachstehend eini
aufschlußreichen Gespräch

Roland Schmider: Zui
standen etwa 3,8 Millioner
Buche. Durch Verkäufe ha
Million Mark erzielt, aber

Winfried Schäfer: Mit Sicherheit. Schließlich hat er in der Rückrunde der Zweiten Liga nur 15 Gegentreffer kassieren müssen.

Manfred Kretschmann (Spöck): Schafft ''''mmer wie sein Vater den Durch-
'''er?

19 Jahre alt. Torleute
als Feldspieler zur

: Was geschieht,
llen sollte?

en): Warum hat der
zurückgeholt?

it verletzt und genügt
chen; die ich stelle.

reiburg): Warum hat der
den Torjäger Schütterle

KSC
geholt?

Harforth: Weil jemand, der ein guter T⌐
jäger ist, gleich Millionen kostet. A⌐
muß ich ⌐⌐⌐en daß ich mit Einl⌐

[überlappende Textfragmente:]
Frank Göhringer (Karlsruhe): Warum halten Schüler nur bis zum 18. Lebensjahr er-mäßigte Eintrittskarten?

Rühl: Normalerweise geht man davon aus, daß einer bis zum 18. Lebensjahr die Schule beendet hat. Wie sich jetzt herausstellt, erge-ben sich Härtefälle, aber wie überall in öf-fentlichen Veranstaltungen müssen wir eine Grenze ziehen.

⌐z Löwen (Karlsruhe): Wie hat es Mann-
⌐ Trainer verdaut, daß Paul Br⌐
⌐⌐r getippt h⌐⌐

Für Sie am Telefon

⌐⌐ucht und welche ⌐um⌐
⌐häft umgese⌐

Badische Neueste Nachrichten vom 31.7.1987

Gestalten bitten und diese Typen am liebsten eigenhändig vom Trainingsgelände entfernen. Letztendlich fällt mir dann noch ein, daß bereits letzte Saison offenkundig war, daß die beiden Flügelpärchen Bäumer/Jozinovic bzw. Kienle/Fährmann stets nur körperlich anwesend waren, aber leider ist dies unseren Fachmännern Ulrich/Buchwald nicht aufgefallen. Jetzt spielen wir eben ohne Flügel.

Ich sehe die Frage schon in ihren Gesichtern auftauchen: Nein, ich bleibe dennoch nicht zuhause und ich hänge auch meine Trikots im Auto nicht ab, ich werde weiter ins Stadion und zu Auswärtsspielen gehen, weil ich süchtig bin und mir gar nicht genug Ohrfeigen zur Belohnung abholen kann. Im Ernst, was für ein Fan wäre ich, wenn ich jetzt zuhause bleiben würde? In guten wir in schlechten Tagen, diesen Titel habe ich bewußt gewählt, weil er wie kein anderer die Beziehung eines Fans zu seinem Verein ausdrücken soll und dessen Bedeutung sich all diejenigen vor Augen führen sollten, die dem KSC gerade jetzt ihre Unterstützung entziehen (wie oft schon habe ich Leute über den KSC lästern und lachen hören, wenn ich mal am Fan-Shop in der Innenstadt vorbeigelaufen bin, genau diejenigen nehmen einem dann den Platz weg, wenn es mal wieder läuft und geben sich als Fans aus – wenn ihr wüßtet, was Ihr für traurige Gestalten seid). Klar, auch ich schimpfe und meckere mir die Seele aus dem Leib (und in dieses Buch hinein) und manche Spieler gehen mir furchtbar auf die Nerven, aber deswegen werde ich trotzdem immer ins Stadion gehen und „meinen" Club anfeuern, der mir so viele schöne Momente beschert hat und dem ich das jetzt, wo es katastrophal läuft und nichts mehr zu funktionieren scheint, zurückzugeben versuche.

So dachten auch 10.499 andere (wenn wir dann noch etwa 1.500 Kölner abziehen, bleiben gar nicht mehr so viele übrig, nicht wahr?), die an einem kalten Montagabend den Weg in den Wildpark fanden, um uns gegen den Spitzenreiter spielen zu sehen (und ich ließ eine Geburtstagsfeier sausen, zu der ich eingeladen war, sorry Adi, aber Du weißt ja, ich kann nichts dagegen tun…). Zu allem Unglück kamen mit unserem Torhüter Jentzsch sowie Schütterle noch zwei Verletzte zu den beiden gesperrten Braun und „Spock" Meißner hinzu, so daß es einige Änderungen im Team gab, was mich nicht im geringsten störte, denn mehr als verlieren konnten auch die jüngeren Spieler nicht und das taten wir ja eh dauernd in letzter Zeit. Erste Zweifel am Aufstocken unseres Punktekontos bekam ich, als der Mainzer Schiedsrichter (man sollte uns keine Pfälzer schicken, das ist von vornherein zum Scheitern verurteilt) Addo nach einem harten Einsteigen, bei dem allerdings klar der Ball gespielt wurde, vom Platz stellte (ich schimpfte bestimmt eine Viertelstunde lang wie ein Rohrspatz und bekam Kopfschmerzen vor Wut…) und wir über eine Stunde lang mit einem Spieler weniger auf dem Platz standen. Unsere Youngster Zepek (von unseren Amateuren, spielte zum ersten Mal Libero) und Rapp (auch von den Amateuren, Manndecker) machten ihre Sache aber ebenso gut wie unser zweiter Torwart Walter und auch der Rest der Mannschaft hatte wohl das große Fanblock-Transparent gelesen, auf welchem stand: „Wacht auf, es brennt!" – zumindest nachdem sich die dicke Rauchwolke verzogen hatte, die quasi zur Untermalung des Transparents, gezündet worden war. Mit ganzem Herzen waren sie bei der Sache und hielten trotz Kölner Dauerdrucks das 0:0, welches uns zwar immer noch auf dem vorletzten Platz hielt, aber wenigstens moralisch Auftrieb geben sollte. Ach, hätten sie doch immer so gefightet wie gegen Köln, dann würden wir im oberen Drittel mitspielen und nicht im unteren… Da das nachfolgende Auswärtsspiel in Oberhausen Dauerregen zum Opfer fiel und Offenbach zuhause gegen Waldhof in der letzten Minute den Ausgleich kassierte, kamen wir so gerade noch um den letzten Platz in der Tabelle herum. Na ja, Abstiegsplatz ist Abstiegsplatz, ob Letzter oder Vorletzter spielt eigentlich keine Rolle, für mich hätte das aber dennoch irgendwie eine weitere Dimension der Peinlichkeit eröffnet.

Rechtzeitig einen Tag vor dem Heimspiel gegen Fürth wachte ich dann mit Fieber und einer schweren Erkältung auf; da ich aber nicht einsah, deswegen mein erstes Heimspiel seit dem 01.01.1986 zu verpassen (ich machte an diesem Dezember-Abend immerhin meine 14 Jahre ohne verpaßtes Heimspiel voll), schleppte ich mich ins Büro und ging abends bei bitterer Kälte ins Stadion. Zwei Stunden vor Spielbeginn setzte natürlich auch noch heftiger Schneefall ein, der das Fahren zum Stadion und den Aufenthalt in selbigem nicht gerade zum Vergnügen machte, allerdings auch nicht verhindern konnte, daß das Spiel stattfand. Es wäre besser gewesen, es hätte nicht stattgefunden – Fürth hatte in zuvor 15 Spielen gerade einmal 10 Tore erzielt, aber das reichte immer noch, um eine völlig passive, herz-, kampf- und charakterlose KSC-Truppe 1:0 zu schlagen. Es war grausam, kein Einsatz, keine Moral, kein Aufbäumen, kein Aufwind vom Köln-Spiel, nicht einmal eine richtige Torchance, nichts, gar nichts, da halfen auch das Erstürmen unseres alten L-Blocks und die massiven Sprechchöre nichts... und wieder waren sie im Einsatz, meine Freunde Fährmann, Molata (bei dem es mir im übrigen auch völlig egal ist, ob er sich bemüht oder nicht – jeder weiß, was „Er hat sich stets bemüht" in einer Beurteilung bedeutet) und „Laktat" Braun, erstgenannter brachte seine Auswechselquote auf bestimmt 99,9% bei allen seinen Einsätzen (die anderen beiden durften bis zum Ende durch die Gegend stolpern) und im Verbund mit lediglich körperlich anwesenden Spielern wie Arnold (der noch keine fünf guten Spiele in eineinhalb Jahren bei uns gemacht hat), Jozinovic und Bäumer (beide spielen Linksaußen, beide wechseln sich gegenseitig im Nichtskönnen ab) oder Lakies (den ich 120 Minuten bei unserem Pokal-Aus gegen den Regionalligisten Trier als lediglich körperlich anwesend registriert hatte und der nur dadurch aufgefallen war, daß er im Elfmeterschießen versagt hatte, ein Paradebeispiel für „Das kann ich auch, nur viel billiger") dafür sorgen, daß wir als Vorletzter mittlerweile fünf Punkte Rückstand auf das rettende Ufer haben. Ich hatte neben dem mittlerweile wohl eher traurigen Jubiläum von 14 Jahren ohne verpaßtes Heimspiel auch noch etwas anderes zu „feiern": Zum allerersten Mal verließ ich das Stadion fünf Minuten vor dem Ende! Ich konnte das vollkommen seelenlose Gekicke einfach nicht mehr ertragen. 6.500 Zuschauer waren noch da, so wenige wie seit sicherlich 15 Jahren nicht mehr. 6.500, schon der Anblick unseres leeren Stadions, in welchem wir einst so große Spiele gesehen hatten, tat mir in der Seele weh. Den Spielern schien das ziemlich egal zu sein. Schließlich verdienen die ja immer noch ihr Geld und fliegen in der Winterpause auch noch nach Spanien ins Trainingslager. Laß sie um ihr Leben rennen, Jogi! Duplizität der Ereignisse: Wie damals bei unserem Trip ins Cottbusser Schneechaos, so war ich auch nach dem Schneematch gegen Fürth fieberfrei – wir hatten verloren, genau wie damals, also wiederum Grund genug für das Fieber, beschämt und peinlich berührt das Weite zu suchen. Wahrscheinlich wußte es, daß ich wirklich andere Sorgen hatte nach diesem Gekicke. Danke für das Verständnis.

Unser letztes Vorrundenspiel bei den Stuttgarter Kickers fiel dann wie zuvor das in Oberhausen den Witterungsverhältnissen zum Opfer, so daß wir von den ersten fünf Spielen im neuen Jahr vier auswärts austragen dürfen und mit zwei Spielen weniger als Tabellenletzter das alte Jahrtausend verlassen (in Offenbach hatten sie fleißig Schnee geschippt, um nur ja spielen und die Rote Laterne an uns loswerden zu können – es hatte funktioniert). Als Letzter... in der Zweiten Liga...! Was würde ich dafür geben, irgendwo eine Zeitmaschine zu entdecken, ich würde mich hineinsetzen, auf „1995" stellen, Winnie Schäfer nach einem Training abfangen und ihm sagen, daß ich aus der Zukunft käme und wir Ende 1999 als Letzter der Zweiten Liga dastehen würden, ohne Geld, ohne Zuschauer und ohne Hoffnung, daß alles, was er aufgebaut hatte, zerstört wäre und daß er irgendetwas in seinen Planungen anders machen solle, keinen Reitmaier holen und keinen Schepens und keinen Nyarko und stattdessen Fink und Tarnat mit allen Mitteln halten solle und die Panik in meiner Stimme und die Hoffnungslosigkeit in meinen Augen würden ihn davon überzeugen, daß ich die Wahrheit sage. Aber ich phantasiere, ich weiß... Armer KSC, was haben diese verdammten Söldner nur aus Dir gemacht?

„Tell me Heroes don't fade away, become a Memory" (UFO)

Ich müßte lügen, würde ich behaupten, nicht ab und zu sehnsüchtig an die Vergangenheit zu denken – unsere leeren Zuschauerränge sowie Aussagen unserer einstigen Europapokal-Helden zur jetzigen Situation führen mich regelmäßig wieder einige Jahre zurück, in eine Zeit, in der alles besser war; so meinte „Euro-Eddy" Edgar Schmitt vor kurzem in einer Ausgabe der Sport-Bild: *„Wir waren ein Haufen charakterstarker Kerle wie Rolff, Bilic, Reich, die es auf dem Platz richtig krachen ließen."* Wenn ihr wüßtet, wie sehr ich euch alle vermisse... ist es wirklich schon so lange her, daß ich (anonym versteht sich, aber es wußte eh jeder, von wem es kam) die Tabelle oder tolle Überschriften nach UEFA-Cup-Triumphen bei uns im Büro ans schwarze Brett gehängt hatte? Ist schon dermaßen viel Zeit vergangen seit unseren Fahrten nach Porto, Rom oder Kopenhagen? Nein, und gera-

Das waren noch Zeiten: Kampftrinker & Co. am Atlantik
UEFA-Cup in Porto 1993

Foto: Privat

de die Tatsache, daß in weniger als zwei Jahren alles zugrunde gegangen ist, macht mich so unendlich traurig...

Die Zeit wird zeigen, wo unser Weg hinführt. Ich hoffe, daß Sie, wenn Sie dieses Buch irgendwann mal wieder zur Hand nehmen und der KSC womöglich wieder in der Bundesliga spielt (auch wenn sich bei der momentanen Lage schon bei dem Gedanken an die Erste Liga alle Balken biegen), ein mitleidiges Kopfschütteln für den schwarzsehenden Autor dieser Zeilen übrighaben ("Eigentlich hat der ja überhaupt keine Ahnung" oder etwas in der Art). Darüber würde sich dann keiner mehr freuen als ich, denn dann würde sich das bewahrheiten, was ich mir so sehnlichst wünsche: Wieder Spiele gegen Bayern, Stuttgart, Kaiserslautern oder Dortmund erleben zu dürfen.

Und sollte uns weiteres Unheil in Form von weiteren Jahren in der Zweiten Liga (von der Regionalliga möchte ich gar nicht reden) ereilen, so stehen mir die Erinnerungen an all die tollen Spiele und die Begeisterung der Vergangenheit stets hilfreich zur Seite, wann immer ich sie brauche, um die graue Gegenwart zu vergessen.

KSC-Fan aber werde ich immer bleiben – so etwas legt man nicht einfach ab wie einen Mantel, nur weil er vielleicht mal aus der Mode gekommen ist.

All diejenigen, die dasselbe für "ihren" Verein empfinden, werden das verstehen.

Alle anderen dürfen weiter den Kopf schütteln.

Karlsruhe, im Januar 2000

Das A-Z des KSC

Auswärtsspiele

Die Kür der echten Fußballfans: Lange Fahrten, viel Bier, viel Spaß (zumindest vor dem Spiel...), die Farben des KSC werden bei diesen Spielen auch an entlegensten Orten wie Uerdingen, Wattenscheid oder Oberhausen und bei jedem Wetter stolz vertreten.

Badnerlied

Seit vielen Jahren erschallt es vor dem Spiel und wird im weiten Rund mitgesungen. Im Gegensatz zu Freiburg werden bei uns aber andere Strophen gesungen.

Claus Reitmaier

War trotz hervorragender Reflexe auf der Linie nie ein Nachfolger für Oliver Kahn, konnte nicht mit Kritik umgehen, äußerte sich abfällig über die Fans und lästerte nach seinem Wechsel nach Wolfsburg über den KSC. Meiner Meinung nach durch einige unglückliche Aktionen mitschuldig am Abstieg und ein ziemlich armseliger Charakter.

Dundee, Sean

Wurde aus Ditzingen geholt und erzielte in 85 Bundesligaspielen 36 Tore in frecher, unbekümmerter Art. Traf im Abstiegsjahr aufgrund privater Turbulenzen nicht mehr, vertraute zudem auf zwielichtige Berater und ging nach Liverpool, wo er ein Jahr lang nicht zum Einsatz kam und nur auf der Tribüne saß. Spielt in der Saison 1999/2000 ausgerechnet für den VFB. Seine Tore fehlten uns im Abstiegsjahr.

Euro-Eddy

Spitzname unseres Mittelstürmers Edgar Schmitt, der Valencia mit vier Toren alleine aus dem Stadion schoß und auch danach noch einige Treffer im UEFA-Cup folgen ließ. Ein wahnsinniger Kämpfer, der auf dem Platz zum Tier wurde und alles für die Mannschaft und die Fans gab. Wurde 1997 völlig unwürdig in der Winterpause zu Fortuna Köln abgeschoben, erhielt aber ein Abschiedsspiel vom KSC (warum in Bitburg, Eddy, warum nicht bei uns?).

Farben

Als Karlsruher bin ich stolzer Badner, bin aber der Meinung, daß es zu weit geht, daß man die blau-weißen Vereinsfarben des KSC durch die rot-gelben Badens „ersetzt" hat. Als Auswärts-und Ersatztrikot okay, als Heimtrikot übertrieben. Wir waren und sind immer noch Blau-Weiß!

Sensation im Eurocup

7:0 KSC im Rausch

Nach dem 7:0

Ganz Karlsruhe blau

dem 7:0-Wahn-
eg im UEFA-Cup
Valencia
ruhe bla

SPLITTER

2. JAHRGANG · AUSGABE NR. 2   DM 5,-

Überflieger Schmitt! Danke für diese Sternstunde

Von DIETER STROSACK

KSC-TOTAL

Alles auf 46 Seiten mit Mannschafts-Poster!

Grandioser Siegeszug des KSC im UEFA-Cup

Kick

Größter Coup in der Vereinsgeschichte des KSC
äßler wechselt nach Karlsruhe

entgegengekommen sind (Fei-

Interview mit Karlsruhes Trainer Winfried Schäfer einen Tag nach dem 7:0-Erfolg gegen Valencia:

„Jetzt wünschen wir uns Inter Mailand"

kicker: Herr Schäfer, was macht Ihr Kater?   sagt: Wenn die Mannschaft in die-   **Schäfer:** Es war ja nicht die gleiche   haben dann im richtigen

ber 1995 ★ BILD ★ So

Sternkopf zum KSC zurück?

München - Kehrt Michael Sternkopf (23) zum Karlsruher SC zurück? Der Bayern-
Reservist hat sich in Otto-
brunn klammheimlich mit
KSC-Manager Calli Rühl
getroffen. Sterni danach:
„Ich will eine Rückkehr

Europapokal

Wunder im Wildpark: Schmitt war der Hit

ANG - AUSGABE NR. 4   DM 5,-

Alle Spiele

KSC im UI-CUP

Spieler tanzten nackt durch die Schampus-Fontäne

Karlsruhe — Im | Geschichte   ge- | schwach   Valen-

Daten
Fakten
Saison 95/96

Karlsruher Sport-Club

Ehrmann

adidas

Günther, Emanuel

Der erfolgreichste Stürmer, den wir je hatten. Spielte von 1980 bis 1985 und traf in über 100 Bundesliga-Spielen fast 40mal ins Schwarze, wurde immer mit „Ema-, Ema-, Emanuel"-Rufen angefeuert. Heute bei den Jüngeren leider weitestgehend vergessen

Heimspiele

Wenn auswärts die Kür stattfindet, haben wir zuhause die Pflicht. Die Pflicht, bei jedem Wetter ins Stadion zu gehen und die Pflicht, sich mit 12jährigen Mädels und deren Besserwisserei herumzuärgern, für die der KSC nur eine Episode darstellt und die wie all die anderen Kiddies nie erfahren werden, was Fansein wirklich bedeutet.

Icke (Thomas Häßler)

Der beste Spieler, den der KSC je hatte und der sympathischste dazu. Rannte, kämpfte und spielte bis zum Umfallen und begeisterte durch tolle Freistoßtore. War am Abstieg lediglich durch seine ruhige und zurückhaltende Art mitschuldig (Mensch Icke, hättest Du doch nur mal auf den Tisch gehauen), auf dem Platz mit 12 Toren der erfolgreichste Spieler.

Jubel

Das Schönste, was es gibt: Jubel nach einem Tor läßt einen alles andere vergessen, man könnte die Welt umarmen und ist für diesen Moment (und solange die Mannschaft führt) der glücklichste Mensch der Welt.

Karlsruhe

Meine Geburts- und Heimatstadt und die Stadt unseres KSC. Obwohl sie typisch badisch-provinziell daherkommt, könnte ich mir keinen anderen Wohnort vorstellen.

L-Block

Unser alter Fanblock. Hier war die Stimmung gigantisch, hier wurden schon Spiele umgebogen, weil das Gebrüll wie ein Hammer auf den Rasen schlug. Wurde zugunsten besser zahlender Besucher und aufgrund Verbandsrichtlinien in eine Sitzplatztribüne umgewandelt und gerät immer mehr in Vergessenheit.

Meister

Wird der KSC wohl nie. Obwohl, Hallenmeister waren wir schon…

Nerven

Eigentlich das Wichtigste, was man als KSC-Fan braucht. Keine andere Mannschaft hat schon solch verrückte Spiele abgeliefert wie der KSC. O-Ton meines Kumpels Achim Vogt: „Hier mußt Du kerngesund sein…"

Oliver Kahn
Ein zwar nicht sonderlich sympathischer Zeitgenosse, aber dafür der beste Torwart Deutschlands und der beste, den wir je hatten. Kam von unseren Amateuren und hatte vor seinem Wechsel zu den Bayern nur für den KSC gespielt. Ich bin überzeugt, daß wir nicht abgestiegen wären, hätte er in unserem Kasten gestanden. Wurde bei seinen Gastspielen mit den Bayern stets mit den bekannten „U-U-U"- Rufen empfangen.

Plätze
Sind bei den Stehplätzen natürlich nicht reserviert, aber wie oft haben wir uns das schon gewünscht, wenn wieder einmal irgendwelche Kiddies auf unserem seit Jahren angestammten Platz gestanden haben, die wir vorher noch nie gesehen hatten und die meist auch danach nie mehr aufgetaucht sind.

Querulanten
Gab es im Abstiegsjahr und im darauffolgenden Zweitligajahr massenhaft. Solchen Typen sind der Verein und die Fans egal, falls es nicht klappt, gehen sie eben woanders hin, Hauptsache abkassiert.

Racing Straßburg
Mit den Fans aus dem Elsaß verbindet uns eine jahrelange Freundschaft, es existiert mit den Blue Pirates sogar ein gemeinsamer Fanclub. Bei Spielen im schönen Meinaustadion steht man im KSC-Trikot im Racing-Fanblock, als ob man Franzose wäre. Wo gibt es solch eine grenzüberschreitende Freundschaft sonst noch?

Schäfer, Winnie
Haben wir alles zu verdanken, alles Geld, das hereinkam, alle Erfolge, die wir hatten. Hat in der Abstiegssaison mit Fehleinkäufen und –einschätzungen alles zerstört, was er aufgebaut hatte. Ich trauere dieser Ära immer noch nach, weil sie mit Sicherheit die erfolgreichste des KSC bleiben wird.

Tartanbahn
Stimmungskiller. Verschwindet hoffentlich bald aus unserem Stadion.

Ulrich, Rainer
Jahrelang Co-Trainer unter Schäfer, dann Amateurtrainer in Ulm und bei den Bayern, von Jörg Berger zurückgeholt und nach dessen Entlassung neuer Chef-

trainer. Hat uns zwar nach oben geführt, den möglichen Aufstieg aber meiner Meinung nach durch diverse (taktische) Fehlentscheidungen verpaßt. Wirkt schroff und unzugänglich, einzelne Spieler kritisierten ihn nach der Saison ebenso wie viele Fans. Ich bin froh, daß er weg ist.

Valencia
Für immer im Sprachschatz all derer verankert, die an jenem Abend im Stadion gewesen sind und das geschichtsträchtige 7:0 miterlebt haben. Beginn der schönsten und erfolgreichsten Zeit des KSC.

Wildpark
Unser altehrwürdiges Stadion mitten im Wald. Hat viele tolle Spiele und viele fußballerische Tragödien miterlebt und wird hoffentlich bald in ein reines Fußballstadion umgebaut.

Zweite Liga
Alle dachten, dieses Kapitel wäre beendet und dann holte sie sich den KSC doch zurück. Ein Alptraum, nicht nur wegen der Montagsspiele!

Mein Dank geht an:

Achim und Dirk Vogt - mit denen ich alles erlebt habe, was hier geschrieben steht und ohne die ich bei weitem nicht so viel zu erzählen hätte. Cheers Mates!

Stephan Schneider - unseren Haupttribünen-Besucher, den ich schon eine kleine Ewigkeit kenne, für die endlosen Telefonate nach jedem Spiel, bei denen wir die jeweilige Lage stets genauestens analysieren und diskutieren und zumeist alles besser wissen und anders gemacht hätten. Fußballfans eben!

Meine Eltern Horst (RIP) und Helene Göhringer - für das Entzünden der Flamme durch die ersten Mitnahmen ins Stadion bzw. das Mitfiebern und Mitleiden in der jüngsten Vergangenheit und das grenzenlose Verständnis.

Monika Weber - für fast sechsjährige Teilnahme an meinen emotionalen Achterbahnfahrten im Büro (1993 bis 1999), für das Anhören meiner Montag-Morgen-Monologe, für all das ehrliche Interesse sowie den einen ganz bestimmten Anruf an jenem schwarzen 09.05.1998.

Matthias Mader und Otger Jeske - die mir die Chance für dieses Buch gegeben haben.

Den KSC - für graue Haare, schlaflose Nächte, Tränen der Freude und der Trauer, Begeisterung und Ernüchterung, für viele Stunden auf der Autobahn, im Flugzeug, auf der Fähre oder im Bus. Es wird auch in Zukunft heißen: „Karlsruhe, wir sind da, jedes Spiel, ist doch klar, Zweite Liga, tut schon weh, scheißegal, KSC!"

Fan-Power
ist machbar...

Ärgert es Euch auch, daß es gerade von Eurem Lieblingsverein nur staubtrockene Club-Historien gibt?

Ihr habt sogar ein eigenes Manuskript eines Fan-Buches in der Schublade?

Dann nichts wie ab damit an:

I.P. Verlag Jeske/Mader GbR
Haydnstr. 2
12203 Berlin
Tel. 030/86 20 09 81
Fax 030/86 20 09 82
www.ip-verlag.de
e-mail: pages@ip-verlag.de